GRANTA
格兰塔

美国最佳青年小说家

英国《格兰塔》编辑部 编
周嘉宁 吴琦 石平萍 等 译

人民文学出版社
PEOPLE'S LITERATURE PUBLISHING HOUSE

著作权合同登记号　图字 01-2023-3595

Granta 139：Best of Young American Novelists

Originally published in English by Granta Publications under the title
GRANTA 139：BEST OF YOUNG AMERICAN NOVELISTS 3
Selection copyright © 2017 by Granta Publications
Individual pieces copyright © 2017 Granta Publications

The Contributors have asserted their moral right to be identified as the authors of this Work.

图书在版编目(CIP)数据

格兰塔：美国最佳青年小说家 /英国《格兰塔》编辑部编；周嘉宁等译.—北京：人民文学出版社，2023
　ISBN 978-7-02-018234-3

Ⅰ.①格… Ⅱ.①英… ②周… Ⅲ.①短篇小说-小说集-美国-现代 Ⅳ.①712.45

中国国家版本馆 CIP 数据核字(2023)第 173875 号

责任编辑　胡司棋　　潘爱娟
封面设计　钱　珺

出版发行　人民文学出版社
社　　址　北京市朝内大街 166 号
邮　　编　100705

印　　刷　杭州钱江彩色印务有限公司
经　　销　全国新华书店等

字　　数　175 千字
开　　本　890 毫米×1240 毫米　1/32
印　　张　10.125
版　　次　2023 年 10 月北京第 1 版
印　　次　2023 年 10 月第 1 次印刷

书　　号　978-7-02-018234-3
定　　价　65.00 元

如有印装质量问题，请与本社图书销售中心调换。电话：010-65233595

CONTENTS

目 录

1 前言

1 木头的味道代表河坝
杰西·鲍尔

11 新的我
哈利·巴特勒

23 洛杉矶
艾玛·克莱恩

41 乌里
乔舒亚·科恩

65 川普天空阿尔法号
马克·多滕

79 革命
珍·乔治

101 第四天
蕾切尔·B.格拉泽

113 伊波尔
劳伦·格罗夫

129 告别哥谭市
雅·杰西

145 皮囊
加斯·里斯克·哈尔贝格

163 国家与东部
格雷格·杰克逊

179 纪念维斯盖特
萨娜·克拉西科夫

189 答案
凯瑟琳·莱西

203 光环
本·勒纳

215 选集
卡兰·马哈扬

237 利帕里
安东尼·马拉

249 这是我们的血统
迪奈·门格斯图

257 布洛姆
奥戴莎·莫思斐

271 一切笼子里的事物
奇诺洛·奥卡帕然塔

287 多么可怕的事
埃斯梅·玮珺·王

301 我爱你但我选择黑暗
克莱尔·韦恩·沃特金斯

前　　言

　　1979年春天，改版后的《格兰塔》第一期以新面貌亮相：一份文学季刊，平装本。这份剑桥的学生杂志历史可以追溯到1889年，由比尔·比福德（Bill Buford）和彼得·德·波拉（Pete de Bolla）共同编辑。这一期的标题是《新美国写作》，其中收录了乔伊斯·卡罗尔·欧茨（Joyce Carol Oates）、诺曼·布赖森（Norman Bryson）、蒂莉·奥尔森（Tillie Olsen）、伦纳德·迈克尔斯（Leonard Michaels），还有苏珊·桑塔格（Susan Sontag）的作品，此外包括与一些作家（包括契弗、厄普代克、布考斯基等）相关的文章——一些是文学评论，一些则仅仅是短评或杂志采访。

　　杂志前言一开始就是对当代英国小说的抨击，按编辑在其中的形容，"既不出色也乏善可陈"。

　　"当代文学"，他们振奋地总结道，"完全无法令人满足，只因为这种文学意味着稳定、毫无生气的千篇一律，以及对老掉牙的困境纵然精致但毫无新意的胡扯。"

　　他们年轻，充满激情，他们要表达的一点是：美国小说——"充满挑战、多元和冒险精神"——在英国远远没有得到它应该获得的关注，英国出版人出版美国小说总是很滞后。他们声称，这种漠视背后是辩论和文学批评的匮乏，以及缺乏一个"可以锻炼想象力的地方"。以新面貌出现的《格兰塔》就是为了填补这一文化空缺而生的，它的编辑希望通过将美国小说带到英国来实现这一点。

《格兰塔》就这样启程了,几年之内,杂志编辑就想出了《格兰塔7:英国最佳青年小说家》这个点子,并在1983年和企鹅图书合作出版,这一期也是《英国最佳青年小说家》系列特辑的第一期。这一期的作者名单非常可观,也许比后来任何一期都要声势浩大,包括马丁·艾米斯(Martin Amis)、帕特·巴克(Pat Barker)、朱利安·巴恩斯(Julian Barnes)、威廉·博伊德(William Boyd)、石黑一雄(Kazuo Ishiguro)、伊安·麦克尤恩(Ian McEwan)还有萨尔曼·拉什迪(Salman Rushdie)等在今天盛名在外的作家。这一概念得到了确立,第二辑《英国最佳青年小说家》在1993年出版,之后的第三辑和第四辑分别在2003年和2013年出版。

伊恩·杰克(Ian Jack)是1996年第一期《格兰塔·美国最佳青年小说家》的编辑。他们发明了一个略显繁重的体系:五个地区评委会将向一个中央评委会提交自己的短名单。评委会错过了一些非常精彩的新秀,这一点也是人尽皆知——尼克尔森·贝克(Nicholson Baker)的名字不在名单上,在这一特辑的前言中,伊恩·杰克形容这一决定是"疯狂且非法"的。大卫·福斯特·华莱士(David Foster Wallace)、唐娜·塔特(Donna Tartt),还有威廉·T.福尔曼(William T. Vollman)也都没有入地区评委团的法眼,虽然被他们青睐的也有很多非常棒的作家:谢尔曼·亚历克西(Sherman Alexie)、埃德温奇·丹蒂卡特(Edwidge Danticat)、杰佛瑞·尤金尼德斯(Jeffrey Eugenides)、乔纳森·弗兰岑(Jonathan Franzen)、伊丽莎白·麦克拉肯(Elizabeth McCracken),还有洛丽·摩尔(Lorrie Moore),等等。

"谁是美国最佳青年小说家?"杂志封面上写道,但很快就用下面这句进行了自我否定:"一个非常糟糕的问题。作家不能像百万富翁、运动员或者建筑那样能够被估值归类——最富的、最快的,最高的。"整本杂志都带着伊恩·杰克的气息——充满怀疑和智性。他作出了让步,当然——封面上其他的推荐语是对这一概念的捍卫,至少可以说它提出了一个"有用的问题"。

2007年,我们又重启了这个专辑。这一次,评审的过程更为简化,只有由艾德蒙·怀特(Edmund White)、A. M.霍梅斯(A. M. Homes)、梅根·欧鲁克(Meghan O'Rourke)、保罗·山崎(Paul Yamazaki)、伊恩·杰克,还有我组成的评审团。我们通过邮件往返沟通(当时人们不像今天这般顾虑邮件泄露或者被黑),最终我们齐聚纽约讨论短名单人选。"没有任何一份这样的名单能够盖棺定论,"伊恩在导读中写道,"这有待后人评说,如果有的话。"

但这仍然是一份出色的名单。伊恩提到当代美国小说对死亡的痴迷,他谈到我们审读的这些作品中到处都是"死亡""关于死者的记忆",还有"死后"的痕迹。他引用了扎迪·史密斯(Zadie Smith)对美国作品的评价:"为什么这么悲伤啊,人们?"但是前面提到的伊恩说交由后人评说的那句话又如何呢?为什么这么悲伤,伊安?

事实就是,关于末日的幻想已经像病毒一样潜入我们体内,它们将自己嵌进美国写作的中心。十年前,美式反乌托邦是小说重要的主题,现在似乎也依然占据很大的分量:瘟疫、战争,还有失控依然是主流(虽然我们也注意到其中开始多了很多幽默的成分)。从外来者的角度看,那种悲伤的源头显然是"9·11"、战争、美国国旗覆盖的棺柩、PTSD、关于酷刑的丑闻、关塔那摩湾、校园枪击案和枪支犯罪、反对毒品的战争、2008年金融危机……好消息在哪儿呢?从蜂群的死亡到制造业的衰退，从气候变化到民粹主义，一切看上去都如此阴郁。

但另一方面，黯淡一直都是它的表象：这里是一个深陷泥潭、拥有媒体自由的国度——它当然显得萧索阴沉了。你是否读过一个有审查制度的国家的报纸？试试吧——在那里你可以找到好消息、乏味的消息、结局幸福的故事。

今年的这份名单具有相当的分量。十年前，我们要读完两百多篇小说才能确定长名单人选。这一次，投稿的数量翻番了。《格兰塔》副总编罗莎琳德·波特（Rosalind Porter）尽管在产假中，还是完成了阅读的任务。卢克·布朗（Luke Brown）、卢克·内马（Luke Neima）、弗朗西斯科·维列纳（Francisco Vilhena）、埃莉诺·钱德勒（Eleanor Chandler），还有乔西·米切尔都如饥似渴地审读了书稿。我们《格兰塔》图书系列的编辑也参与了审读——劳拉·巴伯（Laura Barber）、贝拉·莱西（Bella Lacey）、马克斯·波特（Max Porter）、安妮·梅多斯（Anne Meadows）和加·布拉德利（Ka Bradley）都参与其中。我们的出版总监亚历克斯·鲍勒（Alex Bowler）入职恰值这份长名单初定之时，他也带着极大的兴趣参与了后面的工作。我负责主持每周的会议，大家一起讨论并记录每本书的优点。

我们决定成立一个全部由作家组成的评委会，鉴于在今天大多数的小说作家对他人的写作都有很强的介入：教学、编辑或出版，我们邀请了五位赞佩的作家来从事这项工作：保罗·贝蒂（Paul Beatty）、帕特里克·德威特（Patrick deWitt）、A. M. 霍梅斯、凯利·林克（Kelly Link）和本·马库斯（Ben Marcus）。

每一份名单都反映了评委的偏好。我们也深知，如果讨论稍微是另一个方向的话，有哪些作家会出现在这份名单上。令人遗憾的是，当他的《销售一空》获得布克奖时，保罗·比蒂必须退出评委会——他因为分身乏术无法继续担任评委。我们不知道他的中途退出对最后的结果有什么影响。我们中的一些人为劳拉·凡·登·伯格（Laura van den Berg）、林韬（Tao Lin）、布里特·班尼特（Brit Bennett）、蒂亚·欧布莱特（Téa Obreht），还有斯蒂芬·邓恩的缺席而惋惜不已。凯蒂·辛普森·史密斯（Katy Simpson Smith）和玛吉·希普斯特德（Maggie Shipstead）本应该也出现在这份名单上。努弗莱特·布拉瓦约（NoViolet Bulawayo）是一位了不起的作家，最后很遗憾地判定为不符合评选标准，但她原本在我们一开始决定的名单上。

也是有史以来第一次，这份名单上的女作家数量要多于男作家：二十位女性，九位男性。前一辑中，我们有九位女性，十二位男性。而系列的第一辑有七位女性，十三位男性。我想，这可能是某种进步——或只是出于偶然。在名单最终确定之前我们并没有进行这样的统计。2007年那一期，移民作家的身影更加活跃：入选的作家中有七位出生在或者成长在美国之外的地方。而这一期的作者中，只有四位是出生在（美国）境外。

每一份名单都是妥协——这份名单当然也不例外。但它有了自己的生命力。托拜厄斯·伍尔夫（Tobias Wolff）是1996年那次评选的评委——也即"著名的错失"发生那一届，如是写道：

> 在我看来，我们完全可以用那些未进入这份名单的作家推出另一本《格兰塔》特辑。选出二十位作家来代表一个时代，在你们的国家也许行得通，但在我的国家，幅员如此辽阔，青年作家辈出，

这样的遴选过程最多暴露了评委们的偏好,也包括我本人的在内。

但这并不是否定我们评选的这份名单,它是一份绝佳的名单。你在其中能找到很多古怪的,甚至天马行空的作家。我们读了大量优秀的作品,让人们注意到其中一些,也给小说迷们提供一个机会,让他们对我们的榜单大放厥词,赞美自己喜欢但被我们忽略的作品。我为我们完成的这项不尽如人意、不完满的工作感到自豪,它的缺漏瑕疵,能激发愤怒和怀疑,能唤醒其他人关注到现在处于创作巅峰的作家面貌如此丰富、如此充满活力。

这段话于当时、于今天都是对的。

我想感谢所有让这本特辑成为可能的人——首先是评委们,帕特里克·德威特、A. M.霍梅斯、凯利·林克以及本·马库斯。他们都非常负责、富有洞见,和他们共事非常愉快。乔西·米切尔是我们的编辑助理之一,非常出色地负责了所有的后勤组织工作。达妮埃拉·席尔瓦(Daniela Silva)是《格兰塔》的设计师,为封面制定了创意方案,她委托制作了灯管装置并完成摄影。美国公民自由联盟的安东妮·D.罗梅罗(Anthony D. Romero)慷慨地允许我们使用他们的会议室——谢谢。米米·克拉拉(Mimi Clara),还有我们的营销人员苏珊娜·威廉姆斯(Suzanne Williams)和伊丽莎白·施里夫(Elizabeth Shreve)都为后勤工作出力。图书经纪人和出版人也无一例外倾情相助——感谢你们的大力支持。

但最重要的,我想对这份名单上的所有作家表示感谢。因为这当然不仅仅是一份名单,同时还是一本选集。本·勒纳(Ben Lerner)为我们带来了戴尔辛酸的故事。格雷格·杰克逊（Greg Jackson）写到了左翼老一套的政治以及右翼的新政治；萨娜·克拉西科夫（Sana Krasikov），还有迪奈·门格斯图（Dinaw Mengestu）以不同的方式触及了恐怖主义的主题。还有杰西·鲍尔（Jesse Ball）、马克·多滕（Mark Doten）、珍·乔治（Jen George）、奥戴莎·莫思斐（Ottessa Moshfegh）想象力非凡的故事，以及哈利·巴特勒（Halle Butler）、艾玛·克莱恩（Emma Cline）、蕾切尔·B.格拉泽（Rachel B. Glaser）、劳伦·格罗夫（Lauren Groff）、雅·杰西（Yaa Gyasi）、奇诺洛·奥卡帕然塔（Chinelo Okparanta）令人激动的新短篇。安东尼·马拉（Anthony Marra）写的是一个人在意大利的小岛上试图躲避自身的命运；埃斯梅·玮珺·王（Esmé Weijun Wang）描写了精神疾病、种族主义和谋杀；乔舒亚·科恩（Joshua Cohen）讲述了一位以色列士兵的故事；克莱尔·韦恩·沃特金斯（Claire Vaye Watkins）则书写了一段过去的关系。

虽然不情愿也该就此打住了，再写下去就会剧透太多。阅读它们，作出你们自己的判断。

西格丽德·劳辛（Sigrid Rausing）

GRANTA

木头的味道代表河坝

杰西·鲍尔

杰西·鲍尔

Jesse Ball

1978

杰西·鲍尔是出生于纽约的无神论者、无政府主义者、小说家、诗人及理论家。他的荒诞作品已经在世界多个地区出版,并被翻译成十几种语言。

冯晓初　译

1

那个女人戴着一顶纸做的帽子，穿着一身非常朴实却瘆人的衣裳，相当于是一种责难吧。意思是说她正在做原本应该你来做的事，或者说你应该做好的事。那又是什么？

她在损毁的人行道上推着一辆轮椅，碰到裂缝坑洼都不停。她看不到那些。给她的工作便是在两地之间摆渡这辆轮椅。她得到的解释就是这样。你要把轮椅从这个地方，儿童病房的这个地方，推到那个地方，动物园里的那个地方，然后你再推回来。他们没说这个工作就是推车，不过她是这么认为的。轮椅上是什么以及四周围环境之类对她没什么所谓。有时候是女孩儿，有时候是男孩儿。或者说可能是。谁知道呢？没有别的人在场。那个孩子可能是高兴的、哭泣的、暴躁的、怒气冲冲的、先天不足的，都无所谓。

不论是谁在那个时候坐在轮椅上（不知道她有没有看上一眼？），都得因为地上的裂缝颠得够呛，而轮椅尽管多少减慢了一点，但仍是疯狂不羁地向着动物园大楼的双扇门冲去。这条路面恶劣的行道让护士觉得又烦又吃力。她试图着力压在轮椅的大车轮上好让行进平缓一点，但效果可以说是压根儿没有，仅仅是让她的双手和胳膊十分吃痛，而轮椅则被摇晃得几近支离破碎。

他们管这里叫动物园，不过它其实算不上是一个动物园，这哪能算呢？她用轮椅踏板撬开门缝，使劲儿把轮椅往里推，大门朝后让步，引得她手中轮椅刺耳又低沉地发出尖叫，不过门到底还是露出了一道口子，于是轮椅几乎是贴着大门边刷了过去。他们进了门，站到了地毯上。

2

正是此刻——轮子在织物表面轻松滚过。他能体会到某种近乎庄严的感觉——或者庄严的可能性，就在他蜷曲的小小身体当中。之前当轮椅上下颠簸把他甩来甩去的时候他得紧紧抓着轮椅，但现在他不需要做任何动作了。他从一片满是影子的地方轻松穿过，两侧的窗户被切塑成一块块谁也没有去过的地方——丛林、森林和沙漠。那儿有东西是你想看见的，但是你还没意识到，而当你看见它时你对它似乎所知更少了，却想知道得更多。这些对他来说都毫无意义，不过呢，任何事对他来说都像是去往最终点处的河狸坝。河狸坝。除此之外他想不到任何事。他会在残疾人病房窄窄的病床上醒来，然后向人要水喝，在他要水的时候他实际上想要的是，带我去河狸坝吧，好吗？当他被带去午餐椅上被迫去吃那些他永远不会想碰的食物时，他会把头栽进桌面，再咕哝一遍。带我去河狸坝。这样子过了几天终于有人注意到了并且认为这事情应该做。他们应该带他去河狸坝。于是日程表上有人写下，每周去一回动物园，尤其多留意河狸活动区。

他有几次试着想跟护士们聊聊河狸。他其实没有什么能说的，但护士们知道的更少，而且就算他使尽浑身解数想让她们体会到自己从那些河狸身上看到了什么，效果还是相当于零。她们那几张护士脸上写着严禁交流，从来都是这样。没什么错误也没啥坏心，但反正就这样。

玻片观察窗后面横着的那条可怜巴巴的小溪里，有四只河狸。按他的叫法:"甘瑟","史都本","小老鼠","甘瑟"。他把它们中的两只都叫作甘瑟,因为他也还没确定到底谁是谁,他觉得先这样叫比较确切。不过他知道其中一个"甘瑟"是雌的。他只是没法解释怎么区分,再说河狸们的动向如此难以预料,弄明白可不是件容易事儿。

河狸被认为是某种类似鱼类的东西,但他们还能砍倒树木。他喜欢这一点。不幸的是在这里、在玻璃上方,只有一些看着像树的玩意儿,不是真正的树。这些看着像树的东西被打扮成被河狸砍掉了一半的样子,他心里知道这可不是河狸们干的。为了安抚那些河狸,动物园给他们送去一筐碎木头,史都本成天在里面翻翻捡捡,不过翻来翻去也没从这儿找到新玩法。其他几只河狸则对此毫无兴趣。

"小老鼠"动作很快,而且她的鼻子比其他几位都要干净。他就是靠这个认识她的。玻璃上有那么一个点位是她能碰得到的而其他几只不行。这是另一个特征。

"甘瑟"游水的时候可能会蹬脚蹬得有点儿频繁。"史都本"翻翻捡捡。这就是这几只河狸以及它们的独特之处了。

护士沉重地站着,沉重地呼吸着,在玻璃前方。她的心脏跳动着然而她始终觉得这颗心脏是属于别的什么人的。过去曾有一种会致死的病:你感觉到自己的心脏是其他某个人的,还有那种恐怖的感觉,你的心脏就在你身旁跳动。如此一颗被监视着的心脏刚刚震颤起跳,很快又停了下来,像空桶里的一条鱼,用撞击损毁了自己的体态,丧失了自己的天性。

3

他说,看啊,"甘瑟"从河坝那头钻出来了。看啊。但是护士看也没看。

"甘瑟"想爬到另一边因为他更喜欢那头一点儿。现在另一边上来了个"甘瑟",再过去一点儿还有一个,他们想在一起,于是他们在中间碰头。

这也是他们俩之所以都是"甘瑟"的另一个原因——他们总是在中点碰头谁也不知道是为什么。

"史都本"的脑袋出了点儿状况,在翻东西的时候有时会停住,用自己的脑袋死死顶着木块尖尖的一头,似乎像是在试着弄明白发生了什么。也不管是多久之前发生的事了,他仍然在想办法搞清楚。看起来对他什么好处也没有。

有的时候河狸们会来到玻璃附近凑成一堆。"小老鼠"站在前面,站在属于她的特定位置上,某个"甘瑟"跟在她后面,然后是"史都本"在另一边儿,像是蹲着。他们会站在那里死死盯着外头,直到让人头脑发昏闹不清到底谁在玻璃里面谁才是站在玻璃外。护士很讨厌这种时刻。

哦,它们又这么做了,她嘴上会说,心中诅咒但不出声,她按摩了一下自己的手腕,再把轮椅掉头。够了,这该死的动物园。

但他今天不想走,当她将轮椅掉头,他还试图扭过头去继续盯着那些河狸瞧。他敢肯定他们看见了自己。他感觉他们透过玻璃真的看到了他。他试着喊出声,他这么做了,他喊了起来,那是他自己从来没有听到过的,他自己的喊声。

他身后传来一阵剧烈的撞击声,护士抬腿就跑。

4

河狸们等待着,等着属于他们的时机。对于他几时会来,他们有感觉,然后他们试着用半仪式化的行为,向他展示出他所需要知道的。每一次表演结束他们会集合,鞠躬,然后从头再来一遍。不管这事儿我们得干多少回——他们会跟彼此这么说。不管多少回。

他们在河坝的暗处谈论他何时将会过来,而他们又该做什么。这算是希望中的希望了,有时候"甘瑟"觉得是不可能发生的。甘瑟会说,我们等的是空屁,事实上什么都没有。然后"小老鼠"把她的脑袋往地上撞,"史都本"吐了起来,"甘瑟"去小便。但是他们跟木板一样强壮,每个早上力气都会重回他们身上。无论消耗掉了多少,都会回来的,因为除此之外他们没有任何工作要做——而你的工作是需要永远都有力气来做的。

我们爱他,有天"史都本"说。这是爱的范畴。"甘瑟"说他不爱任何人。"甘瑟"表示同意。"小老鼠"说万事都得通过爱达成,没有例外,所以……

但是"史都本"坚持认为这事儿不一样。我不是在干我该干的工作。在那堆碎木头里肯定有些是我可以做的,做了就能找到他。我就是知道。

到时候,他说,当那个时刻来临时,准备好啊小老鼠。你是那个去敲玻璃的。

5

|
|
|
|
V
撞!

撞！

撞！

撞！

护士跑了起来，她身上的纸衣服在她的恐惧里恣意撕裂。她胡乱推着面前的轮椅，于是轮椅拖着坏掉的轮子掉头，绊住她的腿，她翻了过去，重重摔落在地，颤抖的舌头发出尖叫。河狸们凑了过来，绕成圈。他们朝那个女人的脸大声喊出愚蠢的问题，而河狸们像空中摇晃的手臂一样来来回回。护士这一刻死了；他们转过身来，把轮椅从摔倒的那个人身上挪开。

亲爱的，他们哭起来，我的爱，我亲爱的，他们拍打他，用手和脚、用尾巴和嘴，用他们的眼睛和鼻子，用鬃毛、头毛，用鼻子。他们撕扯他，报复他，推他。他蜷缩在地上，残疾的双腿被撕开，还有他畸形的肩膀，小小的假领子，他的斜眼，一小撮挂在耳旁的头发，也全都被撕开了。那么现在的他就成了，他们中的一员，新鲜并且干净，他粗糙的皮毛叠在他身旁，他坚固的牙齿，他无精打采的抽打，他在跳跃和游泳以及斜冲时的严肃。

他们把他拉起来，他又拥抱他们，并且他们每一个都是那么高兴，他们的胜利又是那么地完满。

他们不太清楚——他们应该回到坝上还是去别的什么地方？别的地方能是哪里呢？他们看着彼此，队伍如此壮大又如此不足。他们太老了，却又太年轻。除非发生什么意外，否则他们剩下的那些年头是没法一穿而过的，然而突然他们有种感觉——他们悬在上面，不知怎么的就能看到时间一成不变地单调流动。但那又像热浪一样在他们眼前蜷曲再撕裂。

他们就一起待在这块傻乎乎的毯子上而且他们发出的声音就是河狸的声音。

✦

  我的朋友,我的意思是,这人生就像盘子一样浅。不会向前。
  我爱你们每一个。现在我理解你们了并且我爱你们,这人生对我们一无所知便杀死我们无视我们的美丽心灵便摧毁它们,这些都没关系了,石头里没有任何会呼吸的东西,从来没有永远也不会有任何东西能在石头里呼吸。

GRANTA

新的我

哈利·巴特勒

哈利·巴特勒

Halle Butler

1985

哈利·巴特勒定居于芝加哥,她的处女作小说《纪莉安》被《芝加哥论坛报》评价为"年度伤感之书"。合著有剧本(《反人性的犯罪》《社区餐饮外送》)。目前正在创作第二部小说——《新的我》,本篇是这本正在完成的新书中的节选。

冯晓初　译

心情一流！

我的胸口一发紧，我的胃似乎坠到最低点，仿佛在说："你确定？"然而我很确定。今天要做一些决定，绝对能行！有些事情今天不要去想，对此也很坚定！

我盯着浴室镜里自己这张脸，又黄又瘦还泛着灰，牙齿隐裂的地方已经变成褐色，下排门牙的牙龈线有点儿后退，嘴唇有点皲裂斑驳，清晰可数的几颗痘待在额头上，被一道业已成型的皱纹分隔开，这条皱纹从我曾经繁茂现在也仍然像个男人似的眉头与眉尾之间萌生，向着头皮的中线进发。要是在我自己的回忆里见到，或者从很远地方看见它（尽管当我在窗玻璃上见到它的影子时，眼睛格外炯炯而下巴显得很是苛刻），尚算一张不至于太没有吸引力的面孔。无所谓了。我再也不为这些事情分神了。我用打包胶带把一个枕套绑到镜子上面，那些胶带还是过去我搬家寄包裹时剩下的。枕套一角有一大块白色的东西，我对自己解释道那是洗衣液（一下子闪回到中学时代，梅根·兰伯特，又高又美，笑着红了脸，说她毛衣开衫上的斑点实际上是洗衣液，不是精液，哈哈，这笑话真不错。我现在就像她一样。笑着。哈哈）。

我抄起一只垃圾袋进了自己卧室，检视着我那些衣服：太小的，有洞的，过时货，太扎眼的，太烂的。一只垃圾袋塞满，我把它丢到公寓外头的过道上，然后再拿起一只新袋子钻进卧室。

扔掉了一双鞋底有洞的棕色平底鞋，一双几乎完全被人行道的防滑盐蚀出结晶的——去年的冬靴。我还留着高中时候横穿全国的那双鞋呢，十五年了，不过没怎么穿旧。我抓起它们，闭上眼睛，从功能和愉悦心情的角度掂量了一下它们的价值。它们也进了袋子。

顺手丢掉一套褪了色的内衣,琢磨着去给自己买一套迷人的软软的睡衣裤。那是眼下我喜欢的类型。第四包塞满我衣服的垃圾袋被请进了过道,就等我早上休息好了再拿下楼去。

我设想了一下明天跟萨拉喝咖啡的情形,真正的亲密友谊,开始互相了解对方,摆脱两年以来这种喝酒、抱怨、误解彼此的固定模式。或许我们可以出门吃个早饭,玩玩牌,真正倾听一下——或者更棒一点,什么话也不用说。我们可以就这么一起存在着。

我发短信问她想不想一起早饭。"这阵子真的不能在饭店花钱不过我有些啤酒如果你想喝我可以带过去。"这可真是跟我的计划彻底相反,几乎就像她是固执地无视我的计划有多么美妙:安静、朴实的薄煎饼啊。

"要么我们去哪儿喝个咖啡?我们可以玩玩纸牌。"

"对纸牌没什么兴趣而且老实说也不能在咖啡上花钱。"

好吧,好吧。

我生了会儿气,我觉得一定是某种想象力的严重匮乏使得萨拉无法全然领会我的提议有多美好,而我,如果今天以及未来每个即将到来的日子我都能够诚实做自己,那么我完全不想跟那些固执地拒绝想象力的人、那些坚决不肯或不情愿让我来拿主意的人混在一起。(从来就没有人想去做我想做的,而我呢又特别能忍,所以永远都是"噢行啊!",然后下场就是一次又一次地不情愿地做起了自己不喜欢的事:扮演心灵疗愈师啦,喝酒喝到快挂啦尽管我想要的是茶,在上班的地方表现得充满活力啦哪怕我根本就是想在家待着。)但是,我一点儿不需要这样的感觉啊。我想变得高兴,我想滋养一下我的友谊,我想在见萨拉的时候开开心心的,所以我打算这么做。

要么给她买杯咖啡,我脑子里飘过这个念头,不过我马上意识到那不就是她计划的嘛,那我可不会再做这种事(被人操控),于是我就把短信先晾在那儿。

我于是上网闲逛看看有什么衣服可以给自己买的,脑子里又琢磨着可以做道什么样的色拉,这时萨拉的短信来了:"其实这会儿特别无聊我能不能今晚就过去?"

"噢好啊!"

我试着放轻松。她来之前我没有喝酒,虽说手边就有好几罐我新近从网上食品店"豆荚"下单的很不错的精酿啤酒,然后我还给我俩将要分享的菠菜色拉预备了芥末油醋汁。

收到她的短信一小时后,她本人出现了,背包里带了四罐已经放热了的啤酒。"外面那些袋子是怎么回事?"她问道。"哦,我就收拾收拾屋子。"我说。她抬抬眉毛又点了点头,跨过我从客厅里收出来的两箱小玩意儿和一卷脏得不行的地毯。

她递给我一瓶啤酒然后问我要香烟。我给了她一支,问她想不想吃点儿什么,向她指了指柜子上那一大碗色拉。她说:"不想,我不会去吃那玩意儿的。我现在不饿。"我点点头说"很好",然后把色拉就这么敞着放回冰箱。有一小会儿,我们就这么沉默地坐着。她用嘴吐气,鼓起腮帮像个猴子,或者像个强烈厌世的人。

"那么,你最近怎么样?"我问。

她犯了个过于直接的错误,依然以为我会有兴趣去听她那些我完全不认识的同事和家人的故事。

我连试着听都嫌多,我就是坐着,时不时地咕哝两声,"哦,是的,克里斯,他听起来好像很糟糕",我尽量保持清醒,快速往肚里灌酒,指望这样或许能开启自己对这种故事某种隐伏的兴趣。我试着插话,试图把话题转向更广泛些的范围这样我也许能够也参与进去,但我的尝试马上就碰壁了("就像有部电影里那样")。她又转向了一个黑暗的话题,是她大学时的一个朋友多年前的痛苦经历,明显是自毁式的。

我想问问她对那几件我打算下单的衣服有什么意见，不过我们以前从没做过这种交流。我想：我真的很喜欢萨拉的衣着，如果按我在网上读到的某篇讲述怎么与人相处的文章里提到的建议，这是她身上我欣赏的部分。把注意点放在他们的长处上。萨拉停下来喝了一口然后说："唔，管他呢。"

我逮住这个机会。

"我想我得买几件新的通勤装了——或者只要是新衣服就行了。"

"噢"，她说。有点儿心不在焉，语气平平的。

"是的，我琢磨着如果我要接受一份我并不那么热衷的工作，起码我应该享受一下它的某些特权。"

"他们通知你去上班了？"

"还没有，不过我觉得保持一个好的精神状态迎接这个通知的到来比较明智。"我认为这话说得很有道理。几乎是真理了。

"最近我可买不起衣服"，她说，"这些袜子是好几个月前买的，它们真的很贵，但是我成天穿，差不多一周三回这样吧。"

我瞧了瞧她的袜子，告诉她过去她就提过这事儿。

"但不管怎么着吧"，我说，"我可不是突然发了财什么的，只不过所有衣服要么太紧要么有洞要么沾上东西了。"这是她知道的，所以我不明白为什么她看我的眼神跟他妈看法国国王似的。"再说就是想拥有一些新东西了吧。我也说不好。我想这可能会对自己有点儿帮助吧。"

"当然了，为什么不呢，只要你手上有钱，你身上又没有背着学生贷款或者账单，为什么不呢？"

我盯着她。

"我能给你看看我想买的东西吗？"

我看得出她是真的没法说不，即使那才是她想做的。即使她全身上下每个零件都在尖叫着说不，她也不能真的说不。

她脸上挤出一个几乎等同于点头的表情，嘴上也没有拒绝，于是我拿来了笔记本电脑。我希望她能说好。我希望她愿意在这件事儿上帮帮我。那肯定会很有趣的。换作是我，肯定特别特别乐意帮她收拾出一个更职业化的造型，只要她想这么着。在某个项目或者一个问题上努力是朋友们凑在一起该做的事，这能让他们获得某种联结。

我给她看了一件格子呢外套，厚裤袜，一件羊毛开衫，一件超大号高翻领毛衣，一件正装衬衫，一副仿羊皮手套。她勉强对那件衬衫评论了一句"哦，很可爱"。"我挑衣服实在没本事，"我说道，"我真的还需要一件新外套，但是我已经挑花眼了。"

她说衣服都不错，接着告诉我说我不该为此烦恼。她提议不如等我拿到工作要约再买这些衣服，然后我说："但你觉得这些衣服我可以买吧？"她说："能啊，它们不错。我意思是说，只要你能买得起。"

这个晚上跟我计划的可不一样。我们喝完了所有啤酒，继而转向了橱柜里靠着调料瓶放的一瓶烹饪雪莉酒。我不能肯定它能不能够格儿算得上是瓶酒，但是它喝起来就是酒啊，尤其第二天早上醒来它留在我嘴里那味儿，是酒。她还想继续谈论那些沾染上了鬼知道什么毒品问题的鬼知道是谁的朋友或亲戚，我往前倾身说道："所以你跟他们很亲近咯，所以你才会感到这些事情很难承受。"我用手撑住下巴又皱起了眉，"这些真的每天都在困扰你呢。"

"对，我的意思是，不，我们没那么近，只不过我脑海里一直挥之不去。"

"你一直想着这事儿是不是因为你觉得克里斯没有正确对待你对他的管理风格提出的批评？还有，在你表亲的挫败和你自己之间，你是不是感到有某种联系？"

"我的意思是，既然你提到这回事了。"

"我想现在这种情况里面最好的做法就是既来之则安之。大步往前走。你会好起来的，所有这些都不是什么大事，你不能掌控其他人的——你可以把这话当作一句箴言记住。"

她再次从头开始讲那一模一样的老故事，而我瞥到厨房台面上我的笔记本电脑发出的闪光，它召唤着我。我该去抢下那些裙子了。我脑子还清楚时能记得的最后一桩事情是，琢磨着下单。

第二天早晨我在床上醒来，身上只穿着一条短裤，破碎的片段才返回来。萨拉描述着某些场景是如何在她"晋升"之前上演的；她和她朋友间的争执又是怎么在她俩的"晋升"之前发生；我肚子里有条毛虫在打着转，向我咕噜咕噜着有关"晋升"的什么东西，还有个神秘的声音悄悄告诉我，我是不会得到晋升的，我的晋升会是打了引号的。

就在我为了我的新生活下单了一批新裙子的时候，萨拉又一次提起她捏造的学生贷款。

一些我不认识的人的垃圾故事，随手拣来的八卦，老套的独白，空洞的痛苦。阴阳怪气。每个人都阴阳怪气。

我的脑子里响起了咚咚的重击声好像是有什么东西想夺路而出。我想起了原本对今天的各种设想，这段记忆压过了现实发生的一切：没有和萨拉安静地吃着煎饼，而是深深地、无目的地讨厌她，我居然还在努力让梦变成现实，这感觉让人想吐：仍有可能完成我的清扫计划，仍有可能报名参加那期瑜伽课，仍有可能，仍有可能。走到淋浴底下我几乎快要晕厥，脑中浮现出自己掐住了这一天的喉咙把它的头狠狠往墙上砸去的画面。

几个小时过去了。我穿上外套和其他一些冬日必要装备走出我的公寓。虽然冷得要命但是阳光大好。我穿过马路走向公园，高中的学生会在那儿上体育课。我走在环绕公园的水泥小路上，沿路种着树，小路又围出了一个小的棒球场、一个篮球场、一个已经废弃的社区花园。走着走着我就感觉这景色是向我走来，而不是我在这景色当中走。我几乎意识不到自己身体在移动，树纷纷向我迎来，感觉像在3D空间，一株灰灰的矮树挪动着从我身边滑过，跟玩儿影院过山车①似的，转过车轨弯道，看着车库、后院门廊、杂货堆、电线在视野里钻进钻出。近乎超然。感觉自己终于冷静了。感到脸放松下来，我甚至感受不到脸的存在。

我在公园里看到了一条狗。我看着身穿羽绒服的孩子们在操场上玩，他们的父母又或许是保姆坐在长凳上看着他们，互相交谈。

沿着小路我走了又走，琢磨着我的处境。评估自己的人生。我该往哪儿走又该做什么呢？

我几乎觉得自己飞起来了，轻轻地，不用费力。

我大概就这么绕圈走了有四十分钟，直到一个穿 Polo 衫、胸前挂着哨子的女人向我走来，脸上还带着微笑。

"今天怎么样？"她问道，而我很好奇，吸引别人来和你互动是不是真有那么容易，放松是不是真的是社交密钥。

"我还不错"，我说，并没打算停下脚步，感觉自己几乎是想把她甩在身后，但是她跟上来和我并行，我慢吞吞、不情不愿地边走边绕着圈。

"那今天还不错吧？"她又问了一遍，她的音调里有一股强力，我几乎是立即就识别出其中的恶意。我开始感到紧张。

"是啊，今天我们过得不错。哈哈。"

"是不是，已经喝了一点儿酒了？"她问道。

"喝酒？噢，没有，当然没有。我就是醒醒脑子，公园里走一走。"我说。然后我朝我肩后方一指，"我就住那儿。"好像这么说有用似的。

"看起来你已经走了好几圈了，刚刚一个钟头里可有点儿跌跌撞撞的。"她说。我注意到她身后的小游乐场上有一家子。儿子丢着已经暗淡发灰的雪球，他身上的羽绒服活动起来不太自然，他母亲则在一旁双

---

① 一款虚拟游戏，玩家仿佛坐在过山车中，画面模拟轨道行进。——本书除无特殊说明，所有注释均为译注。下同。

唇抿紧地看着。我知道她这么做是防着我。去你的。我想。去你的。

"跌跌撞撞，我不太清楚，"我说，"我工作上刚刚经历了一个漫长的压力极大的礼拜，我只是来运动运动。"这话一说出来，我就觉得很在理。语调完美。如果我们在讲电话，用这种语调、这种措辞，我可以让她把自己的支票簿号码交给我，也许再加上点儿健康信息，就看具体语境了。

但我们不是在讲电话，眼下的语境也不太明了：她身上是一件天蓝色的芝加哥公园管理局的Polo衫，里面是白色保暖衣，挂着哨子和钥匙卡片的挂绳，还有那种会窸窸窣窣直响的长跑裤，白气从她口中呼出，在她头顶还有一条一丝不苟扎得紧紧的辫子，而我穿着咖啡色男士外套，衬里拖在外头比衣摆还长，下身是运动裤搭便宜雪地靴——虽然我想她或许会对运动有些共鸣，发现我们之间的一点儿相似之处——此外我的头发显然还没梳而且因为才洗过所以冻上了，尽管它们大部分藏在我那顶从一美元店买来的绒线帽里面。语境很明白了。要是我戴了眼镜就好了。一个人戴着眼镜的话，你想象不到他能侥幸逃脱多少惩罚。

我想象她接到一个举报我的无线报话——一个怪异的跌跌撞撞的不知是男是女的人——她从园区办公楼的玻璃窗往下一望，继而决定要管一管，走下楼来把我赶出去，搞定他，他们会说，然后她迅速奔下楼梯，全身进入运动状态，肘关节轻微作响，双臂充气似的鼓起来一块。我超级平和的语气也无法使她相信我此时的无辜了。

"好吧，也许你想去别的地方做会儿运动，然后等你感觉好些了以后你可以再回到这个公园里来。"

"我感觉不错啊，小姐，"我说道，"但我也不想惹什么麻烦"。我身体里那种放松的感觉实在太强烈了，以至于我说这话的时候差点儿笑起来。我感觉轻盈了。我感觉对我而言，优雅地举起手捧起这个公园守护人的脸再给她一个并不太重的慢动作的耳光，也并非完全不可行。

让我奇怪的是我们俩谁也没有离开谁也没有开口说话，这让我笑了起来。

"噢，对，对"，我说，想起来我才是那个被指望离开的人。她在这里工作。我想着说再会，但没有说出来，然后我朝着奥古斯塔走去，那是我公寓的反方向。或许她会以为我说自己住在附近是撒谎，不过这就是个小事，那种每个人都会安慰其他人别太操心的万千小事中的一件——谁在乎她对我的公寓有什么看法呀？但她提到了酒，倒是让我想在本地酒厂停一停，买上一瓶他们最好的酒，不过也许我应该去洗个热水澡，您怎么认为呢，大人？噢，夫人，一个热水澡是极好的，但是我有时候确实会好奇地想知道您自己去洗澡的时候会否觉得孤独呢？您不乐意和我一起去给浴缸放些水吗，大人？啊，夫人，如果是现在我当然会去，但是在散步与夫人的热水澡之间，有很多事情都有可能发生，如此这般，承诺便不能许下，而愿望也可能无法圆满。

开始下起了小雪，小小的雪花亲吻着我的脸颊、嘴唇，甜蜜的爱人，落进我的头发，冷却我这一头焦虑的汗，让我那双靴子里带着破洞的袜子的受潮多了一点欢乐的成分。我深吸了一口气，想象着这口气充实了我的头脑，继而是胸腔，然后是胃，然后我再把它从我的口中放出去。

酒类专营店还没有开门。我毫无目的地多走了一会儿，这段路本来应该是来自甜蜜上帝的礼物，让我撞见什么我认识的人然后喝一杯热苹果酒，但是现实糟透了因为我既没有穿内衣也没有刷牙因为我害怕自来水的味道。漫无目标、令人晕眩的恐惧把我填满。我差点儿昏倒。想起来我会在周四收到我的新衣服，于是我说"噢，好啊那真好"，我大声说了出来，对着空气。

GRANTA

洛杉矶

艾玛·克莱恩

艾玛·克莱恩
Emma Cline
1989

其长篇小说《女孩们》(2016) 入围 2016 年小说中心处女作奖、美国全国书评人协会约翰·伦纳德奖和《洛杉矶时报》图书奖的终选名单。2014 年,她凭短篇小说《玛丽恩》获得《巴黎评论》杂志普利姆普顿奖。

石平萍　译

才十一月，假日的装饰却已开始悄悄地爬上了商店的货架，少不了戴墨镜的圣诞老人剪纸，橱窗玻璃上也缀满了假雪花，仿佛寒冷不过是另一个玩笑。从爱丽丝搬来到现在，这里没有下过雨，一直都是好天气。她的家乡早已下雪，天气阴冷。下午五点，母亲屋后的太阳便开始下沉。她新来到的这座城市似乎是一个不错的替代，天天都可以看到湛蓝的天空，人们露着双臂，日子过得顺畅、愉快。当然，几年后，这里水库干涸，草坪枯黄，爱丽丝便会明白，不存在享用不尽的阳光。

店员入口在商店的背后，在一条小巷里。这些还是打官司之前的事，那时这个品牌仍受欢迎，开了一家家新店。这个牌子的衣服便宜、妖媚，只有红、黄、蓝三原色，圆筒短袜、运动短裤，能在消费者心里唤起些许对运动的崇尚，仿佛性爱是另一种形式的体育锻炼。爱丽丝在一家旗舰店工作，这家店位于太平洋附近一个著名的街角。所谓"旗舰店"，意思是规模更大，店员更忙。顾客踩过的地面沾上了沙子，有时候还有沙滩沥青，夜班结束后，清洁工不得不用力把地面擦洗干净。

店员只能穿本店的品牌，所以爱丽丝一被雇用就得到了一些免费衣服。她把包里的衣服倒在床上，竟然如此之多，她不禁有些激动，但是它们都带着糟糕的"货物出门概不退换"的警告标志；这些衣服是经理挑的，每件都小了一个尺码，穿上有点紧。长裤紧勒着她的胯，在肚皮上留下了红色的印记，恰好是拉链的轮廓，衬衫在腋下勒出了一些皱痕。开车去上班的路上，她让裤襟敞着，直到最后一分钟才收腹拉上拉链。

店内灯火通明，亮堂堂的，后边的霓虹招牌发出轻微的嗡嗡声。感觉像是进了一台电脑。爱丽丝是上午十点钟到的,但店里的灯光和音乐已经营造了一种永恒的下午的氛围。每一面墙上都张贴着放大的颗粒感黑白照片;照片上的女人们穿着这个牌子著名的内裤,女孩们膝关节鼓突,双手遮着不大的乳房,盯着镜头。模特们的头发略显油腻,脸容略显闪亮。这是为了让人觉得与她们做爱的可能性更大吧,爱丽丝心想。

只有年轻的女店员负责迎来送往,男店员都待在后面的房间处理仓库发来的货物,折叠,拆包,挂上标签,清点库存。除了这种极其普通的劳动,他们乏善可陈。管理层想的是让女孩们出头露面,她们是整个品牌的缩影。她们在店里漫步,每个人负责不同的区块,将手指插入衣架之间,让挂着的每件衣服保持同样的距离,把隔板下面掉在地上的衬衫踢出来,再把一套沾了唇膏的紧身连衣裤藏起来。

在把衣服摆上货架之前,女孩们必须用蒸汽熨烫它们,让这些衣服重新焕发宝贵的光彩。爱丽丝第一次打开库房发来的一箱T恤时,看到所有T恤都被压平,塞满了整个箱子,没有标签,没有价格,她突然意识到它们的真正价值——就是垃圾,全部都是。

面试时,爱丽丝带来了自己的简历,是她费了些心思在一家文印店打印出来的。她还买了一个文件夹,免得赶路时折坏了简历,可惜没人提出来要看。经理约翰几乎没问她的工作经历。聊了五分钟之后,他让爱丽丝背靠一堵空墙站立,用数码相机为她拍了照片。

"你稍微笑一笑就好了。"约翰说,爱丽丝照着做了。

爱丽丝后来发现,他们把照片送去公司审核。如果你成功入选,面试你的人将得到二百美元奖金。

爱丽丝在自己的岗位上进入了一种从容不迫的节奏。把挂好衣服的衣架一一挂到货架上。从陌生人的手里接过衣服,领着他们去试衣间,那试衣间必须由她用腰间挂带上的一把钥匙打开。这是最微小的一种权威。她的眼神有点呆滞,但谈不上不开心,脑海里浮想联翩最终又平静下来。明天就发薪水了,这是好事,因为一周后她要交房租,还有贷款要还。至少她的房间租金不高，但是这套与其他四人合租的公寓令人作呕。爱丽丝的房间没那么差，不过只是因为里面一无所有：她的床垫仍然搁在地上，虽然她已经住了三个月。

此刻店里没有顾客，这种奇怪的间歇出现时没有什么规律。过了一会儿，一位父亲进来了，是被他十几岁的女儿拽进来的。女儿飞快地抓起一件又一件衣服，父亲则在一边徘徊，小心翼翼地保持距离。女儿递给父亲一件卫衣，父亲大声念出价钱，看向爱丽丝，仿佛衣服贵是她的错。

"不过是一件普通的卫衣。"他说。

爱丽丝看得出那个女儿的尴尬。她冲那位父亲笑了笑，笑容寡淡但透着宽容，试图暗示对方，这世上有一些复杂难解的事情。衣服标价过高，这是事实。爱丽丝自己是买不起的。那个女儿的表情让她想起了自己的青春期，不管是什么东西，母亲总会评论一番它的价格。那一次他们下馆子，庆祝弟弟中学毕业。那家馆子的菜单上镶着某种LED灯管。母亲禁不住喃喃念出食物的标价，试图估算出账单的数目。每一个标价都逃不过她的剖析和评论。

那位父亲心软了，给女儿买了两条打底裤，还有刚才那件卫衣，还有一条金属色裙子。爱丽丝这才明白，他只是假装被衣服的价钱吓退了而已。那个女儿从未想过她或许得不到自己想要的一切。爱丽丝盯着收银机上一项项加起来的数字，那位父亲甚至没有等到最后的总数显示出来便把信用卡递给了她。爱丽丝心中原有的同病相怜的感觉顷刻间烟消云散。

乌娜也是星期六上班。她十七岁，只比爱丽丝的弟弟亨利小一点，但亨利看上去像是另一个物种。他脸色红润，络腮胡子沿着下巴修成狭长的一道。他是一个怪异的复合体，实实在在的孩子气加上性变态，他的手机壁纸是一个巨乳艳星。大多数夜里，他在炉子上做爆米花，反复播放一首名叫《给我信心吧,金凤花》[①]的歌曲,他钟爱这首歌,快乐地哼唱着歌词,脸上洋溢着青春和温柔。

乌娜可以把亨利生吞活剥了,戴着黑色短项链的乌娜,父母都是律师,上的是私立学校,她在那里打长曲棍球,选修了伊斯兰艺术课程。乌娜对自己的美丽已然了如指掌,显得自信而从容。奇怪的是现在这些十来岁的孩子竟然可以如此好看,身上散发的魅力比爱丽丝和她的朋友们十几岁时大多了。新一代的少男少女们不知怎地都会修眉。性变态者都爱乌娜——除了那些受店里的广告吸引、独自进店的男人,还有那些穿着充满暗示的紧身衣和短裙在店里走来走去的年轻女人。男人们久久流连,上演着一出凝视一件白色 T 恤的戏码,大声地打着电话。他们想博取乌娜的关注。

爱丽丝第一次看到貌似这样一个男子缠着乌娜时,她假称店的后边有活要干,赶紧把乌娜拉走。然而,乌娜只是冲爱丽丝大笑:她并不介意那些男人,而且他们常会买上成堆的衣服,乌娜陪着他们走向收银台,像个兴高采烈的医院小义工。她们能从售出的每一件商品中拿到回扣。

公司曾请乌娜拍一些广告,不给她付报酬,但会送她更多的免费衣服。乌娜告诉爱丽丝,她很想拍,但她母亲拒绝在肖像授权使用书上签字。乌娜想做一名演员。这个城市却存在着一个悲哀的事实:成千上万个女演员,住着成千上万套简易小公寓,用着成千上万盒牙齿美白贴片,花费成千上万个小时在跑步机上,或在沙滩跑步,由此产生的能量却化为乌有。乌娜想做演员的理由也许与爱丽丝相同:因为别人告诉她们,她们应该做演员。这是漂亮女孩的传统出路之一,所有人都劝漂亮女孩不要浪费她们的姿色,一定要妥善利用。仿佛姿色是一种自然资源,一种你必须贯彻始终的责任。

[①]《给我信心吧,金凤花》(Build Me Up Buttercup):1968 年由英国地基乐队首唱的一首歌曲。

表演课是爱丽丝的母亲唯一同意资助她的活动。也许这种感受对母亲很重要：爱丽丝在取得成绩，在努力前进，完成课程有点像搭建积木，你拿到了筹码，无论它们是否有可见的用途。母亲每个月寄来一张支票，有时候她从《礼拜日报》撕下一张漫画，随支票寄来，但从未寄过现钞。

爱丽丝的老师托尼做过演员，现在五十多岁，保养得当。托尼一头金发，皮肤晒成棕褐色。他要求一种个人的全情投入，在爱丽丝看来却带有侵略性。上课的地点在一个铺着硬木地板的大房间里，靠墙堆放着折叠椅。学生们穿着短袜，轻手轻脚地走动，他们的脚散发出一种潮湿的私密的气味。托尼摆出来不同的茶叶，学生们仔细打量着装茶叶的盒子，郑重其事地选出一种。"静茶""晚安""助动力"，这些茶叶的名字暗示着努力和美德。学生们双手捧着马克杯，夸张地吸着气；每个人都想享受喝茶的乐趣，胜过其他人。学生们轮流表演各种不同的情境，完成各种不同的练习，来来回回地重复着毫无意义的台词，托尼则坐在一张折叠椅上观看，一边吃着午餐，用叉子扎着塑料碗里湿乎乎的莴苣叶子，努力想夹起一粒水煮毛豆。

每天早晨，爱丽丝的电子邮箱里总会跳出托尼发来的一段正能量引言：

> 要么做，要么不做；不要试一试。
> 朋友是我们给予自己的礼物。

爱丽丝试了很多次，想退出托尼的电邮列表。她给工作室经理发了邮件，最后还给托尼发了邮件，但这种引言总是如期而至。这天早晨的引言是：

> 向着月球去努力。即便你够不着月球，也仍有可能落在一颗星

星上！

爱丽丝认出了一些名人，这似乎很丢脸，但她的确认出了他们。一眼瞥见一个昂首阔步的人，再看一眼，片刻之间，便足以断定对方是名人，即便爱丽丝不知道他们的姓名。他们的五官拼合在一起的方式给人一种熟悉之感，像是受到万有引力的作用。爱丽丝甚至能认出一些三线演员，不费吹灰之力，他们的脸便在她的大脑里占据了一席之地。

这天下午，店里进来了一位女士，她不是演员，但嫁给了一位演员，这位演员非常有名，长着一张怒气冲冲的脸，并不迷人，却深受观众喜爱。这位妻子的长相也很普通。她是一位珠宝设计师。爱丽丝没来由地想到这点，还有那个女人的名字。这位妻子几乎每根手指上都戴着戒指，脖子上挂着一条银链子，银链子上的金属片垂到了乳沟那里。爱丽丝猜测这些饰品源自她本人的设计，又想象这位女士，这位珠宝设计师，开着车沐浴着下午的阳光，决定进店来逛一逛，这一天只不过是她能得到的又一项资产。

爱丽丝朝这位女士走过去，即便她站在乌娜负责的片区里了。

"需要我帮您找什么吗？"爱丽丝问道。

女士抬起头，她那张普通的脸打量着爱丽丝的脸。她似乎意识到爱丽丝认出了她。爱丽丝提出为她服务，本已虚假，此刻更添了一层伪装。女士没有答话，只是继续漫不经心地拨拉着泳衣套装的单品。而爱丽丝依旧面带笑容，很不厚道地快速找出这位女士身上那些毫不迷人的地方：鼻孔周围的干燥皮肤、松弛的下巴、箍在昂贵牛仔裤里的健壮双腿。

爱丽丝吃了一个苹果权当午餐，她歪着脑袋，感受着前额和面颊上的微弱阳光。她看不到太平洋，但是看得到海边建筑物开始消失的地方，看得到海滨木板小道两边的棕榈树细高的树冠。苹果品质不错，果皮闪亮，果肉清爽，味道稍有点酸。她把果核扔进露天平台下面的绣球花灌木丛。这个苹果是她的全部午餐：之后她的胃会缩紧，包裹住空荡荡的内里，于是这一天爱丽丝的感觉会敏锐一些；这是个美妙的过程。

乌娜来到后门廊休息，抽着约翰给的一支香烟。她也给爱丽丝要了一支。爱丽丝觉得自己年龄稍长，不该如此享受乌娜的友情，但她不介意。她们之间有一种轻松而温馨的融洽关系，一种听天由命、同命相连的感觉，她们都明白这份工作基本不能缓解爱丽丝对自己的人生走向的大问题的忧虑。爱丽丝放弃烟瘾，可能是在高中毕业之后。她不再跟高中同学聊天，除了追踪网上发布的那些订婚照片，日出后或日落前一小时在铁轨上拍的照片。更糟糕的是那些在湖边拍摄的或以日落为背景的照片，炫耀湖畔平淡乏味的风景的照片。很快就是孩子的照片了，像虾米一样蜷缩在毛毯上的婴儿。

"是那个家伙，"乌娜告诉爱丽丝，"黑头发的。"

爱丽丝回想着自己是否注意到某一个男子。没有什么特别的记忆。

他是那天下午来店里的，乌娜说。想买她的内衣。乌娜看到爱丽丝的表情，不由得大笑。

"特别可笑。"乌娜说着，一脸沉醉地用手指梳理挡在眼睛前面的长刘海，"你应该上网看一看。说来话长。"

"他让你给他写电邮什么的？"

"呃，不是，"乌娜回答，"事实更接近于，他说，'我给你五十块钱，你现在就去洗手间，脱下内衣，交给我。'"

乌娜脸上没有露出爱丽丝期待的不安，一丝一毫都没有。真有什么的话，便是有点洋洋得意。此刻爱丽丝突然明白过来。

"你没照着做？"

乌娜笑了，瞥了一眼爱丽丝。爱丽丝的胃陡地沉了下去，担忧与嫉妒怪异地混杂在一起，分不清楚到底是谁被捉弄了。爱丽丝想说点什么，却又戛然而止。她转动手指上的银戒指，香烟慢慢地燃到了尽头。

"为什么?"爱丽丝问道。

乌娜大笑。"得了吧,你也做过这些事。你心知肚明。"

爱丽丝向后倚靠着栏杆。"难道你不担心他或许会做出什么怪事,跟踪你回家什么的?"

乌娜似乎有些失望。"哦,拜托,"乌娜说着,做起了腿部运动,轻快地踮起了脚尖,"我多希望有人跟踪我。"

爱丽丝的母亲不愿意继续支付表演班的学费。

"但是我在进步。"爱丽丝打电话给母亲说。

她进步了吗?她不清楚。托尼让他们一边说台词一边来回扔球。他让他们绕着屋子走,先是胸腔被牵引,然后是盆腔。爱丽丝学完了第一级,第二级学费更贵,但每周有两次课,另加每月一次由托尼单独辅导。

"我看不出这课跟你刚上完的课有什么不同。"

"这课更高级,"爱丽丝说,"强度更大。"

"也许休息一会儿挺好,"母亲说,"看一看你到底多么需要上这课。"

该如何解释呢?如果爱丽丝不上课,如果她不做别的事,那就意味着她那可怕的工作,她那可怕的公寓,突然间变得更沉重了,也许也会变得更重要了。这念头太沉重,她无法直接面对。

"我要开进车道,在那里停车了,"母亲说,"想你啊。"

"我也想你。"

夹杂着困惑与挫败感的爱意哽住了她的喉咙,但只是持续了片刻。片刻过后,爱丽丝又独自躺在了床上。不如向前猛冲,赶紧让她的大脑想点别的事情。她来到厨房,打开一袋冷冻浆果,一口接一口地吃起来,直到手指冻麻了,一股凉意深深地钻入了她的胃,她才不得不起身穿上冬天的外套。她来到厨房,坐到有阳光照射的温暖的椅子上。

乌娜说得对，网上有数不清的广告。那天夜里，爱丽丝费了一个小时点击浏览那些广告，心想人多么荒唐可笑。你轻轻按压这个世界，它便会展示它的隐蔽角落，显露它那些阴暗又无助的欲望。乍看之下，这一切貌似疯狂。然而，恰似其他的笑话，她在心里念叨的次数越多，便越会奇特地出现这种可能：那些令人不适的棱角便会软化成无害的存在。

内衣是黑色的棉制品，做工很差。爱丽丝从店里拿了这些内衣。在库房运来的货物开始被盘点、贴上标签之前，很容易从中拿走一摞藏起来。约翰应该在店门口检查每个店员的手袋，店员排好队，把包打开，慢腾腾地从他跟前走过，通常情况下他只是挥挥手就让他们走了。跟大多数事情一样，做这种事第一次害怕，随后就成了机械操练。

这种事没那么频繁，也许一周两次。见面一般都在公共场所：连锁咖啡店、体育馆的停车场。一个小伙子吹嘘自己有某种安全许可，用多个不同的电子邮箱给她写信。一个戴有色眼镜的胖嬉皮士带给她一本自费出版的长篇小说。一个六十多岁的男人少给了她十美元。爱丽丝把内衣交给他们，此外没有任何互动。内衣用"密保诺"塑料袋密封，然后装在一个纸袋子里，像是被谁遗忘的午餐。有些男人会逗留不去，但不曾有人强迫她。还不算太糟糕。这是人生的那个阶段，在此期间，无论何时发生坏事、怪事或脏事，爱丽丝都能用这句语带宽容的承诺开解自己：这只是人生的那个阶段。一旦这样想事情，无论身陷何种困境，似乎已是得到应允。

一个不用上班的星期天，乌娜邀请爱丽丝去海滩。她的一个朋友有套海边的房子，在那里举行一场烧烤餐会。爱丽丝推开门时，聚会已经开始了，扬声器里放着音乐，餐桌上摆着烈酒，一个女孩向一台嗡嗡作响的榨汁机里喂着橘子。这栋房子宽敞开阔，阳光充足，窗户把脚下的海水分隔成一个个微光闪闪的方框。

爱丽丝有点不安,直到她看到了穿着一体式泳衣和毛边短裤的乌娜。乌娜抓住了她的手。"来和大家认识一下。"她说。爱丽丝的心头涌起一股对乌娜的善意,这个可爱的女孩。

波特住在这栋房子里,他是某个制片人的儿子,在场的人中数他年龄最大,也许比爱丽丝还大。他和乌娜似乎是一对,他把胳膊搭在乌娜身上,乌娜则开心地钻在他的胳肢窝下。他有一头细软平直的长发,还有一条戴着粉红项圈的斗牛犬。他弯下腰,让狗舔他的嘴。爱丽丝看到他们的舌头接触了片刻。

乌娜举起手机拍照,操作榨汁机的那个女孩撩起衬衫,亮出一只小乳房。爱丽丝脸色变得煞白,乌娜则大笑起来。

"你让爱丽丝很尴尬,"乌娜对那个女孩说,"别再那么放荡。"

"我没事。"爱丽丝说,竭力让自己不介意。

乌娜递给爱丽丝一杯橙汁,她几乎一饮而尽,酸性物质给嘴和喉咙带来清爽的感觉。

海水太凉,不适合游泳,不过阳光感觉很舒服。爱丽丝从烤架上吃了一个油腻的汉堡,她刮掉了最上层的某种高级芝士,扔进一棵芦荟里。她从屋里拿了一条浴巾,四肢伸展躺了上去。乌娜的浴巾上没有人,她在水边踢打着冰凉的浪花。音乐从露台飘了过来。爱丽丝没有看到波特,直到他扑通一声坐到了乌娜的浴巾上。他一只手端着一个橄榄绿的塑料托盘,上面立着一包香烟,另一只手握着一瓶啤酒。

"我能吸一支吗?"爱丽丝问道。

波特递给她的香烟盒子上有一个卡通图像,一些西班牙文字。

"在香烟上印卡通图像居然是合法的?"她问道,不过波特已经趴了下来,脸埋进了浴巾。爱丽丝在手掌心里来回拨弄着那盒香烟,一直瞅着波特苍白的后背。他真不是一般的帅气。

爱丽丝调整着她的比基尼肩带。肩带勒着她的肩膀,留下了印痕。

她扫视着露台上无关紧要的人群,还有波特俯卧着的身体,决定脱掉胸罩。她把胳膊绕到身后,解开了比基尼的搭扣,弓起腰,让胸罩从乳房掉到了大腿上。她在开心地玩,不是吗?她把胸罩叠起来,尽可能泰然自若地放进了手袋,又重重地躺回了浴巾上。乳房四周的空气和热量平稳均匀,爱丽丝让自己感到高兴和慵懒,对自己构成的画面很是满意。

爱丽丝醒来时,波特正对着她咧嘴笑。

"欧洲风格啊,哈?"他说。

他盯着她看了多久?

波特把手中的啤酒递给她。"我几乎没动呢,你想喝吗?我可以再去拿一瓶。"

爱丽丝摇摇头。

波特耸耸肩,痛快地喝了一大口。乌娜走在海岸线上,海水绕着她的脚踝,泛起浅浅的泡沫。"我讨厌她穿的那些一体式泳装。"波特说。

"她穿上很漂亮。"

"她的乳头让她感到尴尬。"波特说。

爱丽丝回了他一个作呕的微笑,把太阳镜沿着鼻梁推回眼睛上,尽量不露痕迹地交叠双臂挡在胸前。沙滩那一头有骚动,他们两个都闻声转头看,原来是一个陌生人闯入了这片私人海滩。那个男子看上去有点疯癫,头发灰白,穿着一件西装外套。可能是流浪汉。爱丽丝觑了他一眼:他的肩膀上有一只鬣蜥。

"什么鬼?"波特大笑着说。

陌生人拦下了乌娜的一个朋友,然后又去拦另一个。

波特拂去手掌上的沙子,说:"我要进去了。"

陌生人正向乌娜走过去。

爱丽丝看向波特,但他事不关己,已经往回走了。

陌生人跟乌娜说了什么,说得很细致。爱丽丝不确定自己是否该做点什么。不过没多久,陌生人便离开乌娜,向爱丽丝走过来。爱丽丝赶紧穿上比基尼胸罩。

"想拍照吗?"陌生人问,"一块钱。"那只鬣鳞蜥浑身起皱,一副老相。当陌生人熟练地抖动着肩膀时,鬣蜥上下跃动,下颌跳得像心脏。

最近一次,那个男子提出下午四点见面,地点在爱丽丝所在社区的一家大型食品杂货店的停车场。这是一天当中的奇异时段,黑暗似乎将从地面升起,而天空仍旧明亮湛蓝。灌木投在房屋上的阴影渐渐加重,开始与树木的阴影叠合。爱丽丝穿着一条棉短裤和一件普通的卫衣,都是工作服,根本没花心思打扮。她的双眼因戴隐形眼镜而有点发红,眼白上玫瑰色的眼药水让人误以为她一直在哭。

爱丽丝走过十个街区,走向约定的停车场。小巷里匍匐着黑莓藤,光亮在缠结的藤蔓间徜徉。在那个钟点,连廉价公寓楼都是招人喜欢的,消褪的颜色低调淡雅,颇有欧洲的风情。爱丽丝路过高档一些的住宅,透过高高的栅栏间隙窥见里面草木葱茏的后院,锦鲤观赏池里传来鱼儿游动的细碎声音。一些夜里,她在社区附近散步,接近潮湿的水库边缘。夜色中窥探别人的家是一件趣事。每家每户都像是一本初级读本,写着为人处世或者应该如何选择的道理。仿佛人生的轨迹或许会如你所愿。她曾看到有人在上钢琴课,一个背上垂着一根粗壮发辫的女孩,重复弹着一些音阶。一些人家的窗户旁边放着电视,看上去很吓人。

爱丽丝早到了几分钟,便看了看手机。其他购物者正把购物车推回原处,发出丁零当啷的撞击声,自动门正在缓缓打开。她在停车场的一个安全岛上徘徊,留意着车辆。她又看了一下手机。小弟发来了信息,是一个笑脸表情。小弟自打出生便从未离开过他们家乡所在的那个州,爱丽丝对此隐隐感到难过。

一辆棕褐色的厢式轿车开进了停车场。爱丽丝看到这车减了速,又绕开一块空地，便断定里面的人正在找她。

爱丽丝傻乎乎地挥着手，开车的男子在她身边停下。副驾驶位的车窗摇了下来，她能看到司机的脸，但仍需弯下腰才能看到他的眼睛。此人相貌平平，穿一件半拉链羊毛套头衫和一条卡其裤。像是谁的丈夫，但爱丽丝注意到他没戴婚戒。他在电子邮件里署名"马克"，却没有注意到，或许不在意，他的电邮地址用户名是"布莱恩"。

他的车看上去干净整洁，但随后爱丽丝瞥见后座上有衣服、一个邮寄包装箱，还有几个横七竖八的苏打汽水瓶。爱丽丝猛地意识到，或许这个男子住在车里。他似乎有些不耐烦，尽管双方都是提前到达。他叹着气，装得像是碰到了麻烦一样。爱丽丝拿了一个纸袋子，里面是装在密保诺塑料袋里的内衣。

"我是不是就……"爱丽丝说着，把纸袋子递过去。

"上车吧。"对方没等她说完便说道，一边伸手砰的一声打开了副驾驶位的车门，"就一会儿。"

爱丽丝犹豫了片刻，但比她应该迟疑的时间要短。她弯身钻进车子，随手带上了车门。谁会在下午四点绑架别人呢？而且是在一个进出频繁的停车场里？沐浴着永不言弃的阳光？

爱丽丝坐下来时，男子说"好啦"，似乎感到很满意。他的双手在方向盘上搁了片刻，又摇摆不定地举在胸前。他似乎不敢看爱丽丝。

爱丽丝想象着星期六自己如何给乌娜编排这个故事。这不难推测：她将操着难以置信的和鄙夷的口吻，把这个男子描述得比实际年龄要大，比实际相貌要丑。她和乌娜习惯于给彼此讲述这样的故事，习惯于戏剧化加工，如此一来，一切都被赋予了某种反讽和喜剧性的基调，她们的生活变成了一系列的邂逅，那些事虽然发生在她们身上，却从未对她们产生实质性的影响，至少在事后的讲述中，她们是冷静镇定的，宛如拥有上帝视角。那次下班后，爱丽丝与约翰上床，听到未来的自己给乌娜讲述了整个经过：约翰的阴茎如何细小，状态如何不稳，如何达不到高潮，最终只能翻身抽离，像平常一样孤独而高效地自慰。爱丽丝能够承受这事，是因为它将变成一个故事，一个压缩的、可以拿来聊天的故事。甚至会相当滑稽。

爱丽丝把纸袋子放在她和司机之间的仪表板上。男子用眼角瞥了一眼纸袋子，也许是刻意控制过的眼神，似乎是想证明他不太在意里面的东西。仿佛这无关紧要：在下午刚过去一半、世界依旧亮堂得无处遁形的时候，他发现自己在一个停车场购买别人的内衣。

男子伸手拿过纸袋子，但并未如爱丽丝所担心的那样，当着她的面打开。他把纸袋子塞进他那侧的车门储物盒。他转过身，朝向爱丽丝，爱丽丝感觉到了他的厌恶，不是对他自己的厌恶，而是对爱丽丝的厌恶。爱丽丝已经没有用了，她在车里多留一秒，便是多一秒提醒他看到自己的弱点。爱丽丝突然意识到这个男子或许会伤害她。即便是在这里。她透过挡风玻璃，望着前方的车子和树木。在她母亲家里，晚饭时间快到了。母亲正在蒸一袋方便米饭，摆放着很容易擦干净的餐具垫，一边还询问亨利是否想到了一部饭后观看的好电影。亨利爱看关于希特勒，尤其是异域动物的纪录片。把碗碟放进洗碗机，憧憬一些微不足道的东西，在一瞬间也似乎变得美好了。

"能把钱给我吗？"爱丽丝问道，嗓门尖得离谱。

一丝痛楚闪过男子的脸庞。他费劲地掏出钱包。

"我们说好是六十块？"

"七十五，"爱丽丝回答，"你在电邮里说的。七十五美元。"

他的犹豫给了爱丽丝憎恨他的理由，尽情地憎恨他，冷眼盯着他数钞票。为什么他没有提前把钱备好？可能他想让爱丽丝目睹数钱的过程，这个马克，或布莱恩，管他叫什么，拖延时间，一定要爱丽丝完整体验整个交易过程，不错过任何一张钞票，他以为这是对爱丽丝的羞辱或惩罚。他终于数好了七十五元递向爱丽丝，但手停在她刚好够不着的位置，爱丽丝不得不凑过身子一把抓过去。男子微笑着，似乎是因为爱丽丝的举动印证了什么。

星期六，爱丽丝把这个故事告诉乌娜时，不会提这些细节：她想打开车门，车门却是锁着的。

以及男子说，"哎哟，"突然又提高了嗓门，"哎哟喂。"他伸手去按车门解锁按钮，爱丽丝仍然发狂地抓着门把手，心脏在胸膛里突突狂跳。

"放松点，"男子说，"别再拉了，不然门打不开。"

刹那间，爱丽丝认定自己被困住了，即将遭受严重的暴力攻击。谁会为她感到难过呢？她作茧自缚。

"快停下，"男子说，"越拉越开不了门。"

乌里

乔舒亚·科恩

乔舒亚·科恩

Joshua Cohen

1980

出生于亚特兰大,现居纽约。著有小说《数字书》《笑话》《他人的天堂》《施耐德汉小提琴协奏曲之华彩乐章》,短篇小说集《四个新消息》《注意!一部(短)历史》。《乌里》改编自他的小说《搬家之王》,2017年夏由兰登书屋出版。

吴琦 译

基夫萨旅，阿卡维什营，希拉团，贝特排，贝特班——死亡谷的母羊，舒加艾耶的英雄，萨拉赫丁路的烈士——不是一支特殊部队，只是有些特别，不算精锐，却也胜似精锐。它们的一切都毫无意义。比如说它们的名字，就被他们自己视作笑话——原意是母羊或者虚弱的母羊羔——直到他们上了战场，这个笑话才像羊奶一样不再受欢迎。毕竟他们是步兵，活生生的士兵被送去参加屠杀，很难不觉得自己像祭品。

基夫萨，阿卡维什，希拉。

母羊，蜘蛛，黄蜂。

他们这支部队的番号来自《律法书》①，以及其他一样严肃乏味的书，关于这个名字由来的传说还是一个老兵——其实也就四十来岁——在他们受训的第一天告诉他们的。这太奇怪了，你唯一的宗教训练居然来自部队……唯一的宗教居然是部队本身……

从前有个牧羊的男孩，因为通晓一切，被上帝选作以色列下一任国王。这个男孩什么都知道，但就是不懂为什么上帝要创造蜘蛛和黄蜂。蜘蛛替它们自己织网，对人类来说却毫无用处。而黄蜂不是蜜蜂，连蜂蜜都不产。

上帝忠告这个男孩要有耐性。

有一天，这个将要成为国王的年轻牧羊人，遭到了现任国王的追捕。

---

① 《律法书》（Torah，希伯来语：תּוֹרָה，字面意思为指引、教导），又译为《妥拉》《托辣》《托拉》等，为犹太教的核心文本。它的意义广泛，可以指希伯来圣经的前五部，也就是一般所称的《摩西五经》。传统上的犹太拉比认为，《律法书》中的所有教义都是由上帝通过先知摩西在西奈山传授的。——引自维基百科

他拼命逃脱，跑进了一个山洞，就在军队逼近的时候，上帝派了一只蜘蛛吐丝包住了洞口，把他藏了起来，于是牧羊人逃过一劫。

后来，牧羊人试图偷袭敌营报复，结果被抓住了，又被带到将军的帐篷。就在他要被处决的那一刻，上帝派出一只黄蜂刺了将军一口，结果将军跳了起来，像女人一样尖叫不已，于是，这个将要成为国王的牧羊人逃走了。

在一支顶着牧羊人国王的母羊、蜘蛛和黄蜂之名的部队里服役，本该十分鼓舞人心。但他们从自己番号的名字中得到的唯一教训是，这些生物被创造出来只有一个单一的目的，一个是笨拙的毛茸茸的古怪物种，长了太多又粗又硬的脚；另一个只长了一根可怜的蜂刺，因为过度使用而变得麻木迟钝。

在被派上用场之前，它们都一文不值。

他们所在的部队的正式徽章是一根牧羊人的拐杖，或者叫曲柄杖，仿佛是用来象征他们是如何从完全不相干、无组织的人群中被赶到一处。他们非正式的队歌是 DJ 史卡次卡的《迪莫诺派对》，由艾弗拉姆·卡普兰斯基主唱。他们的座右铭是：你就是那个人。尽管他们从来不用这句，而是想出了自己的版本：不到用时，毫无价值。

或者说直到他们退伍、被调遣、或者自己决定重新派遣、做回平民的那一刻。

因为他们当中大部分人就是这么做的：他们转身就走。兵役一结束，他们就会离开自己守卫的土地——他们是被征召于此，所以他们的守卫并不算出于自己的选择。

在为以色列服役三十六个月、一百四十四个星期、一千零八天之后，他们会把一身土布换成牛仔服，把必需品和护照打包在一起，远渡重洋去淘金。去寻找自己，寻找昔日的自己，忘掉那些约束着他们的命令。

当然，历史地来看，那一直是流亡或者离散的作用。流浪只是一种紧急措施：犹太人在一个国家定居，直到这个国家驱逐他们或者试图毁掉他们，才不得不逃跑。

但基夫萨/阿卡维什/希拉/贝特/贝特的战士们不是犹太人，不全是犹太人——他们首先是以色列人，这意味着他们只有在自己国家的部队里服完义务兵役之后，才能自由地出国。自打第一次黎巴嫩战争——他们父母辈经历的最后一场战争——以来，所有身材结实、皮肤黝黑、二十啷当岁的老兵，只要自己或家里负担得起，都会用一趟旅行作为他们兵役的结束，这几乎成了兵役本身一样的义务，好像度假不过是战争的某种秘密延续，穿着运动服伪装的地下任务。

虽然在东亚条件较好的青年旅馆里做背包客，绝对没有待在西岸的土筑小屋里那么危险，但还是存在回不来或者没法活着回来的可能性。

他们曾经在加德满都，喝当地的米酒喝到酩酊大醉，在地震之后的碎石路上跟跄而行。

他们曾经在帕坦买到当地一种臭叶子，结果并没有像他们被许诺的那样爽翻天，他们拿着剩下的叶子去找那个卖货给他们的上了年纪的平民理论，结果他举起双手向他们示范，同时吧唧着那口没剩几颗牙的嘴：不要抽它，要嚼。

他们曾经在博卡拉碰到一个边境巡逻队的营地，尽管这些人身为边境巡逻熟门熟路，带他们去找妓女——这些妓女会说希伯来语里没有的骚话、做犹太人不愿做的脏事，其中两个人——不是他们自己人，是巡逻队的人——跟女人们说他们都是处男，但实际上他们中间只有四个人是处男，而其实只要多花五千卢比，约合一百八谢克尔，就不必戴套。

那些女人对割了包皮的人有一种经过误导的信任。

他们曾在喜马拉雅山上，在起起伏伏的地势中徒步，在计数中获得平静。他们像过去那样凡事都有计划，不同的是现在是为自己而计划：

在地图上把各处都标示出来,定下吃饭和休息的时间,以及要走的里程,定好备用的路线,按照专长和军衔服从对方。但随着海拔和地貌的变化,专长都没什么用处,而军衔成了负担。群山看起来反而更远了。它们像是从天上被割下来。他们以编队形式行进,通过窄路时就排成一列,道路变宽再两两并排,对哪怕最细微的干扰都保持着风声鹤唳的警惕。在安息日到来之前,驼龙垭口就被他们占据了,安纳普尔纳峰也会落到他们手里,他们会在沿途最高峰上插上他们的旗帜,把直到青藏高原的一切都用二等兵什洛莫·"什洛"·雷格夫的名字来命名,他在加沙靠近埃雷兹边境的一个路口被一枚迫击炮当场击中。

在他们退伍后,有些基夫萨/阿卡维什/希拉/贝特/贝特的人还混在一起,有的则开始走自己的路:

阿维去了墨西哥,以出口电器为生。本雅明去了加拿大,工作是进口电器。雅尼夫在给亚马逊送货。哈伊姆在泰国和一块冲浪板相依为命,要么带着一块帆板待在柬埔寨,要么在越南像个赤脚和尚似的无家可归,靠编竹篮子来自我疗愈——他本人就像一根松弛的芦苇,在河内和胡志明市的海岸线上飘零。

而米基占领了巴黎,阿米尔攻下了柏林。莫蒂和丹尼冲向波兰,把克拉科夫抛在阴郁的废墟里。

与此同时,在以色列,乌里正坐在他儿时的卧室里自慰。

毋宁说,他是用尽全力在控制自己不要自慰,让双手离生殖器远点——因为他的两三个姐姐随时会破门而入,顶着湿漉漉的头发和指甲来查岗,喊他吃饭,问他对她们的头发、指甲、衣服和男友有什么意见,好作为查岗的托词,还会唠叨他的恋爱的出路,现在他和巴蒂亚·内德尔的事恐怕彻底完蛋了——"那女孩简直就像一堵墙",她们会说,"没有曲线"——给他出各种主意,就是不给他留隐私,更别提清静了……

这就是希伯来语说的"板上钉钉的事实①":乌里还困在以色列,又和家里人住到了一起,因为缺钱缺脑筋或者两者都缺而无法搬去别的地方,和自己唯一的朋友——战友们也渐行渐远,因为他为自己是他们当中唯一一个退役后没去上学或者上班的人而感到耻辱,而头痛就像他的那些梦,一点一点吞噬着他的身心——他妈让他去找那个神奇的拉比看病,而姐姐背着妈妈让他去看心理医生,因为妈妈肯定不会同意。但这没有让那些梦消失或者减轻,也无法否认它们的合理和真实。

就连失去双腿的罗特姆,也会坐着轮椅去参加他们每月的队伍聚会。就连德罗尔也会出现,尽管他带着氧气瓶,他为此戒烟戒酒。

乌里是唯一的缺席者,唯一不会去的人。他没空回他们的邮件,而是忙着发脾气,拿拳头捶墙,砸柜子的门。父母都用阿拉伯语小声说话,生怕他听懂。一种复杂而过时的阿拉伯语,成了这间屋子里更高级的语言——和他摩洛哥祖父母那时候一样。

妈妈让在以色列监狱系统做高级看守的佩雷茨舅舅给他找到一个保安工作的面试,但他错过了报名的截止日期,后来又错过了延期后的时间,从那以后,妈妈就一直在哭。爸爸带他去做一个给人盖屋顶的活儿,结果几周之后,头晕让他只得从梯子上爬下来,不干了,从那以后,爸爸就一直咆哮。

他们的哭泣和咆哮也是用阿拉伯语,但依然比巴蒂亚·内德尔给他带来的折磨好受一点。

乌里和巴蒂亚是一起长大的,他一直喜欢她,曾在田地里向她示爱。但因为部队要求所有男性服役三年而女性是两年,她已经退伍一年了,而且就在这一年,她成功地离开了可怜的尼卡,去了特拉维夫,拿着奖学金上了一所计算机学校,被一个男人招进了他那家开发或者只是改装苹果手机软件的公司,然后——想都不用想——分享了那个男人的

---

① 原文是 ha'uvdot b'shetach。

房间和联排公寓。

乌里认识的那个巴蒂亚是个非常健美的也门人,而不是一个二流程序员。她大概是在部队里(的情报机构)开始对计算机产生兴趣,但她从未在发给他的信息,或者他们的假期极少数重合的时候提过这点,本来她的信息就发得越来越少了。他认识的那个她,也从来不会挂他电话。在他们最后一次谈话中,他一直努力谈着她开启的那些正经的话题。她跟他讲自己的生活,但那个词,或者说是他不认识那个词还要她重复、解释它之后,然后她笑出声的事实,让他感到愤怒。它甚至不是希伯来语,是巴蒂亚或者其他像她那样的人把它带进了希伯来语:"联排公寓"。

"其他像我一样的人?你这话什么意思?"她说。

其他进入男女同校的计算机学校的人。其他会和他们的导师同居,满嘴时髦话,拿着高工资,在特拉维夫的热闹派对上享受口交的人。

"你最好离开尼卡。"她说。

尼卡是一个灰头土脸的莫夏夫[①],夹在水牛城和贝尔谢巴之间,相当于夹在两个无名之地中间。这地方跟不存在似的,却又让人很难离开它。因为它是以同心圆的形式来规划的,像一个靶盘,也像一个望远镜式瞄准器的十字准线,道路一圈一圈又一圈地环绕,从来不会交错。为了到达圆心的位置,其实就是一间矮小的用灰泥涂抹的办公室,也是存放农药的地方,你必须穿过人民果园和人民公园。而外环路之外就是公社的土地:因为面积太广或者不断在变,所以这些田地从各个方向看都一模一样,庄稼和空地都是季节性地交替出现,以至于乌里为了和巴蒂亚独处,必须做一些勘测和调查,记住一些确定的空地,并且希望它可以始终空着,让他有足够的时间为她去检查学校、粮仓和蓄水层,让他有足够的时间把她哄到手。他想起他第一次试图跟巴蒂亚睡觉的春天的

---

① 莫夏夫(Moshav),以色列一种农业合作社的组织形式。

田野，结果她跑了，把他留在地里，大喘气地以自慰告终。他又想起秋天带她去的那块地方，在一次收获期和两个痤疮疗程之后，他在那儿铺了一张毯子，让她躺在上面。毯子是从他床上拿的，他把她和衣裹在里面，再把她的衣服脱光。她屁股上有一层细小的毛发，像褐色的草。小小的褐色乳房如蚁垤一般，而乳头像角豆的荚果。一只蚂蚁从耳朵爬上她闭着的眼皮，她察觉到了，但不愿睁开眼。他们用的那条儿童时代的毯子，现在就铺在他床上，如今连天空都不总是蓝的了，毯子上面的蓝色还一直没掉色。唯一能标示出逝去的时间和汗水的，是白色的云朵图案起了球，而她留在上面的血迹也已经泛黄了。

现在他一个人坐在床上，双腿缩在被子里，窗户紧闭，窗帘放了下来，灯全关了，他一丝不挂以防姐妹联谊会又闯进来——除了挂着胡茬以外（寸头也长了，一字眉又长了出来），飞行员墨镜和一字眉混在了一起。而就在这种令人窒息的黑暗中，他开始做仰卧起坐（卷腹、单车式、蝴蝶式和常规式）。他躺在那里，双脚伸到梳妆台底下并且把它举起来，刚刚好在它掉下来砸到他之前。以色列监狱系统的保安应聘者必须能在一分钟甚至更短的时间里完成至少五十个常规卷腹。而要应聘以色列军事监狱系统的保安，必须能做上七十个。乌里平均能做一百个，外加三十个正手引体向上，三十个反手引体向上，还能各做六十五个俯卧撑、交叉腿俯卧撑和指撑俯卧撑。

姐姐们进来之前，乌里一直在健身，直到被自己的睡意打败。他梦到那些城市和烧伤病房，梦到他的二姐奥利偷偷溜进他的房间，往他眼睛里喷一种腐臭的绿色喷雾，于是他有了夜视的能力，喷到他的耳朵里，耳朵在夜里就能听见，喷满全身就成了他的盔甲，让他在夜里毫无阻碍。他这种锻炼法仿佛在计划着什么。他像是在梦里做蹲举训练，如同一个被追捕的人。

最让他自豪的是自己手臂和腿部的肌肉同样发达，手臂上的肱二头

乌里

肌和肱三头肌也一样强壮。他没犯业余爱好者常犯的那种错误，对不同的肌肉群训练不均，每次在手足无措的难熬时刻，他总是习惯性地把一只手放在另一只手上面，或者放在左右胳膊、二头肌和三头肌上，紧紧握住它，像漂浮装置一样给它充气，像捆扎降落伞一样收紧它，做面包一样揉搓它。

后来证明，他在入伍前把自己簇新的身体塞进衣服和裤子里，也是同样的程序。还得把脚挤进那种你必须穿袜子、擦得锃亮的鞋子里。

乌里得到了一次被巴巴·巴特拉接见的机会，那个最著名的小拉比，或者说是有名的拉比里最矮小的那位——取决于你问谁。这是那种你必须盛装出席也必须捐钱的特殊场合。乌里很害怕，但妈妈让他必须去，她深信这个创造奇迹的智者曾经让不育的朋友怀上孩子，祛除了一个表亲的亚美尼亚热病，还根治了家庭遗传的戴萨克斯症[①]。乌里的姐姐祝他好运，但语带嘲讽，然后各上各的课去了：美容课、推销课以及逛街。

乌里的爸爸——一个宽容的怀疑论者，总是送他妈妈上班，即便他最近干活的工地比妈妈做裁缝的婚纱店离家更近，也会先送她——顺便把乌里送到内提沃特一座古老的现代主义宗教建筑，六座石房子组成了一个解体的星星。

忙乱的男人们穿着一身白色——收容所一般整齐而神圣的白色——传递着他的钞票和名字，至于大厅里的他本人，他们让他坐下，等着。

他前面没人，后面也没有，但还是要等。这种情形由来已久，一种弥赛亚式的等待，以至于它带来的困窘变得无关紧要。有时你在自己家的房间里等，一切陷入静止，甚至能感觉到纸胶带失去了黏性，那些让你害臊的儿时收集的美国电影明星海报从墙上慢慢剥落——海报上是拥

[①] Tay-Sachs，也有译为泰萨二氏病，一种罕见的遗传性疾病，在东欧（阿什肯纳兹）犹太裔家族中最常见，患有这种疾病的儿童在 6 月龄后将逐渐丧失发育能力，且伴有张力松软、瘫痪、痴呆和失明等症状。这些孩子通常在 5 岁时死亡。

有一半犹太血统而又十分性感的阿根廷裔德国模特、乌里·马洛米利安（足球前锋）、乌里·盖勒（催眠师）和哈·提赞哈里姆（伞兵部队）。有时你在自己家以外的房间里等，里面堆满了靠背长椅和叫器的《每日新闻》《晚祷报》[①]和《国家地理》杂志，它们讽刺着异国的那些目的地，而你的朋友们正在那里寻找自我，或者和其他人一样，成为单车信使、瑜伽教练和苏丹的承包商。有时你根本不在任何房间，就在冷冷的阳光下，一片空白。

他曾在院子、帐篷里等，在拖车改成的办公室里排队。在征兵办公室里，他站在医生面前，一个听诊器窝在他背上，在唯一的那一小撮头发下面。他们拍下他的脸（没有笑容），也拍下他的牙齿（以防他的脸被毁掉）。指纹也被记录在案。然后两个年轻的波斯女人拉起他湿湿的双手，一个让他转向自己，他照做了，另一个女人扎了他一针，他转头去看她，结果刚说话的那个女人再给了他一针，她们给他接种了破伤风、脑膜炎、肝炎和流感疫苗，也让他从此对信任免疫。

他坐在那里等着剪头发，当一头已经乱得像沙漠野草的鬈发落在地上，周围人的耳钉也纷纷被取了下来，因为剪头发和取耳钉的这些人都是竞队耶路撒冷夏普尔的球迷，所以他们开玩笑说，要把另一个人身上耶路撒冷比达队的文身洗掉，再给他纹上他们的剃刀图形。

他要在心理测试的量表里填空，急切地寻求各种类比，还要抓住数学的知识。人类最大的缺点是他的：a）善良 b）大方 c）坚韧 d）知足 e）虚荣。这道题还有点模棱两可。但勾股定理不是，如果平民乌里和士兵乌里是两条直角边，那么真实的他就是对角的那条斜边，前两者的平方和。

他等着坐车去巴昆的入伍培训基地，在路上又算了一路的里程，玩了别的拼图、积木和球类游戏，他本来挺喜欢这些，但这让他在那间闷

[①] 两者都是以色列报纸，*Yom Le'Yom* 和 *Maariv*。

热的临时营房显得格格不入，他和一帮聒噪的艾尔西姆[①]住在一起——那些爱吹牛皮的米兹拉希犹太人[②]，有些人的祖先和他的一样，是从卡萨布兰卡逃出来的，有些人的祖先从阿尔及尔、突尼斯、班加西、巴格达被赶出来的，因此他们都仇恨阿拉伯人，但那种特殊而急切的仇恨是闹矛盾的兄弟之间才会有的。他们争论着谁是最阿拉伯的人，也就是最残忍也最酷最出类拔萃的那个，从来不穿上衣或者裤子，对着别人的靴子射精，挥霍着他们自己的青春和严酷疯狂的生存环境，把别人打倒在地上。

一天中午，乌里从那座毛坯房里被叫走，被带到一间温度适宜的房间里问话。官员问他希望被安排去哪工作，也就是问他想要做什么，他回答他们：要么是杜夫德万特种部队要么是总参侦查营，全是些神秘机密的事，反恐啊什么的，然而这里面他最想做的是空降兵，他想从飞机上纵身跃下——但他得知自己的答案是没用的，要说有什么用的话也只是给他的个人档案又提供了一些零碎的辅助性心理学数据。

这是他从部队里得到的最后一段完整的信息，其余都是"需要知晓"[③]的内容、臆测和猜想：他为什么被派到这个分队，为什么别人也是这么安排，如果有人有意见怎么办。因为军队从不犯错。也从不失败。与其说每个士兵都得到了他应得的任务，不如说每个坑都得有兵来填，即便你的M16、M4、加利尔或者塔沃尔[④]过热或者被卡住，也都是你应得的，连故障都是故意的：为了防止意外走火和错误的杀戮。如果你的降落伞打不开，引擎熄火，机翼掉下来，也都是更好的安排：凡事皆有原因。没有什么是心血来潮或者随意为之的。所有的事都符合逻

---

① 艾尔西姆（arsim，单数是 ars），特指某一阶层的以色列男子，词源是阿拉伯语中"皮条客"，语含贬义，现多用来指代粗暴低俗、崇尚暴力、崇尚阿拉伯文化的以色列男子。
② Mizrahim（米兹拉希），在希伯来语中是"东方人"的意思，为居于中东、北非地区的犹太人的后裔，文化上受阿拉伯文化影响很深，在以色列国内长期处于阿什肯纳兹系犹太人的强势文化阴影之下。
③ Need-to-know，尤其指反间谍与保安活动中只让情报人员知晓为完成其本身任务所需要的情况而不使其知道其他不必了解的情况。
④ M16、M4、加利尔（Galil）和塔沃尔（Tavor），都是突击步枪的不同型号。

辑、环环相扣、自成体系，每项任务都被某种神圣意志支撑着，只是普通的哼哼唧唧的士兵从不知情。部队是一个家庭，士官是父母，而士兵是他们的孩子：他们接受指令，而不是解释，接受战术，而不是战略，在这个体制中生存的唯一方式就是停止寻找意义，只能顺从、服从——屈从。

想象一下这个神秘莫测的庞然大物，一直声称它知道什么对你最好、什么你最擅长，通过一套官方的幻术、一套威权的神秘主义的程序，其中包括了无数套复杂的生理和心理测试、面试、背景调查和标准的全天候监视，它唯一的目的就是从身体、心理和灵魂上发掘出一个十八岁处男最深层的基本能力、天真的创造性和发展潜力——按照他自己一直向往的轨迹和路径。如果一个士兵对这场为他设计的比赛感到满意，那么所有的幻术就都是真的，神秘主义就成了科学，对此负责的组织就被近乎神化，但如果有士兵不满意，整个系统就破产了、被揭穿了，他就会觉得失去了自己的信仰。而这就是部队里的第一课，或者说是乌里在被分配之前记住的第一课：那就是一旦他自己的愿望被顾及，整座大厦就会倾倒。只有忽略个人的偏好，这种神学才能持续下去。

让弱者去失望吧——乌里可是很坚强的，能够适应不同的状况，就像那种入侵的仙人掌品种，梨果仙人掌，从南美进口而来，在基地边缘的沙漠里盛放：它被叫作"土生土长的以色列人"①。

让小屋里那些假黑帮似的室友紧绷他们如梨果仙人掌叶片一般的胸肌，去抱怨自己没能成为伞兵或者飞行员吧——让他们因为要正式地告别伞兵和飞行员身份而哭泣吧，尽管他们曾经深信自己应该就是那样的人。那是一种丑陋的幻觉，然而对于从更穷更苦的社区里走出来、过度自信又容易冲动、同时被糟糕的视力听力和轻微的脊椎侧弯所折磨的年轻人来说，这种幻觉很普遍。在一个你无法驾车逃离的国家里，谁不想

---

① 原文是 Sabra，希伯来语 צָבָר，出生在以色列的人。

坐飞机啊？至少也想搭个潜水艇，在伊比沙岛附近浮出水面？

一周之后，尽管感觉像过了一个月，乌里得到了他的资格认证：他对自己的怀疑，刚刚发展出来的能力，都得到了确认。他入选了一个筛选训练——这是进入特种部队、更精锐的突击队的更高级别的考验。

他被载到另一个基地，都不知道到底是过了一周还是多久，不眠不休地经受咒骂和摔打，背着装满石头的背包在大山和灌木丛林里开路，在荆棘中跋涉。因为手脚骨折和心理崩溃，每天都有很多人放弃，或者被开除。

而乌里的故事是这样的：有一次，他们刚完成一个特别吃力的自由攀登爬升任务，顺着绳索降下来，所有人都松懈地趴在地上，制服都散开了，操练教官决定抓一个现行，他决定拿乌里开刀，于是一把抓起乌里的衣服下摆，把那块布料塞进他皮带下面的裤子，最后握住他的生殖器，而乌里一直在试图挣脱，倒地后又站起来，然后开始暴揍这个同性恋，当着其他候选人的面，当着基地里的每个教官、这个国家的每个军官——国防部长、总理、总统、以色列国会里每个现任成员的面：这些人合力制裁了他。

至少，这是一个月后他被发回基夫萨/阿卡维什/希拉/贝特/贝特时，跟小队其他人怒不可遏又夸大其词讲的故事版本。

在基础训练快要结束时，他才露面，脖子和膝盖都严重刮伤。而他的脸颊仍然松软而柔和。医务室其实相当于关禁闭，其枯燥乏味的程度让步兵团相较之下都显得更有趣。他现在是一名步兵了。

更具体地说，他隶属于基夫萨/阿卡维什/希拉/贝特/贝特，因为这支队伍少了一员：这个大伙都知之甚少的希姆雄——因为他们并没有在一起待太久，只知道他是个矮胖的南非人——在某次跨越障碍物训练时从梯子上摔下来了，盆骨碎裂。那梯子是和他的训练搭档给架的，至于这是不是那个队友的错，班里的意见一直很分裂。

即便这不是约阿夫的错，他也是班里最差的士兵，他现在成了乌里的搭档。而与之相抵，乌里就成了最好的士兵，他倒从未直接去质疑他们这个组合到底是一种惩罚还是赞美。

如果在他们开始的近身格斗混战中，他像往常一样迅速制服了约阿夫，那么在接下来的比赛里，他就会放水，任凭约阿夫每个回合都打满全场，暴揍他光滑而瘦长的身体。

乌里意识到，如果伤害他的对手，只会伤害到他自己——他们还有好长时间要一起度过，没有必要着急。

但没有比一个刚入伍的新兵要在哭墙[①]直挺挺地站着起誓更让人不耐烦的了，同时大拉比——这个有点斜眼、声音尖利的阿什肯纳兹犹太人，继续点评着那些堕落的二流先知的错误引证。

在宣誓、敬礼、向国旗致意之后，他们终于正式成为士兵。他们把自己的贝雷帽向天空抛去，又慌忙地接住，再戴回去：在哭墙，你是不能脱帽站立的。

执勤的日子紧接着到来，热得无法忍受的站岗，其间你除了憋住大小便、给你的枪上油之外便无事可做，你懒散、消沉、热得快要融化，汗流浃背——整个国家都快热化了。边境收缩又扩张，一直在变动，直到你发现自己被困在昨天的边境线和明天的边境线之间，直到你自己成为边境线，被插在路边的沙子里，道路本身也被钢筋和铁丝网弄得四分五裂。这个检查站，位于以色列和一个巴勒斯坦人叫作巴勒斯坦而以色列人称之为朱迪亚-撒马利亚区[②]的地方之间，因为犹太人无法就任何事达成一致，他们甚至无法认同自己，所以这两个名字都有人用。这里之前叫作西岸，尽管它其实位于这个国家的东边，距离从加沙发射火箭弹的地方只有四十公里，而心理上的距离大概有四百亿迦南肘尺[③]。但你在这里什么都看不到，什么也听不见。鉴于最近的动荡和纷争，你被丢在

[①] Kotel，也称西墙，位于耶路撒冷老城内，圣殿山山下西侧，犹太教信仰中除圣殿山本身以外最神圣的地点。
[②] 朱迪亚-撒马利亚区（Judea and Samaria），以色列对其管辖的约旦河西岸地区的官方名称。
[③] 迦南肘尺（Canaanite cubit），一种古代长度测量单位，从肘部到中指的距离，约等于17至22英寸（45至56厘米）。

这里增援巡逻，就相当于被彻底抛弃。

  边境从一开始就像是一种降级。一种诋毁。一种浪费。那些分界线没有尽头。日子本身也像是没有尽头的线。一座检查站只是标记出这无尽的防御线的中间点，一个堆满沙袋设有路障的中间点。巴勒斯坦的工人穿过它们，往返于以色列工业区的工厂。巴勒斯坦的牧羊人也往来穿行，去给他们的羊群放牧和喂水。女工们从伯利恒出发去工厂做清洁工，但事实上她们应该打扫的不是工厂而是伯利恒。一个女人试图拿着她姐妹的身份证明穿过边境，后者因为长了肿瘤不能去上班，而这个家庭无法承受她丢掉这份工作的损失。从清晨到日暮，一直在检查身份证明，检查许可证、行驶证。该死的牧羊许可证，羊只会拉屎拉尿。有时，指令是只允许特定的人数通过，或者指定的某部分人通过，有时则禁止任何人通行。有时你索性自己发明指令。你只得假装自己永久地存在于此，你的权威是周围这片不毛之地的另一种成分。如果你说服了你自己，就能说服往来的人们，如果你说服了往来的人，也就说服了荒地。你就像橄榄树一样在这里扎根，如同泥土一般自然。

  在巴勒斯坦那边，有巴勒斯坦警察。以色列这边是以色列警察。而作为部队，你的角色是去做警察的警察，转达他们所有势不两立的指令。扫描他们的车牌。让司机和所有乘客下车，让他们把手和脚全部打开，把头巾摘下来。把探头放到车子底下，好像你在检查它的呼吸似的。检查后备箱、引擎盖下面，还有车厢里面。检查所有液体。你必须马上成为一个士兵、一名机械修理工、一位死亡天使。你必须同时成为兄弟和儿子，即便在换班以后，轮到你在岗亭用违禁手机给父母打电话，他们被困在一个地下掩体，吃着比斯利[①]，喝着可乐，在争吵中切换着两个电视频道，体育五台正在放特拉维夫法马卡比队和巴塞尔队的比赛，而一频道里的天空像蓝屏一样，卡萨姆火箭的烟雾如静电般裂开。

[①] 比斯利（Bissli），一种以色列零食。

有时会有一些哈西德派的拉比或者看着像拉比的人物，开着他的鸽灰色梅赛德斯奔驰190，在工业区和牧羊人村子上方的山上定居点之间，驶上干硬的马路，他会把车窗摇下来，一边晃着他手里的贿赂一边因为你耽误了他的时间冲你大喊大叫。搞笑的是时不时会遇到那种从美国移居过来的犹太人，他会用英文大喊大叫，但乌里听不懂或者只能听懂一半，只能用希伯来语来回应，结果那人也不能全懂，只能继续用英语大喊，乌里只好让约阿夫来进行语言调解，否则他就只能扇那人耳光了。这种做法从不可取，不是因为那人是犹太人或者美国人，也可能是以色列公民，或者是像拉比的哈西德教徒，甚至可能是个如假包换的正牌拉比，而是因为他是一个定居者，作为士兵，乌里基本上是他的雇员——相当于他的保镖。

偶尔会爆发示威游行来打破这种一成不变的生活：巴勒斯坦人，甚至还有以色列人，但时不时还会有几个以色列人混进巴勒斯坦人的游行队伍，一切都令人迷惑。

可能会有一些小孩在游行中扔石头，你要忍住不向他开枪，即便你的枪里其实只装了橡皮子弹，即便你整天非常无聊地把橡皮子弹压碎成尖细的小块，以便在遵守规矩、不违反法律的前提下，子弹还是能够，还是能够打穿皮肤。

总之，你试着不去攻击小孩和女人——也就是那些如果被打了会小题大做的人：记者。

时不时会有一些午夜行军，穿过一个村庄，只为了把所有的人家都折腾起来。搜查某人，或者搜查只是个幌子。又去搜别人，可能又是个幌子。冲进一间屋子，为了吓唬它后面和隔壁的邻居。把门都拆掉，挨个房间检查。把一家子人都赶去厨房，然后跑去楼上翻衣柜，把床的所有螺丝都卸下来。把小房间里的沙发椅砸烂，然后坐在这人为的破烂里刷着半岛电视台的新闻，或者玩 PS 或者任天堂游戏。等待着进一步的指示和情报。在审讯开始之前，一直守着被塑料手铐绑在沙发椅上的儿

乌里

子或者兄弟，他脸色惨白，你用一条湿透的毛巾放在他脸上让他静下来。出门的时候，还会没收几个手镯带给你的姐妹，还有烛台、酒杯和各种带国王的跳棋盘。一个女人在厨房哀号，哭声像炉子上烧开的水，你用枪托让她闭嘴。你碰倒了一个水壶，而它其实在落地之前就已经快破成古董了。

行动之后的时间和行动之前是全然不同的——你之前迫不及待想被派去加沙，但一走出别人的家门，你宁愿永远等待。

等着退伍——你是否应该如此不耐烦？等着去继续自己的余生——又为什么如此着急呢，结果现在要自己为衣食住行买单？

但部队一直通过述职报告、纪念仪式在拖延。你用一把小折刀在一根羊胫骨上刻度着时间，试着把它刻成一把匕首。也像运球一样把自己的灵魂带过中场，让你已经死掉的入土的那部分在后面可怜地追赶，比赛时间快用完了，球就要出界了。

最后那几天，分裂开始了：一边是替部队着想，一边是替自己着想，想着自己离开部队以后可用的资源。被家庭局限的想象力也泄露出你的家庭状况：你的财务状况、文化和阶级水平。梅纳赫姆开始浏览哈雷-戴维森的宣传册，琢磨着用父母奖励他完成兵役的钱买哪台摩托。迦得开始在棕榈树下的酒吧流连忘返，准备重新打入国际诗歌界。每个人都变得不再平等，在一场大型尸体肢解中——被截肢的粉碎的双腿（罗特姆的），切掉破裂的脾脏（德罗尔的）——每个人摸索着自己的个性，而乌里的痛苦感觉像是一种幽灵般的痛，仿佛他身上剩下那部分如行尸走肉，或者已经被独自埋葬在地下了。

最后还有一个仪式，这次是在伊莱基姆的基地，那些你被迫或者强迫自己忘记的东西再次被提醒。到那时，同样一群在哭墙前面跟自己的儿子说"再见"[①]的父母，现在开着大篷车前往加利利的绿色河谷，又说

[①] 原文是 shalom，希伯来语中的问候语，可同时表达"再见"、"你好"之意，下句中的"你好"也是同一个词。

着"你好"把他们长大成人的儿子接回家去——父母在这期间也已经老去了。

你被那些父亲用的高级手机和母亲闪亮的首饰尤其是他们开的豪华雪佛兰迈锐宝提醒着,人与人之间的差距有多大,而孕育你自己的环境是如此不同。

因为乌里的父母没能参加,他们来不了。杜格里家的人哪个场合都没出现:既没参加迎新,也没参加欢送。除了参加葬礼,他们从不放下手头的活计。

他走了出来,伸出拇指要搭顺风车。他被罗斯神学院的一个助理载上了,然后又被一辆自动倾卸卡车带到了特拉维夫,他在那里又打了一辆小巴——从此不再有免费的旅程了。

因为他被害惨了。那支一直声称会永远关心他的部队,让他几乎从未想过会脱离它而存在,现在在他眼里却是如此令人厌恶和愤怒,并且残酷——就像二等兵什洛莫·"什洛"·雷格夫墓碑上的那个日期(5754—5774)/(1994—2014)一样有限——那是一段悲剧的插曲,唯一的遗产就是一种逃避、一套对成年人来说并不适用甚至有害的能力。作为一个退伍的秘密行动专家,现在要成功他就必须让自己被别人看见听见。作为一个定向越野的高手,现在他必须在欧洲文明的荆棘丛中左让右避。他只有一国国籍,不算阿拉伯语的话,只会一种语言,而这两种语言只有在如白色足球上的黑色五边形那样彼此远隔疏离的国家才会受待见。他还是个单身汉,满脑子都是口径和射程,年少时对金属吉他、日本漫画、巴西战舞和毒蝎子的兴趣——也就是他入伍之前除了对巴蒂亚之外所有感兴趣的东西,都被那些规范和现实杀死了。

就像"食尸鬼"[①]是一种14.5毫米的来复枪,命中率很高,如果它从

[①] Al Ghoul,源自阿拉伯语,东方神话中的食尸鬼。

加沙发射,可以给两公里之外的斯德洛特的草坪除草。

也像塞尔达M113装甲车,对简易爆炸装置和哈希姆火箭筒的防御能力不足,对现代战争来说基本上是一个不太合格的交通工具。

不要根据制服而用从他们用的枪去辨别暴动者的身份。敌人可能会仿制你的背心,但他们扛着的是卡拉什尼科夫冲锋枪。

如果你不是在地道里,那么很可能是站在一条地道的上面,那意味着它可能会坍塌。在倒塌之前,没有一个地道是安全的。

如果阿拉伯人的牛群里的一头牛从围栏里走了出来,掉到坑里,不要尝试去救,最好一枪毙了它。

最危险的蜘蛛是那种褐色的,而它们当中最危险的是那种在腹部有红色或橘色沙漏图案的。身上有黄色斑点的黄蜂和大黄蜂都在地下筑巢,专吃可口的蜜蜂。还有人类自己的身体,在周围没有其他人、材料或者物体的情况下——当然也没有哑铃,没有门把手,没有武器——是无法自我毁灭的。

当然,在脱水和挨饿的情况下,身体还能继续撑一段时间,这没问题,但假设在特定的时间段内——就说一到三天吧——自己对自己身体的折磨,是无法造成足够的伤害甚至致死的。你试试屏住呼吸,最后肯定会本能地喘气。试试掐住你自己,用手指掐住你的喉咙,在即将丧失意识之前你肯定会先缓过来。世界上就不存在不需要辅助就可独力实现的自杀方式。

因此一个彻底孤绝、赤裸,或者彻底和环境脱离的个人也是不存在的,即便是一间牢房,也一定会有一块地板、一个房顶和几面墙。

还有上帝,别忘了上帝。

万物的创世主,他无处不在:他存在于所有时间所有地点,包括那些不毛之地,或者说特别是在那样的地方,在精神的虚空里。乌里认识很多相信上帝的人。无论是在军队里还是军队外,他们相信他,利用他。他认识很多人利用上帝来自杀。

乔舒亚·科恩

　　这就是他原本打算跟巴巴·巴特拉说的话——这位最后之门①的主宰者、波拉特·优素福②之光。但当他终于被请进拉比那间漆黑狭小的房间时，他的不安立刻消失了。

　　他被要求证明自己的虔诚，以及卫生、饮食和祷告的习惯："你会祷告《施玛篇》③吗？"

　　"我会"，乌里说，"是的。"

　　"每天吗？"

　　"每天，拉比。"

　　"在睡前和晨起之后？"

　　"是的，拉比。"

　　"用你强有力的手捂住眼睛，就像捧着一团火焰？"

　　"是的，捂住，当然。"

　　"你会大声地念出来，好让所有从你门口经过的人都能听见并效仿，接下来的祈福部分则是自己在低语？"

　　"是小声说的。"

　　拉比低声吼道："那我来告诉你为什么你会头痛。"

　　"为什么？"

　　"因为你对我撒谎。你的头痛都在你的脑子里。你说它们还能去哪？在塔菲拉勒特、安特卫普还是洛杉矶？它们应该在这只台灯里吗？还是在这台电脑里跳米姆拉舞？你的痛苦本质是真相。正是因为真相被禁锢，你才会感到痛苦。"

　　"实话说，拉比，我真会祷告的。"

　　"不是《施玛篇》吧？"

　　"不是。"

---

① 巴巴·巴特拉的名字（Baba Batra）是犹太教《塔木德经》中某章节的名字，这一章主要为裁定财产纠纷的律法，意为"最后之门"。
② 波拉特·优素福（Porat Yosef），耶路撒冷一所重要的犹太教神学院。
③ 《施玛篇》（Shema），犹太教经文之一，申述笃信上帝的祷词。

"对你来说它还不够吗?"

"《施玛篇》?那里面只会说神是独一的主——好像别的什么都不需要。"

"那又如何呢?"

"求你了上帝,别让我死,或者让我死吧。求上帝把巴蒂亚·内德尔赐给我。我祈祷一直有足够的水喝,或者有足够多用来净化水的药片。祈祷我不用再吃死硬死硬的菜炖牛肉和炸肉排,或者啃自己的手掌。哈希姆,我祈祷,不要再做梦了。"

"阿门。"

"但是,拉比,他们到底是什么意思啊?"

"那些梦吗?它们能有什么意思?就像每场选举都会有丑闻,每个梦也不一定有意义。这就是为什么没有一个梦能够完全应验。"

"所以试图去解释它们是徒劳的?"

"这就像在梦里去解释你的梦。我的胡子就是解释。"

乌里有点烦躁,拉比拨弄着他的胡子。"想想审判和考验有什么区别",他说,"你叫什么名字来着?"

"乌里。"

"被上帝激发的勇士——这取决于你,乌里,去区分这两者。"

"哪两者?"

"有些是直接来自上帝的信心的试炼。就像上帝告诉亚伯拉罕离开他的土地、杀掉自己的儿子,而因为亚伯拉罕做了他被要求去做的事,所以我们成了上帝的选民,一个天使在最后一刻降临,把刀从他拿走了。"

"另外一种又是什么?"

"而考验就是诱惑、花样和欺骗。也就是女人、蛇和兄弟的用处。"

"他们都是吗?"

"是谁给亚当苹果?一个女人,夏娃。是谁把苹果给夏娃的?一条蛇，撒旦。该隐谋杀了亚伯，然后在他有机会承认自己的罪行时撒了谎，就像你刚才那样。这还只是一个家庭而已。"

"你的意思是这就像我的家庭？"

"我的意思是，人生最重要的事是去理解上帝在审判什么，他的用意如何。"

"我不理解。"

"你的忠诚正在经受审判。"

"怎么审判？因为我很——"他迟疑了一下，然后接着说，"操蛋。"

"不，"拉比说，"和操蛋没关系。"

"那到底为什么？"

"因为部队生涯可能并没有结束。因为它可能永远不会结束了。你正在犹豫是否相信这一点，也许一切都只是个阴谋，退伍是一场骗局。"

"是吗？我还没退伍？"

"没有，乌里——因为你不能停止去做一个士兵，就像你无法停止做一个犹太人。它们都是人生永恒的境况。也是以色列这个国家的处境。你生下来就是一个士兵，因为你生下来就是一个犹太人，如果在你的割礼上没人给你一把乌兹冲锋枪，那是因为政府不允许把它们发给那些还没到年纪的人，让他们去承担这个义务，去接受这个负担。参军就是接受自己的身份，正式地接受它。而年龄的要求和服役的期限只是传统而已——官僚主义。"

"所以你的意思是我还在服役？而且你指的还不是预备役？"

"十三岁的时候，你就已经被《律法书》召唤，接受成人礼——成为律法之子①。"

"当然。"

"当然——你知道这个，你还记得。但你知道十八岁时你就被召唤

---

① Bar Mitzvah。下文的"律令之子"对应的是 bar pekudah。

成为另一个人，一个律令之子吗？"

"我不知道。"

"告诉我，律令之子，在你接受了成人礼、读了《律法书》之后——也许还办了一个小派对，吃了一点蛋糕——你就不再是一个犹太人了吗？"

"当然不是。"

"当然不是。那为什么当部队让你离开，你就不再是士兵了呢？"

"我不确定。"

"只有当部队让你离开——因为只有在那之后你才准备好，你才会开始感受到这份责任的重大。"

巴巴·巴特拉的手机亮了，在他桌上震动，发出迷幻舞曲的铃声，他斜靠过去，按了静音，把一只手掌放在乌里额头上，为他赐福。

穿白衣的随从把乌里送了出去，送到下面的大厅，经过那些不孕不育、罹患癌症、在伏击中致残拄着拐杖戴着护具的信众身边时，他们纷纷伸出手来，去触碰那身白衣的摺边。

GRANTA

川普天空阿尔法号

马克·多滕

马克·多滕

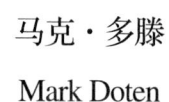

Mark Doten

1978

出生于明尼苏达。处女作《炼狱》于2015年由灰狼出版社出版。他是苏荷出版社的小说编辑,在哥伦比亚大学教授研究生写作项目。

波杰克　译

　　川普天空阿尔法号，这艘停在白宫和川普大厦楼顶的坚固飞艇，每周三，从华盛顿特区飞往纽约，或在周六，从纽约飞往华盛顿。川普都会从这艘足有一千英尺的飞艇驾驶舱发表油管直播演说，这艘无比奢华的齐柏林飞艇——"空中水晶宫殿"，配有二百二十四个座位（"开放包厢豪华仓位"），起跳价五万美金，如需各种额外的诸如尊享行李服务或强化版服务等这个价格还会蹿升，"钻石"或者"钻石群英三件套"登记，四位数的"十星级双铂金海鲜大餐""八磅权威认证"的大龙虾虾尾和右螯有"川普"名字的浮雕打码，触摸屏上有活力四射的"美食元勋"本·富兰克林为你提供佐餐配酒，富兰克林整了整自己的眼镜，为机上的川普葡萄酒编目（"体验川普的精致风味"），"壁炉之火"还有"白中白至臻白"。乘客下机之后收到的各种可疑的费用或额外收费的最终账单可达二十页甚至还要多，包裹费，"恶劣天气豁免信贷"，以及每次使用人体工学座位控制器的费用——系统会记录每一次的座位调整并列出详单——这些座位嵌在有着透明地板的六圈长椭圆形螺旋结构中，整个飞艇机身用一种革命性的透明膜制成，绷在蛾子一样白的铝制骨架上。每个座位都朝向中心，圆形露天剧场风格，中间是一个带防弹玻璃的圆形驾驶舱，当飞艇起飞时，从二百二十四个座位上，无论是国家广场还是中央公园抑或市中心的景色都令人眩晕地尽收眼底，为乘客提供"欣赏我们这个伟大国度的朴素的上帝视角"，当一个有巨大机械爪和滑轮的系统将其他座位猛地拽到空中、将他们排到前面时，其他座位在活动轨道上向后滑动，你为强化版服务付款的多少决定了你的座位能升到多高，跳过一个或者十个座位，"三巨头"或者"三星翡翠三巨头"

或者"十钻级三巨头至尊",最后一项服务调整后的价格大概有七位数,可以让你享有"一号位",你可以在上面享受一分钟抑或一小时,总之只要有另一个人预定这个位置你就得让位,每个人的座次都往后退了一位,地面轨道上的那些座椅几乎永远在后退,发出碰撞的声响,这样川普讲话的声音就被嘈杂的回声起伏的震动盖住,那震动像巨大的滚球在轨道里发出的声音,每当巨大的机械爪抓起下一个升级的乘客时,乘客也会发出尖厉但沉闷的喘息,座位在头顶嗖嗖移动,每时每刻都有八个、十个或者十二个座椅毫无预警地在头顶飞速移动,当川普讲话时,透明地板都会引起若干紧张的包厢调整(每次调整都会被编号记录),当川普在飞船驾驶舱进行每周两次的演讲时,那些有公司或者政府掏腰包的大客户们就会依次到最前面的座位上去,如果不是这些大客户,也必须是那些金主提前雇好的替身,在事故或者威胁或者攻击发生后这些有迷人脸蛋的演员会代替那些公司高管上场,孟山都、麦卡逊、雪佛龙,他们的制服或者制服裙剪裁均显得不凡且有品位。在直播演讲过程中,川普的双手会时不时离开方向盘,似乎悬浮在飞艇的正中央,做出过去那些为人熟知的手势,有点尖的鸭舌嘴,戳戳点点,或者表示"停下"的摊手——这个手势很快会变化,十指依然张开但手掌向内手掌相对且不停地做出挤压状就好像在面对敌对势力,一道可怕的地平线突然出现在远处,川普用力做了鬼脸,手肘戳进腰里,面对他说的不管哪个极度荒唐可笑的敌人,他的整个身体都变得扭曲,川普让他的塑胶脸轮番大显身手——一张有青蛙嘴,一张有猪一样的大眼睛整张脸看起来像痔疮。他给出了一堆滑稽的反对意见,双手时不时搭在饰有金色辐条的方向盘上,这只方向盘有时看起来全在他的掌控之下有时看起来似乎全凭自主的意志在运转,川普几乎是飘浮在空中,不领薪水,在其任期内完全切断和川普集团以及川普天空阿尔法号在商业方面的联系——但是他还是能"飞"它,不是吗?你不会连那也说成非法的吧?——整个驾驶舱在环形玻璃后面旋转,每四分钟旋转三百六十度,川普天空阿尔法号每周两次的宏伟飞行,川普就这样转来转去,扭曲的云团和天空被甩在飞艇身后,顶上是一面巨大的美国国旗,上面叠放着川普那张歪眼咧嘴笑的脸,国旗本身是 LED 灯泡做成的动画效果,通过实时视频捕捉精确还原川普的表情,东部的高速公路还有港口城市在飞艇下方铺开,川普一边旋转一边举起一只拳头,他的声音响彻整个飞艇,川普打断了自己就上周发生的事件的即兴演说,用手指头指着一个被排到前面去的座位,要么对着那个位子眨眼睛("看看是谁来了,沃尔玛,看起来福特也在后面,尝尝海鲜牛排套餐,超赞!")。几个副驾驶员以及工作人员安保人员军方人员的全部团队都在后舱的一个隐蔽的隔间工作,这个白色的不透明的隔舱今晚明显很空旷,没有副驾驶,没有工作人员,没有乘客,川普天空阿尔法号今天硬生生地把白宫楼顶的锚定设备整个拽下来了,把军方还有特勤局还有白宫工作人员吓了一跳,他们只能在原地跺脚(就连川普的私人保镖都没赶上飞船被抛下了),工作人员军方的人还有深层政府的成员已经一遍遍地告诉过总统,考虑到当下极端的世界形势、核武器攻击,还有成千上万正在爆发的冲突,成百上千万已经丧命的人,在那天,一整天,川普是绝对不被允许驾驶川普天空阿尔法号的。总统先生,我们可以给你安排一个有全套通信工具的地堡你可以在那里发表演讲,你绝对不能在第三次世界大战刚打起来的时候就在一艘该死的塑料小飞船里演讲。

到下午,川普停止和他们争论,消停了下来,这是在伊万卡上了电视、说第一次导弹攻击是一个错误之后的事儿了,这之后川普不再讲话,他们后来才意识到这是后面发生的一切的兆头——川普像紧张症患者一样,在白宫军情室的椅子上坐了几个小时,文件在他面前摆成小山。前一天晚上他已经授权了一项计划,一种有限的核选项[①],现在这项计划已经被执行,伊万卡已经上了电视,掉着眼泪说这是一个错误,自

[①] 核选项(英语:Nuclear option)是一种议事程序,允许参议院以简单多数推翻日常规则,而不是参议院规则通常需要的三分之二的绝对多数。特别是在 60 票规则中,该程序被用来结束辩论并结束阻挠议事。

从他整晚、整日坐在那把宽大的椅子里，在军情室和联席参谋长们一起，各种选择项被列在他面前的黑色活页夹里，那些选项的窗口期正飞速消失，它们不停地被撤掉，换上新的活页夹，只有当彭斯提到可能的权力交接——哪怕只是一天，甚至只是一个小时——只为了能做出一些关键决策时，川普才动了几下，川普转过身子半站起身，像头熊一样缓缓地无情地扇了彭斯一个耳刮子，后者摔倒时发出的轰响让房间那头十几个正交头接耳的人的说话声戛然而止，特勤局的那帮人和川普的私人保镖之间的气氛也变得紧张起来。但彭斯又坐回到座位上，擦擦自己的头说，"我没事，没事"。然后所有人马上又开始说话，总统先生现在有几个选择，这个选项的行动规模最大，这是最审慎的选项，我们建议立即采取行动，事态还在不断变化发展，我们建议采取有限但果断的行动，让我们向您介绍下细节……川普继续一言不发，缩在椅子里，茫然地睥睨四周，因为多年来保持最小范围的睁眼幅度，他的上下眼皮可能已经粘在一块儿了。这是他最喜欢的日子，他驾驶川普天空阿尔法号、进行直播的日子，每周两次这是他最喜欢的日子，但有什么事发生了，今天也就是他最喜欢的这天，有什么事发生了，那个彭斯现在又像个餐厅经理一样在川普和房间另一头之间晃来晃去，一片嗡嗡声中房间那头的人们开始意识到了什么、恐慌地意识到他们——这些将军——正在看着，只是看着，世界走向毁灭，有一些方案，很早就被草拟了，甚至在总统宣誓之前就已经被起草了，关于宪法第二十五条修正案、应对他的精神疾病，他的（已经确诊）痴呆的方案，窃窃私语。

在将军们所在的那个房间角落传来传去，是的，阿尔茨海默病的明显症状，喜怒无常，糊涂，很难跟上对话，现在是时候启动这个方案了，第二十五条修正案，而且他的家人最近遭遇的一切又加剧了他的病情，不是伊万卡，而是他在纽约的大部分家庭成员，诱发危机的那些事件就包括在纽约发生的一系列袭击，虽然现在自从美国发动第一次"有限"核武器回击以来，抗议者已经挤满了街道，要求和平，要求终止目前的局面。这是路易体痴呆，这是人们开始形成的共识，不知怎么的他们最后确定这是路易体痴呆，似乎比那些普通的痴呆更可取，他们不能眼睁睁地看着世界毁灭，至少不是在他们还可以做点儿什么的时候。房间另一头川普的私人保镖嗅到正在酝酿的威胁，装作不经意地绕到总统、将军、顾问还有深层政府那帮人身旁身后，他们必须要做点什么，所以当彭斯终于点头示意，于是参谋长联席会议主席清了清嗓子，几十双眼睛和手几乎像上演了一场慢动作的紧密关联的戏码，房间各个角落的每双手都挪到别在剪裁精致的西服下的手枪上，问题马上就要解决，无论如何，就在这时川普突然急速又笨拙地穿过白宫，上楼，每条走廊和楼梯井那些配有精良武器的特勤局员工都纷纷给他让路，他一路冲到楼顶，特勤局还有军方的人开始还互开玩笑问对方，但后来就没有这么嘻嘻哈哈了，他们不确定自己是否要拦住他，但一切发生得如此突然，他已经上了白宫楼顶，几乎是半跑着冲向了舷梯——到时间了，川普天空阿尔法号原定起飞的时间，虽然他们已经告诉特朗普今天，在第三次世界大战爆发的今天，川普天空阿尔法号不会起飞，他明白吗？——川普双脚踏上舷梯发出响震，两个特勤局的特工试着架住他（就在舷梯上——在舷梯上抓住别人是很危险的举动，人人都知道，尤其是在正在上升的不稳固的舷梯台阶上，太可怕了！），而川普使出对于一个超重的老年人来说不可思议的力气，把两个特工都摔下了舷梯，然后按下按钮将身后的舷梯关闭，当齐柏林飞船起飞时，还有另外三名特工拽着飞船锚定装备的线缆，他们紧紧地抓住各自的线缆锤死挣扎了几秒然后就像输家那样永劫不复——他们就是些彻头彻尾的输家——当驾驶舱开始旋转，川普坐在自己的玻璃围幕里迅速发了几条推（"很高兴飞回**纽约**！魅力夜晚！一如既往**撒谎的无良媒体**！！！"），川普天空阿尔法号飞到国家广场上空，现在广场已被征用为军事行动的基地，草坪上是几十架直升机和坦克和武装人员运输车（"将军们非常了不起！据说他们很高兴是我，而不是希拉里！不要听那些谎话连篇的无良媒体。我们守卫美国**安全**！！！"），川普激活了直播系统，一组摄像机在川普和圆形剧场风格的真皮座椅中间自动录制，那些座位现在都空着，而在今天之前，飞船的船票永远都是售罄的，每周两次，川普天空阿尔法号向北飞行，川普开始了演讲，每周两次的川普独白系列的最新一期，而就在他身后，波托马克河对岸的五角大楼还在阴燃，从直播过程中循环出现的几个机位可以看到滚滚黑烟，薰衣草色和黑黄夹杂的晚霞为川普的发型增添了几抹绘画般的高光，川普转动有金色辐条的方向盘、触摸控制稳定器还有旋翼转速的操控杆和按钮，而在世界各地，舰队里其他的齐柏林飞艇也从他们的泊地升起，它们全都连接在一起，所有的飞船都由"川普™掌舵"，不仅仅是一架飞船，而是全世界几十架川普齐柏林飞船，像是某种全球连通的高潮，这样当川普天空阿尔法号右转时，整个齐柏林飞船舰队也都会向右转，他往左，其他所有的飞船也往左，当他加速时，他们也会照做，川普的全息图像也会实时投影在其他几十架齐柏林飞船的玻璃驾驶舱里，所有和他的飞船连接的齐柏林飞船就像处在一个缩放仪里面，就好像彼此连结的画笔将一张图片缩放成不同的尺寸。（借鉴"本杰明·富兰克林'缩放仪'的灵感，终极奢华之旅"）川普天空齐柏林号在中国台湾、阿联酋、科威特、荷兰、韩国、俄罗斯、马来西亚、菲律宾还有其他几十个国家地区起飞，遵循同样的航线，或者说在今晚之前如此，今晚全世界范围的破坏行动已经让半数的舰队飞船无法运转，尽管有灯火管制还有密集炮火的攻击，剩下的飞船还是跟着川普起飞了，在哈萨克斯坦，曳光弹将川普天空飞船的机舱撕开，将舱里的乘客撕成碎片，飞船起飞过程中地板碎裂了，机舱里的东西全部被倒出来，除了那些已经被机械爪抓住的人，还有那些在观看川普的全息图讲话和手势时被活活烧死的人。（"你根本没法从媒体上了解，一切多么美妙，媒体太糟糕了，有一些人——我就不点名了——但是有一些人如此令人作呕，CNN还有垃圾《纽约时报》。"）川普已经飞过了帕塔普斯科河，他敲击按钮想关掉哈萨克斯坦那边传来的非常枯燥又令人作呕的直播画面，那些被机械爪抓住的人大声尖叫着被火苗吞噬，但他碰到的那个按钮原来是后旋翼的反向切换按钮，飞船机头突然向上冲去——整个舰队的飞船机头都如此照做——两千加仑带轮的龙虾储藏柜撞向隔开机上厨房和主机舱里拉什莫尔山①风格的雕塑，全世界两千加仑的平板玻璃柜子也都像这样撞向了川普和埃里克和小特朗普和伊万卡的雕塑，这些巨大的甲壳纲生物飞得到处都是，全世界的飞船乘客异口同声地发出尖叫。

一开始的计划是按照1:1的比例、按照统一的罗盘方位复制川普天空阿尔法号的航线，虽然川普最终被说服，不同地方的齐柏林飞艇可以根据当地的需求有不同方向的航线，但既然很多地区的需求在事实上是零，这样做的结果就是齐柏林飞艇的降落场地在沙漠正中央，或者在河北省什么人迹罕至的地方，只有大山和巨大古老的宝塔还有其他的障碍物，所以至少在某种程度上进行了进一步的妥协，从白宫到川普大厦的二百二十一英里的航程可以按比例增加或减少。在也门，因为安全原因，最早的两架飞艇在飞行中途被肩射导弹击落后，现在的齐柏林飞艇起飞后在"合适的"位置飞行，而从布鲁塞尔到法兰克福的航线也很短，舰队里航线最长的，是从莫斯科到明斯克的飞艇，航程有四百四十六点七英里，需要那艘齐柏林飞艇以两倍于川普天空阿尔法号的速度赶路，这也导致了8月发生的灾难，但是失事飞船马上就被替换掉，航线也重新被认证过。在这些袭击和事故发生之后，至少乘客们满腹狐疑，但很明显的一点是川普希望每架飞船都是客满的，所有，全部，买下这些飞船又让它们空飞，这是不能接受的，川普从川普天空阿尔法号驾驶舱的荧光屏上盯着其他飞船，虽然没有足够多的商务乘客填满座位（确实，考虑到飞船的航线，这些航班的用处很小，比如从布鲁塞尔出发的航班是凌晨三点起飞），但无论如何，飞船永远客满为患，

---

① Mount Rushmore，拉什莫尔山国家纪念公园（也被称为美国总统公园、美国总统山、总统雕像山），公园内有4座高达60英尺的美国前总统（华盛顿、杰斐逊、老罗斯福和林肯）的雕像。

机票早早就被预订一空，付钱的是科威特、沙特阿拉伯等国家的主权基金，以及合作客户，针对后者的业务一开始很棘手，很多公司开始都一口回绝了——它们必须要对股东负责，它们不能把上千万美元砸在奢华的商旅上——但很快可以确定的一点是，它们被承诺会给予一定的好处：势力重新划分、监管条款的松动或消失，或多或少更强烈的武力威胁，如此一来，在一些方面，尽管他们似是而非地否认这点，那些在齐柏林飞艇里的乘客还是捞到了相应的好处：原先被划拨用来研究印尼泥炭地大火的研究经费——一些人已经宣称它是碳排放和全球气候污染的主要来源，全部被取消；美国也一改此前对泰国"冒犯君主罪"罪名的反对，毕竟那里的人民有自己的生活方式和传统，我们不应该干涉；川普自己在福克斯新闻的一次采访中对阿塞拜疆侵占纳戈尔诺—卡拉巴赫事变赞不绝口，称其是一揽子旨在打击地区恐怖主义的政策的一部分；在津巴布韦，罗伯特·穆加贝去世后，和人权有关的约束规定统统被解除，齐姆钻石矿的开采正如火如荼，尽管现实是当穆加贝的继任上台几个内，就已经有超过两百名学生被警察杀死；在中国台湾，我们暂停了对先前出售给他们的联合战术信息分配系统的售后支持；对也门、布隆迪、白俄罗斯的禁令也被解除了；马格尼茨基制裁法案也悄无声息地迅速作废；那些没有购买舰队船票的人旁观着这一切直到最后他们无法置身事外，这是全新的世界体系，看起来你越来越无法逃脱这个体系，但一个月以前能让你享受点好处的钱到现在已经不够了，价格永远在攀升，而不同规模的公司，包括那些最大的跨国企业，比方说，可以买下整个飞船，或者在"国际英国石油川普天空日"这天，包下整个舰队，舰队也会临时拥有一个新名字，英国石油的商标会被印到飞船后部的稳定器上，还有美国国旗，英国石油的商标品位不凡地出现在美国国旗上方，而川普则做着鬼脸龇牙咧嘴打着哈欠（不到三个月，加州海岸线所有的离岸钻井开采权全都给了英国石油公司），表面上的好处看起来如此诱人，那些已经买了票但没有跟上"至尊-奢享强化版"服务价格的人发现自己的利益受到了公然的侵占。某个飞船哪一周的利润下降了,就会在那个国家产生神奇的震荡,一连串的厄运和动荡,该国就会增加自己的购票,花上更多的钱。这种局面什么时候能结束,很多人都在揣测,这一切什么时候能够结束?所以当第一批欧洲的齐柏林飞艇被恐怖分子击落时,有些人如释重负地叹了口气,后来却发现川普集团起诉欧盟,要挟说如果欧盟不承担维修飞艇的费用、搞定死者的诉讼,并对川普集团的损失进行巨额赔偿的话,他们将会对欧盟进行制裁。两艘飞艇已经造好就位——数量是川普集团所要求的两倍,而且飞船在任何时候都必须客满,但不能仅仅是客满,乘客们还必须扮好热情的支持者的角色,当他们聆听演讲时脸上必须带着笑容,必须频繁鼓掌或喝彩,他们要有迷人的脸蛋,专注又时髦,飞船舰队成立之后不久有一个举措就是将穿着"现代服装"的乘客和穿着"传统服饰"的乘客的座位混在一起,这个惯例最早是在中东的航班上成形的,川普盛情称赞了"现代服装"和"传统服饰"的融合,然后大声质疑之后一周为什么没有更多的国家仿效,"现代服装"和"传统服饰",这给他带来了极大的乐趣,在印度,之后那趟航班上那些穿纱丽的女性获得了同样的恭维,结果再之后一周,一切禁忌都被打破了,全世界的齐柏林飞艇上,乘客里穿和服、百褶裙、花褂子、巴西狂欢节道具服、马赛人珠球刺绣服饰、巴厘岛僧侣服饰、菲律宾巴隆他加禄衬衣的都大有人在,当川普出现在他们面前的屏幕上时,乘客们都露出狂喜赞成的神情,川普竖大拇指的次数也比以往任何时候都多,虽然今天晚上,也即第一波核导弹袭击发生后的第一晚,飞船舰队上几乎有一半的座位都是空着的,或者说未被毁坏的那四分之一的座位有一半都是空着,而在那些没有变成幽灵船的飞艇上,弥漫着分离的恐慌气氛,惊惶流泪的面孔,偶尔有人大喊大叫,他们的头巾歪到一旁或者被两手紧紧地攥在大腿中间,当被飞船上方的齿轮装置夹住的巨型龙虾突然飞出来、内脏喷得到处都是时,印度齐柏林飞艇上两个穿戴着《甜蜜的生活》里的裙子和帽子的女人突然陷入歇斯底里的恐慌,她们马上就被焦躁不安的印度保安开枪击倒,白色包厢里血喷得到处都是,而比萨斜塔正从飞船下方安静掠过。其他地方的龙虾制造了巨大的麻烦,它们的碎片堵塞了滑轮和机械爪系统,把现场弄得乱七八糟,乘客座位被扔错了地方,砰砰作响,在里约,落下来的座椅砸碎了透明地板,乘客们坠入瓜纳巴拉湾,虾螯和虾尾上打着"川普"商标的巨型龙虾和他们一起溅落,然后满足地游向海底。川普依然在讲话,依然气定神闲("人们哭着给我打电话,感谢我拯救了他们的家庭,那么多电话,现在我们不想让你们知道这些,因为我认为如果别人哭着说'谢谢你,谢谢你,总统先生'这个不关任何人的事,但如果你去看看那些被我拯救的人和家庭,我们说的是几百万、几百万人。"),虽然他把印度和巴西的直播线路切断了。

但此刻川普天空阿尔法号正遭遇炮火袭击,很显然他们通过他的直播追踪到了他的方位,外国的战斗机不知道从哪个鬼角落呼啸着冒出来,川普无法调整机头向上,他坠到了高压电线上,飞船火花四射,又被高压线弹回来,往相反的方向开了几十码,然后又触线,下一次的反弹将飞船又送回到中轴线上。看起来齐柏林飞艇的速度、高压电线的抗张强度还有弹性,以及不同电塔之间的距离都经过完美的测算,尽管齐柏林飞艇的机头上挂着二三十根电线,川普天空阿尔法号依然还在飞行,它的之字形航线实际上刚好帮川普躲开了敌方的战斗机,也给了美方击落他们的机会,川普依旧滔滔不绝,手势也越来越坚决,整体上传达了一种自信又放松的气势("我们会把被那些垃圾破坏的东西恢复得比原来的还好,一切都被过分、过分夸大了,我们做得非常、非常好,我知道怎么建造,如果我们输了,也不是真的输了,它们会重新变得更好,一样了不起,你们知道我是从皇后区起家的,我父亲给我提供了一小笔贷款,然后我挣到了比那多得多、多得多的钱。")。而全世界的齐柏林飞艇也跟着他的飞船的航线,但没有高压线将他们弹回去,于是就变成了一场血腥的屠杀，阿布贾的飞艇坠落了，阿布扎比的飞艇坠落了。在全世界不同国家的首都军营贫民区还有郊区，人们都在估算这对于未来的影响，川普对他的舰队溃败的反应将会如何左右世界的未来，此时川普失控了，敌机纷纷朝他飞去，一队美国战斗机和直升机围着川普天空阿尔法号，战斗机和直升机守卫着川普天空阿尔法号，在必要时可以冲向敌机和对方同归于尽，这些战斗机和直升机冲破电线，在新泽西北部离他的目的地不远的地方，川普天空阿尔法号最终恢复了平衡，飞到电线上空，一直在一个更安全的高度飞行，但一架敌机突然出现，之前已经有几十架采取自杀性进攻的敌机被美国的飞机击落或撞毁，但这艘战斗机呼啸而来，贴地飞行了一段时间，然后突然拉高，巨大的机身突然出现在川普飞船的下方，子弹和导弹嗖嗖飞向川普天空阿尔法号，川普的齐柏林飞艇被炸成了花，川普本人还在机上，爆炸的威力如此之强，护卫飞船的六七架直升机也跟着葬身火海，直播画面除了噪声和火焰什么都没有，全世界有几百万人屏住呼吸，每个人都见证着这个似乎悬浮的时刻，整个世界在被按下暂停键的那个瞬间仿佛飘浮起来，接着爆炸后的火球四散开来，他就在那儿，川普依然在飞艇上，依然还在飞行，尽管那架齐柏林飞艇已经不再完整，气囊和金属框架要么已经被烧掉要么掉落，只剩下玻璃的圆形剧场还有防弹的玻璃驾驶舱、按长椭圆形螺旋结构排列的座椅，紧急安全旋翼被架到飞船仅剩的小得多的长椭圆结构的舱体上，川普就在舱体的正中央，十几个大小不等的白蛾色旋翼让飞船仍保持飘浮状态，旗帜依旧飘扬，一团被烧焦的黑色线圈像一桶扭来扭去的蛇，原来贴着川普的假脸的地方只有一个苍白的嘴巴大张的东西，活像骷髅，舰队的其他飞艇现在都和主飞船断线、纷纷坠毁，川普似乎飘浮在空中，手还放在有金色辐条的方向盘上，他还在说话，脸上还带着笑，"这里是纽约，市中心，那儿是川普大厦，中央公园，最好的风景，最好的公寓。我已经和将军们谈过了，那些支持我们的将军已给了我一些非常、非常棒的代码，这些代码漂亮，非常漂亮。"他说，他就在那里、在川普天空阿尔法号上、在油管直播上发出授权指令，他下令实施大行动，可能是规模最大的反击，那些在百慕大群岛和土耳其还有巴黎的龙虾举起被打上商标的虾螯沉默地致意，一边被火苗吞噬，最后的几台摄像机画面也一片黑暗，直升机和战斗机在旋转的旋翼包围的巨大的透明密封舱旁边和前面纵横交叉飞行，美国总统唐纳德·J.特朗普飘浮在密封舱的正中央，他按下自动下降的按钮，直播画面被切到最后一轮的奢侈品购物体验广告上（视频中的伊万卡正在展示手镯、唐纳德·J.特朗普签名的领带，还有购买分时度假资产的机会），然后画面又切回到川普，全画幅，他坐在川普天空阿尔法号的方向盘前，对着那些观看油管直播的观众、还在观看的人、还有兴趣的人、还活着的人、军情室里的人又一次竖起了大拇指，而那群将军、深层政府的成员，现在甚至也包括川普的私人保镖队伍，在一片嗡嗡声中人们开始意识到了什么，恐慌地意识到他们，这些将军，正在看着，只是看着，世界走向毁灭，他们还能做点什么吗？但有太多、太多不同的战略了，他们每个人都被自己的身份困住了，而川普已经在直播中间向全世界、向我们的盟友和敌人宣布了那个重大的决定，各种协议计划和紧急计划即将生效，一切都来不及了，没有办法挣脱目前的处境，说声抱歉，说停下来，说我们搞砸了，什么都做不了，或者也可以说他们会执行重大行动，或者什么都不做，一动不动地坐着，被生活以及他们都不曾实现的所有可能性包围，他们意识到这场游戏注定要输，但不去加入这场游戏是更糟糕的选择，就好像是足球游戏，黄金代码，已经全面启动了，马上就会开始，就在几分钟之后，大事件，我们等待了大半个世纪的大事件，按钮已经按下，一切都很容易，当然，果真如此，此刻它果然发生了，整个中东世界，世界上的所有地方，导弹飞向天空，而特朗普总统轻松地降落在特朗普大厦楼顶，他无心聆听但还是听到了下面某处传来如他的心跳一般微弱但无可逃避的，如洪水般挤满曼哈顿街道的抗议者们发出的巨大咆哮。

GRANTA

革命

珍·乔治

珍·乔治

Jen George

1980

在南加州长大。著有短篇小说集《休息的临时保姆》,该书属于"多萝西"出版项目的一部分。其作品见于《炸弹》《哈泼斯》《洛杉矶书评》《n+1》《每日巴黎评论》等杂志。目前生活在纽约,正在撰写一部长篇小说。

余烈 译

约定

我不确定我们之间的协定,也不确定大部分人之间的相处方式,他们之间是怎样达成约定的,例如在外过夜,一起用餐,每天保持常态。也许这个男人说了什么而我说"好"。或者我们什么也没说。

"这是不是挺有意思?"我说。

"你指的是什么?"他说。

"总有一些约定存在,而我们又说不出来那是什么。"我说。

"我根本不会说那些。"他说。他的病会让他变得乖戾别扭。

分手通知

当送信员带来一纸分手通知告知我们两人的关系即将被终结的时候,这个男人和我想着在彼此分道扬镳之前可以试试要个孩子。我们的关系就是在这间房里发展起来的,过去的两个星期中我们常常是在性交。我们回避了党团职责、会议和各项活动,我们越来越排他的安排引起了党团的注意,终于导致了这张通知的来临。在事情到达这一步之前,党团通常会来进行破坏,但在此之前,想有个孩子的想法,就这样被酝酿了。

历史

因为这个男人的大眼睛和宽广的胸膛,我注意到了他,当我们在党团集会上喝着从大滤壶里倒出来的煮焦的咖啡时,他会提起精神层面的事务,并发表一些个人言论,例如"我常常忘记这项事业受限于人的寿命",或者是"要做的事情这么多,时间却这么少"。他的发言经常被从党团官方会议记录里删除,因为伪装成集体言论但实际上是个人主义言论的概括性言论被认为不仅仅是自恋的,同样也是对统治阶级采纳并效仿的语言的一种模仿。在党团统治之初稳固了本市的东半部(伴随着许多人的死亡)之后,这种语言将自身伪装成政党的语言。在我们历史上的那个时刻,事情看起来对我们(党派)有利,而且我们被告知现在不是该放松的时候。

简单的行为

我们的党派认为,任何关系的现实面貌都是一项简单的行为,就像问候、分别、吃饭、一起拿起武器,而非那些复杂的行为,诸如某个特别的人的陪伴带来的愉悦,甜言蜜语或者肩并肩共同打发的时间——这是一种政党策略,一种类似精神分析的感知训练,旨在揭示那些支撑舒适、忠诚的东西,还有两人之间的伙伴关系的幻觉,从而减轻个体之间联系的排他性——如果这样的政党信念是真的,那么接下来这个男人和我之间真正的关系,从简单行为的意义上来说,可能就是性,还有一起吃药店[①]买来的面包,尽管我也不能确定。

[①] 小说设定中的药房和北美很多药房一样,兼售软饮料、化妆品、杂志等杂货。

似曾相识 I 与优越感

以前曾经发生过的事有可能再次发生,这样的事就发生在我身上。在我对党做出承诺以前,在我宣誓将禁止我特有的直觉(包括似曾相识之感)以前,在某种程度上我是个招魂师,尽管有时候带有一些政治优势。例如,我曾经醉醺醺地通过显灵板和占卜板在统治阶层的能量场中招魂。可以说,这些亡灵来这里的目的很明确,就是为了要把他们在当时遭围困的银行丢的钱取回来,并用来购置新的物品——镀金装饰的沙发,火腿,小汽车——带回他们的坟墓。在银行里,我用他们给我的密码取出了账户里所有的钱并捐给了党团,当时党团势如破竹,占领了市中心一些较小的银行和中型酒店。我原以为很大的数目实际上没有多少。我并没有觉得自己表现得神气活现,但一位老资格的同志告诉我,对那笔让我进入党团的捐款,我不要再摆架子了。入党多年的老同志们都管我叫"小公主"。这样的侮辱伤害了我,我的脑子里涌现出很多理由证明我不是。在会议上,我要么被告知不要发牢骚,要么被完全无视。

因为这个名字,因为老同志们对我的冷漠,我曾经哭过一阵子。而我会摆脱这种情绪,像表演踢踏舞一样,用某些高风险的手段去赢得他们的欢心。

我说,你们现在喜欢我吗?

老资历的同志们回答,什么?

那一刻我真的爱上了这个党派。

似曾相识 II

这不是我第一次见证这样的事——经公证并投递的党内恋爱的分手

通知——甚至还有我自己的——尽管这就是常说的"两次踏入同一条河流",但这次可别得过且过!在我们的例子中,和大多数情况一样,孩子是感情还有对家庭生活的梦想的产物(可能也因为,这个人的特殊疾病,这种疾病使他产生一种强烈的感觉,他必须把自己的某些东西留下来),因此是被禁止的。

为什么是他

这个想法是可能的,因为我很容易受到持不同政见者的异见的影响。这个男人虽然在党内长大,却在某些事情上与党团的喜好相悖,因为他有病,还有一点软弱。可能我们两个在誓言方面都很脆弱。

非麻风病

他的病没有名字,或者有时候(麻木地)被称为"一无是处",或者"非麻风病",除此之外也被(同样麻木地)称作涵盖各种与死亡相关的焦虑的保护伞。这种病包含了很多症状,本地医学杂志将其描述成"发作时像濒死者"——失去知觉,排泄肠子和流体,像假死时一般喋喋不休,绝望,希望,长篇大论的演讲。这种病让他在许多领域有了紧迫感,但是同时在另外的一些领域产生了一种放任自流的感觉。尽管如此,他还是很轻易地同意了孩子的事。

交媾中

即将分离的消息没有让我们两个人感到惊讶。

"与其说是结束,不如说是一个新的开始。"我在性事中途说道,尽管他从药店订购的勃起增强剂承诺有助于缓解病情发作时那些濒死般的症状,比如半勃起,但交媾没有达到预期的效果,所以这更像是性交中断而不是完全的性交中途。

我们受到警告

在他临街的窗台上,曾经留下过一些字条,几乎是在告诉我们不要继续胡闹了;还有只邀请我们其中一人参加党团会议的邀请函,是另外一个穿着燕麦色裤袜的女人——一个新来的同志——送到门口的,一把长长的刀刺穿了房间门。考虑到这点,大部分的警告还算是彬彬有礼。

进展

"哦,起来了一点!"我说道,这就算是鼓励。对于党派成员来说,小小的褒奖就像一种药,尽管我们也使用真正的药物,烈性毒品,让人变得极端残忍,还能享受多重高潮。实际上他变硬了一点。一次半勃起。

徒劳无功

"时间不多了。"他说(声音平静而嘶哑),这不像他之前那些笼统的声明,而指的是怀孕这件事,以及从现在起到明天早晨党部官员接我去东区某个新公寓之间剩下的时间。

因为时间不多了,我有点失控,虽然我的亢奋有伪装成分。

"在我的弥留时刻,请放慢一点。"他说着(轻柔地,戏剧化地)。

"你病了——不会有弥留时刻。"我提醒他。

遗传学

我无法忘记血亲的基因遗传谱系,那些关于优良血统的夸张故事,以及被我的家族在几百年间翻来覆去吹嘘的领导成就,这些无非是为了让他们的生活获得某种骄傲和秩序,尽管他们都是牙口不好的幻想家,把彩票号码当成神一样崇拜,觊觎财富,渴望得到最好的假牙——这些是明确的人格障碍的危险信号,会影响到我们未来的孩子。

"你的家族有心理疾病吗?"我问道。

"有。"他说(几乎没说出口)。

"有很多?"

"很普遍,"他说,"父母两边的家族都有。"(这些话他可能花了整整五分钟才说完)

"我家这边也很讨厌。禁忌和耻辱都在变化,或者减轻?"我说。

他做了个鬼脸。

我当时在做什么?

"我们认识的时候都正在做什么?"我问。

"喝醉了。"他说(拖长了字母"U"的发音)。

"是的,但是……"

"醉得一塌糊涂。你在用一种愚蠢的姿势跳舞。"(结结巴巴地说)

"哦。"

"跟那个看门的。"(喃喃地)"你的两条腿。绕着。他的。身子。"(每隔两分钟吐出一个字来)"你的。紧身衣。破了。裙子。翻起。绕着。你的。腰。"

"你的记性真好。"我说。

"从某些方面来说,这就是不久以前的事。"他说(结结巴巴地,声音沙哑又低沉),"你的脸涨得通红,你的眼睛又黄又红,你的头发油腻腻的,你的样貌让人难忘,就像……"他主要是用眼睛来传达这一点,声音越来越弱。

"就好像——"我说着,努力从我生命中的那个时刻,也就是两周以前,获得一些跟我自己有关的讯息。但他没有跟我一起。他没有死,只是在别处。

接受

"你看见我在跳舞,还有……"我说,再一次,我们开始性交,尽管无论从温度还是坚硬程度来说,他那半勃起的器官都像一截黏土。

"手臂抽打着什么……像是套索?"他说。

"直升机街舞①。"我说。

这是他开始接受我的一个例证,当他看到我那个样子。我应该没有完全晕过去,但是当晚的大部分细节已经丢失了。

"那是在一间乡村酒吧吗?"我过去喜欢跳排舞——曾经有一段时间,就像是在昨天,那时候的人们跳舞只是为了好玩,就像卡拉 OK。

"不。"他说,但这个字被他拖得很长,他的一部分生命力正在离他

---

① 此处的人 helicorpter(直升机)是街舞动作术语。

而去。

"东区深处的一间小酒馆?"我问道,一边想着我那时多么狂野,多么受人欢迎。他回答我不是,仍然用眼神。

"一家酒店的吧台?"我问。他(用眼神)说是的,而我如释重负,因为那里有某种目的性和服从性,甚至还很优雅;酒店的来访都是党团指派的任务,年轻人被派来招募新人,在那些看似心满意足的客人和工人之中播下不满的种子。我们要拆散婚姻,对低阶职员说他们上级的坏话,我们要堵塞马桶,或者至少成群结队地与目标擦肩而过。这样的任务是我的一项秘密爱好,因为我总想待在酒店里。

感情

我回想起那天晚上的短暂时刻,不是为了我们的碰面所做的准备,也不是我之前的行为。他冲我微微一笑,脸向着一边。他偶尔会出现面瘫的症状,但我还是默契地读懂了他的笑容。他说:"哇!"对于我来说,这就是表示他看见我了。关于他,我想,我有一点喜欢他。我说:"我喜欢你。"我喝得摇摇晃晃,我和他互相看着对方的那一刻流露出来的确信和情感可能是人们渴望在酒吧里得到的东西。他们的腿绕着自己的身体转圈,像套索那样或者(更可能是)做着"直升机"的动作。在那家酒店吧台,我想我们都点了点头,或者耸耸肩,可能做了一个表情(尽管因为他面瘫的缘故我很怀疑这种可能性),并且我们都对彼此产生了一种相似的感觉,或者想法。

舞蹈

第一个晚上,借着他的公寓里防风灯的亮光,我们脱光了衣服。他捧住我的脸。我亲吻他的胸膛。他的胸膛十分宽广,因此我说了一句,"布鲁特斯。"①

第二天早上,在我们第一次约会、经历了一个漫长的夜晚之后,当时他正在大声朗读那份熏黑的报纸,我说:"我怎么还在这里?"我们吃了药店买来的面包。他耸了耸肩。我模仿他倒咖啡的样子,因为生病的缘故摇摇抖抖;他模仿我望向窗外的样子,等待别的什么东西。在很短的一段时间里,他的病情没有发作。在那些日子里,床上、我的头发上和药店的旧面包上到处都是高潮的痕迹。在临街的窗户上,在地板上,在他的小暖气片上,那东西已经干了,结成硬皮。我吞了太多,以至于没有胃口吃药店里的面包。当我谈到我的童年时,他翻了个白眼。当他谈到他的童年时,我说:"太可爱了,太重要了。"

当我大声朗读从我还是招魂师的时候开始就一直随身携带的旧日记时,他说:"我不明白这是什么意思。"我满不在乎地吻了他巨大的胸膛。

到了下午,我哭了。

"你昨晚真的进城去了,"他说,"你的身体在处理你体内的酒精,让它们离开你的系统。"

这给了我某种洞察力。

我从他和街道齐平的窗户望出去,看着人们从药店进进出出,拿起用于集会和暴乱的铅管,通过社区的扩音器大喊大叫,我说:"我们为什么要一直这样做?"

"这就是摆在我们面前的东西。"他这样说,用真正的信念传达着党派的路线,"还有工作要做。"这让我想起了我对党团的热爱。

---

① 布鲁特斯(Brutus,前85—前42),古罗马时期的著名执政官,与屋大维齐名。

没有不可逾越的门

"我想告诉我们的孩子,关于那次约会。"我说。

"只有那些想要相信自己的生活可以改变、相信新事物是可能的、相信爱会来到自己身边的人才会把那些特殊的浪漫邂逅看得意义重大。"他说(说出这句话他几乎花了无穷无尽的时间)。

"也许我们的孩子就会是这样的人,到时候我要把这个故事告诉她。"我说。

"可以说,我们所做的一切就是走进那扇门。"他说。

"什么门?"

"自己出现的那个。"

"什么?"

连裤紧身衣

我穿上了一条深蓝色的连裤紧身衣,是用超薄的尼龙做成的。是我在我们放纵的那段日子从药店订购的。

"我的身体像不像用纸巾包裹起来的特殊水果?"我问他对这件紧身衣的印象。他没有回答,我很欣赏他节约体力的方式。我解释说:"不过,我的耻骨会在胯部开口那儿突出来。"因为他的眼睛看不清诸如耻骨这样的细节,而我认为他会欣赏这个特殊的细节。

我走到他窗边的椅子上,希望他的视力足够好,希望他能听到喊叫声、尖叫声和打碎玻璃的声音、拍击声、砰砰声、撕破衣服的声音、哭声、扩音器播放的消息声、音乐声。这是我们的人的工作成果。这是我们的行动,即使我们两个几个星期来没有参与其中。

昨日重演

穿上连裤紧身衣和一丝不挂的感觉大不相同,受此启发,我用一种表演的方式呈现了人生的各个阶段:婴儿时期,我仅仅只是躺着;女孩阶段,我会重演一些场景:跳进水坑,朝着男人的脑袋扔大石块。他的目光呆滞。我直接进入少女时期,一只手放在(想象中的)通灵板上,这更概念化了。这个概念让他变得兴奋,我看见他勃起了一半,因此我们重新开始性交。我很失望我没有表演完所有的人生阶段。

但我又集中了注意力;这件事比我们,或者这个时刻,又或者比这些表演都更重要。未来取决于此时此刻——这是我从未曾理解过的一句党的方针,因为总有许多这样的时刻。

我们一直在这里

"好像我们一直在这里,"我说,因为我们没有离开过这个房间,"但在这个有可能一直延续下去的特殊时刻,我想逃离这里,你知道,如果我们一直处在革命时刻,像党告诉我们的那样。"

他呻吟着。

"那么,"我说,"我怎么能连续几个晚上都待在你的公寓?"

"你每天就是睡觉然后醒来。"他说(嘴唇发白干涩,上面结着痂,舌头发干就像沙土中的棍子)。

"是你让我这么做的吗?"

"不是。"(发音清晰)

"如果是你让我这么做的,那就太浪漫了。"我说。

"对不起,"他喃喃地说,"我是在党团里长大的,那不是我们的方式。但我真的想你在这里。"

"如果你给我做过一顿可口的晚餐,我可能会想要留下来。"我说,虽然不仅是因为没有食物可以做一顿可口的晚餐,而且我这么说,即意味着回归我统治阶层的生长环境——那时我还小,我唯一的愿望就是可口的、或者浪漫的晚餐,又或者是餐馆里的晚餐,还有假牙和钱。"你本可以告诉我——请留在我身边,因为你是我一直以来在寻找的人。"我说。

"我做了,我一直在这么做,差不多,我接下来也会这么做。你的欲望以占有为前提,这和跟我们为之奋斗的一切是对立的。"(发呆状,嘴巴像一条大鱼,大口地喘气。)

"你本来应该说——我想娶你,尽管这在党内是非法的,而且我太标新立异,不适合结婚。我会喜欢一个我真正想要向我求婚的人。之前也有人这样做,但只是一些仰慕者。"

"仰慕者。"他说(乜斜着眼睛)。

"我年轻的时候有过,"我解释说,"男人们爱我的年轻、漫不经心和悲伤。他们全都求我嫁给他们……"

"追求者——也许这个名字更准确。爱慕者,甚至。"

"仰慕者这个词很准确。"我说。

"我们应该继续下去。"他提醒我。

画面

至于高潮,他的高潮建立在占有和控制占有物的画面基础上——他控制不住这一点,因为这些东西都是被禁止的,所以令人充满了渴望。我的高潮则是建立在模糊的画面之上(有时是在真实的雾中发生的性的侧影)、陌生人的脸孔、梦、话语、想法,每一次性就像拉动老虎机上的操纵杆,看看会有什么连带反应冒出来。通常什么都没有,高潮发生在一个黑洞里,没有叙述,没有想象,甚至没有雾。

情绪 I

"你从来没有伤害过我。"我威胁要离开,却没能在老同志带我走之前离开,他这么对我说。

"我试过。"我说。

"这就是为什么没有伤害到我——你的尝试如此清晰地揭露了你统治阶级的出身,你试图通过拒绝,或假装自己被征服来获得的关注,激起别人的欲望。"

"我有时很恨你。我看得到你所有的弱点,比如你的疾病或你高潮时的脸,还有,有的时候,我相信你就是这样一个人。"我说。

"我也同样如此。"他甜蜜地说。

"我的弱点是什么?"我问道。

"我们不应该谈论这些。"

"求你了。"我说,"告诉我你在我身上看到的不好的地方——现在这伤害不了我。"

"你有时很冷淡,"他说得很轻松,"就好像你从来不知道除了性之外的身体爱抚,甚至对你而言,性也不是感情——它需要通过暴力,还有他人在你身上寄托的希望来满足。这是你的生存之道,尽管这毫无意义,而且是一个彻底失败的、过时的个人体系,你在不断地重复它。"

情绪 II

"如果你能做到这样,你就会变成一个英俊的老男人。"我说,盯着他看起来已经像是漂亮假牙的发黄的牙齿。

"有时候我想我再也不想跟你在一起了。"他说(他的脸上和手上长满了老年斑)。

"我们为什么还在讨论这个?"我说。

"没有其他人会像我这样地需要你。"他告诉我。

"那正是我最害怕的事。"我说,"你知道我最想要的就是很多人需要我。"

他眨眼。或者应该说一只眼已经睁不开了。

"有几次我瞥见你衰老的面容,那样子很怪异。"他说。

"我们跑题了。"我说,不想听到我未来的样子。

消遣

为了阻止他的幻觉,我在床上练习走下台阶的哑剧,最后瘫在床上。

"很好!"他说(咽着口水)。

"谢谢!——我有段时间没练了。"我说。

"你一直在做这个,反反复复,在酒吧,那天晚上我们……"

"嘘!"我说。在我们相遇的故事里,不包括这一点——如果我曾经说起过这个。

"我刚刚想起你和那个门卫的另一件事。"他说。

"当你跳舞的时候,你的屁股就在他脸旁边摇晃。"

也不包括这一点。

"有很多办法干扰和招募新人。"我说,我知道我不是有意要这样对待那个门卫。我知道我没有。

生日 / 致辞，致辞，致辞

"快到你生日了，我会错过的。"

"太糟了。"他说。

我用熏黑的报纸、指甲剪、燕麦片、虾粉和盒装明胶做了一个蛋糕。

"祝你生日快乐。"我唱着，药店买来的烛台被临时充当照明灯。我说："感谢给你生命的人，让我们相遇，让我认识你。机缘真是太妙，如果我们没有出现在那个酒店的酒吧而我跟门卫搅和在一起引起你的注意，如果我们没有点头致意或达成任何约定，随便什么都成，如果我们没有一起度过这两个星期——谁知道呢！"

"是的！"他说，"多么幸运！"（欢快）

"谁知道呢……也许我们会在不同的片区、不同的公寓跟不同的人上床，吃着不同的面包，穿着不同的连裤紧身衣。"

"是的，有意思。"（心不在焉地）

"嘿！"我说。

"我在准备生日致辞。"（低声说）演讲是他难以忍受的症状之一。

"我从来不知道自己在寻找什么。"他说，"我的视力一直很差，不管是从字面上还是从象征意义上讲——现在比以往任何时候都要差。"（始终乜斜着眼）"当我看见你的时候，我想，那个闹哄哄的家伙在做什么？看起来像是在摔跤，不然就是在套索……""是直升机街舞——我们已经确定这是一种舞蹈，不要再提了。"

"我觉得你看上去像一个顽童，但很性感——我这么说仅仅是因为一种条件反射——当我看到你的时候我并没有有意识地这么想——只有在当下，在回忆的时候，我试图把脑海里发生的事情描述出来，而这种叙述可能是假的，尝试给我们的关系赋予某种重要性，尝试让它变得浪漫一点，尝试给回忆加一点意义。"

"很甜蜜。"我说。"我喜欢这个。"我说。

"有时，我想会发生点什么，我们继续在一起要么因为我们都以相似的方式成长，或者说以相似的方式拒绝成长，但无论哪种方式仍是一致的。要么，我可能已经搞清楚了在那一刻我到底想要什么——西方的男人在中年的时候弄清楚了他们想要的是什么，一个可以带出去参加聚会的年轻又性感的护士，而我也会不惜以我拥有的安静的诚实为代价去追求它，最终人们只会讨论我年轻的爱人——他到底多少岁，或者，让他做他想要做的。"

"我们都会习惯的。"我说。

"拜托，别打断我……"（喘气，发作）"我想说的是，我接受了摆在我面前的事实，没有质疑。而你出现了，带着一样的气场，醉成那副模样，还有一样的饥渴，一样的孤单，一样的绝望，一样的放荡。"

他湿咳一声，吹灭了蜡烛，咳出许多痰和许多液体。

他的假死症状突然发作。他伪装的死前的喋喋不休也很明显。当他真正死去的时候我是不会在他身边的，所以我说"我会想念你的"，就像一个寡妇。我说："现在我要做什么呢？"我知道，当他的尸体（和其他数百人一起）将被焚化的时候，我不会在集体火化仪式上发言，所以我说："感谢那些人，我们无法在这样的时刻理解终结的概念。"接着我说："生命转瞬即逝！"他有了一点笑意。我把他实际上软绵绵的身体拖进浴缸。我假装给他洗澡，因为水量非常有限，他浑身赤裸，我穿着连裤紧身衣，血液和精液在我的三角区干结，我的衣服上也到处都是。"你的孩子会怀念你的。"我说。他没有表情，他的呼吸变得如此浅，就像他真的死了一样。

早上到了。当两个老同志走进公寓的时候，这个男人在大浴缸里咳嗽。我收好被撕破的裤袜和布满精斑的衣物——那是我们遇见那天晚上我穿着的战服。我留下了连裤紧身衣，它将被大火烧掉。

幸运轮盘

新的公寓是相同的东区风格。现在自由更少了,但有必要撇清旧情。但我犯错了——一个孩子!我对她做了什么?我接到的任务全部都是在酒店里,我很擅长这个。我唯一的技能得到了很好的运用。

时间流逝

还有一些时间。我记得——这个男人和他的时间,他关于时间的言论,时间的短暂,谈论时间的方式在他心目中很重要。我不得不提醒自己那些誓言、信念和信仰。为了留下来,我频繁地告诉自己"这是革命!"我们的书本和小册子,我读了又读,并背诵下来——平等之正义,还有无休止的斗争,如何保持愤怒并攻击那些露出满足的神情和拥有很多财物的人,这方面我干得很开心。

我的同胞们,我的家人,正是他们的身体和行动在多年前驱使我投入党团的怀抱,来信说道:"我们会花钱让你离开那里。"他们这样说着,就好像他们有钱买巴士车票一样。党团和我嘲笑我的旧式家庭,他们被困在体制中,沉迷于对金钱、假牙和高头大马的幻想,然后我们会烧掉这些信。我的家里人坚持要这样做。他们寄来信封,里面装着他们获批的信用卡申请,显示他们可能有高达数十万元的信用额度,随信还有承诺供应春季新品的商品目录,比如花裙子和凉鞋,以及一些我离家出走前的照片。他们寄来杂志照片,照片上的男人骑着大马,戴着牛仔帽。他们寄来赊购日用品的收据:几张印有新鲜农产品和冰淇淋蛋糕的商品券。他们把海边餐馆的菜单和他们吃过的食物用蓝色圆珠笔轻轻圈起来。他们会说："大海很美，我们喜欢餐馆。"他们仍然一意孤行地反对党团的信仰和行动，而后者将不可避免地侵占和吞噬他们的世界。

革命

火势极大。我能看到城市的西半部。我看到瓶子飞进了他们的窗户。我亲手扔进去的，还时常有一些更糟的东西。我用装满漂白剂的水球射击，这样可以毁坏他们的衣物。西城的人看不到我们的成果，尽管我们的行动确实以死亡告终——死的是他们的人——但因为他们不团结，而且生命无法购买，因此他们不把这些死者视作他们的人。他们买来新的窗格玻璃和衣物，试图无视我们。他们认为我们所有的行动基本上都是无关紧要的，或者说，而他们的秩序是客观且互惠的，尽管他们的房子和钱财都在燃烧，而我们现在占据了市中心的三家酒店。

当我经过大火现场时，我问："里面有什么？"答案五花八门：电话簿、照片、长筒袜、垃圾、服装、期刊、塑料制品。到了晚上，我发觉自己想的是：这才是正确的方法！或者，这些行为并非基于选择，而是出于必然！

收条

送信员送来这个老男人发来的党内通知。它写得像某种致辞："时间永远在加速向前。"我注意到他的新措辞，这不仅意味着他与我们的过去保持距离，同时也说明他在党内获得了晋升。"时间最终把我们从亲密感甚至记忆中解放出来。我祈祷遗忘，那种遗弃和抹除的行为已经取代了感觉和渴望。它就像一个孩子，或者至少是某种类似的东西。斗争才是真正的孩子,或者可能根本就没有——一个那样的孩子,斗争仍然是真实和彻底的。不管怎样——让我们忘掉那个孩子吧。随信附上一个小套索。我永远属于斗争中的你,就像我永远属于斗争中的每一个人。"我把小套索投入火中。那天晚上,我发现自己在另一个男人的公寓里,回想着旧事。

GRANTA

第四天

蕾切尔·B.格拉泽

蕾切尔·B.格拉泽

Rachel B. Glaser

1982

曾出版《保利娜与弗兰》、故事集《在水上小解》,以及诗歌集《心情》和《发型》。她曾在罗得岛设计学院学习绘画和动画,并在马萨诸塞大学阿默斯特分校学习诗歌和小说。2013年获得麦克斯威尼出版公司的阿曼达·戴维斯创新小说奖。目前居住在马萨诸塞州北安普敦。她的推特账号是 @candle_face。

王相宜　译

　　穿袜子的时候,她的头发披散到了膝盖上。洛蕾塔在灰尘扑扑的箱子里翻了半天,才找到那件黄色运动衫,上面印着一只穿雪橇的驼鹿的褪色图案。运动衫穿上依然合身。她勉强把一条旧打底裤套上身,听见了松紧带绷断的声音。她翻遍所有的箱子,回忆每一件东西——她在哪儿买的,对她曾有什么意义——直到这样做成了一种折磨,她躺在地板上,很想去死。在葬礼上她没有哭,在这个房子里过夜,她也没有哭,那么,毫无疑问,她不是人类。

　　前门传来敲门声,很可能是房东。洛蕾塔没动。那人接着敲门。门铃早就坏了,从来没修过。确信他走了以后,她站了起来,把所有的箱子都扔进了垃圾袋。午夜前,她必须把所有的东西都清理掉。如果她不停地努力干上一整天,她就能干完。她得把那辆租来的车装满,不得不多次往返"救世军"组织①、垃圾场和一些被废弃的地方,那里没人关心她留下了什么东西。

　　她再次试着走进母亲的房间,但那里太糟糕了。闻起来像厕所。洛蕾塔猜测,猫躲在房间里的某个地方。她让门敞着,把那些袋子从吱嘎作响的楼梯上拖下去。她直接就着厨房的水龙头喝水。房子里没有食物,她也没觉得饿。

　　她把袋子拖出前门。她穿的衣服太热了。她把袋子扔进垃圾桶,然后把垃圾桶推到路边。街对面有两个男孩在打架。小的那个在大哭。大的那个一手拿着甜筒冰淇淋,另一只手打那个小男孩。两个男孩都没穿

---

① The Salvation Army,基督教〔新教〕的一个社会活动组织,1865 年由牧师布斯创立于伦敦。

第四天

衬衫。如果她能把装车搞得像个游戏,他们也许愿意帮她。"嘿。"她喊道。她已经好几天没说话了。

大一点的那个男孩厌恶地看着她,好像知道她的生活是怎样的。洛蕾塔对着他们竖起了中指。小一点的那个男孩不哭了。他的前襟上有马克笔绿色和紫色的笔迹。"你他妈有烟吗?"大一点的男孩喊道。从他没系带的耐克鞋和脖子上的细金链子看,她猜他大概也就十一岁左右。

她想都没想,就过了马路。"我以前照看过你。"她撒谎道。

"我没觉得你眼熟。"那个孩子一边说着一边把舌头伸进甜筒的尖顶。

"你那时候太小,还不记事。那时候他还是个婴儿,"她指着那个小男孩说,小男孩正在草地上往一个红色小熊软糖里插细树枝,"那时候你不抽烟,"洛蕾塔对大一点的那个男孩说,"你有个小洋娃娃,叫爆米花。"她一开始说话,就停不下来了。

"我从来没有洋娃娃。"那个孩子说着,把剩下的甜筒扔到了街上。

"它的耳朵是这样的。"她用手在头上比画了一下。她母亲公寓里的一面窗帘摇晃了一下。那只猫把脸贴在窗玻璃上。

"你能开车送我们去别的地方吗?"小一点的那个男孩眯着眼睛问她。他有点儿可爱。好像不管你跟他说什么,他都会信。

大一点的那个孩子坐在副驾驶的位置上。"你多大了?"他问。

"三十六。"

"你结婚了吗?"他迟疑地问道。洛蕾塔瞥了一眼坐在后排的小男孩,他正漫不经心地将车窗摇上摇下。

"现在大家都不结婚了。"她说。那个孩子把头靠在安全带上。"在这儿转吧?"她能看出来他不知道他们在哪儿。他点了点头,盯着她的运动衫。运动衫上的驼鹿脸朝上躺在针织的蓬松凸起的雪堆里,脚上的四个粉色雪橇在空中缠在了一起。

"这是血迹吗?"他指着她袖子上的污迹问道。

"以前留下的。"她说。

"我饿了。"年纪较小的那个男孩说。

她把白色尼桑停在两辆黑色轿车之间狭窄的空当里。她还没关掉引擎,那两个男孩就已经下车了。她打开后备箱,翻找出钱包。

两个小孩冲向萨尔比萨店后面的弹球机。洛蕾塔看着他们兴奋地锤击按钮,在想象中发射了一个又一个球。地板被重新铺过了,但她欣慰地发现那张难看的壁画还在。尽管有些地方被修饰过了,但洛蕾塔还是可以在假的西西里夕阳下看见旧涂鸦的影子。一个十几岁的孩子无精打采地坐在收银台后面,洛蕾塔点了一个比萨、两杯苏打水和一罐啤酒。她还不知道那两个男孩的名字,这让她突然间觉得很刺激。

"洛蕾塔?"乔瓦尼从厨房里喊道,他放下手里的一袋什么东西,向她小跑过来,"我是乔。"他的白色T恤塞在黑色运动裤里,上面溅了很多酱汁。他穿着袜子和人字拖,耳朵上穿着金十字架。"我是乔瓦尼,"他说,"你知道的,大名鼎鼎的瓦尼。"

他的脸变胖了。他高中时也不是很有趣。还算友好,但他的那几个哥儿们都是混蛋。乔把身体的重心调整了一下。高中时,他常穿丝绸衬衫和黑色牛仔裤,留着马尾辫。洛蕾塔还记得他们解剖猪胚胎时的情景——有些男孩对此走火入魔,而有些女孩连看都不敢看。

"我听说了你家的事。"乔说。洛蕾塔的脸开始发烫。这个小镇太小了!她低下头,盯着自己的钱包。"洛,这餐我来请吧。"

那个少年关上收银机的钱箱。"你回来多久了?"乔问。她妈妈死了不算什么,每天都有人死去。问题在于她死的方式,大家都知道。正常情况下,不会有那么多人来参加葬礼。有些人她几十年都没见过,跟她也不怎么熟。他们在葬礼上窃窃私语。他们想看看,但什么也没留下,棺材里没什么可放的。洛蕾塔慢慢转过身,走了出去。

　　她坐在路边,汗流浃背,她母亲的那张窄脸悬停在停车场上空,像一张全息图。那浅蓝灰色的眼睛逼视着她。它在吸光她所有的力量!洛蕾塔赶紧站起身来,觉得头昏眼花。她跟跟跄跄地爬进汽车,发动了引擎。她喘不过气来。收音机里传来一首她熟悉的老歌。她把音量开到了最大。她把车从路边开走时,看见那两个男孩向车门跑来。她觉得有个爪子正从地底下伸出来。她加速把车开走了。

　　她碰上了黄灯,冲了过去。下一个灯变成红灯了,但她停不下来。惊慌和喜悦在她的血液里跳动。那两个男孩!她想他们了。那两个男孩!她给他们上了一课。

　　洛蕾塔看见了高速公路的标志,想起母亲所有的东西,等着她去查看接收。一大堆布满老鼠屎的陶瓷雕像在等待命运的审判。她没打转向灯就转弯了,猛冲到高速路上,驶进了快车道。她欢呼了一声,听起来像垂死的动物。没人能阻拦她。

　　她开得太快了,好像要赶去什么地方似的。她想象着房东清理母亲床铺时骂骂咧咧的样子。他要把沙发扔出去,就得把它锯开。她已经锯了一半,后来放弃了。她绕过一只死鹿,经过一张被扔在分隔带里的床垫。她时不时地想,我应该回去,但她知道自己不会回去。她的大脑有一部分已经不转了,她恍恍惚惚地开着车。天渐渐黑了,她离任何一座城市都很远。在多次鼓起勇气但并不敢实施之后,她突然把车开出了公路,开进了田野,猛地踩住刹车,停了下来。

　　洛蕾塔打开车门,解开安全带,从车里爬出来,钻入湿湿的草里。她成了孤儿!她觉得这个词很美妙。她可以想干吗就干吗。她脱掉鞋子和袜子。她扯掉打底裤,把它卷成球,扔到了几英尺外。除了运动衫,她什么也没穿,她把驼鹿压到胸前。她很渴。她的嘴巴和眼睛往一块儿皱得更紧了。她终于要哭了!但她没有哭出来。她蜷成一团,把膝盖塞进运动衫下面。

一觉醒来,她听见了类似狂奔的蹄声。她的脑子有点懵,慢慢想起了自己在哪儿。一片褐色的云在黑色的天空上翻滚。洛蕾塔咳嗽了一声,打了个寒噤,透过拳头看见在贫瘠的田野上犁地的机器。发动机的声音在她的脑袋里轰鸣。洛蕾塔伸手去拿打底裤,但风把它吹走了。她看着打底裤在空中翻飞,然后被吸进了拖拉机的履带里。她慌忙爬进车里,点火,用光脚板猛踩油门。她的车颠簸着驶回紧急停车带。一辆白色货车鸣响了喇叭。洛蕾塔大笑起来。收音机里在放情歌,她按了一下按钮,想听点儿别的。

她去加油时,人们都盯着她看。有几个十几岁的男孩对她吹起了口哨。她把运动衫使劲往下拉,想遮住屁股。母亲在什么地方看着她呢。洛蕾塔仔细查看光脚板上的脏东西,直到加油泵发出咔嗒声。她把加油枪抽出来,挂了起来。洛蕾塔走进小超市,门上的铃响了一下。

洛蕾塔坐在车的后备箱上,穿着绿色霓虹男式泳裤,吃着热狗。高速公路的另一侧是肯塔基州。她想听人说话。她想象着那两个男孩在警察局争论她的头发是深色的还是浅色的,模拟画像师画出他想象中的驼鹿。她的头发又黑又直。她把一片面包扔到了肯塔基。

几十年前,在他们还是一家人的时候,父母硬拉着她去利奇菲尔德,看一头有绿眼睛的白化病奶牛。他们好不容易到了那里,那头牛却在睡觉。他们离开去吃午饭,回来时,那头牛已经昏迷过去了。"但我要看看它的眼睛啊!"洛蕾塔痛哭着说。

她父亲问一名农场工人,是否可以翻开牛的眼皮。那名工人犹豫了一下。帐篷里只有他们四个人。他走近那头牛,摘掉皮手套,回头看了看,确定没人在看他。他小心翼翼地把两根手指放在牛的眼皮上,想把

第四天

它翻开,但牛的眼皮像蚌壳一样紧闭着。在出去的路上,洛蕾塔的父母花了二十美元买了一瓶那头牛的奶,说晚上会把它盛放在香槟杯里,和甜点一起上桌,但他们没那样做。

当她穿过州界线进入肯塔基州时,洛蕾塔的车缓缓驶离了地面。那是一个月黑之夜。她觉得自己不是人类。有时她觉得自己优于人类,有时又觉得自己还不如人类。她的思绪开始把很多事情搅在一起。她忘了自己在开车。她父亲就是在开车时死的。那不是最糟糕的死法。她母亲的死法更糟。洛蕾塔放慢车速,直到车子以时速五英里滑行。一辆摩托车飞驰而过。它的前灯在她眼里留下一串光痕。

她看见一家汽车旅馆半亮的招牌,下了高速。她把车挤进停车场一块不平整的空地上,在车上坐了一会儿,感觉全身瘫软。明天中午之前,她应该把车加满油,还回匹兹堡的一个赫兹公司租车点,然后飞回米苏拉。但她知道自己做不到了。

洛蕾塔把剩下的钞票从钱包里取出来,放到了柜台上。店员给了她一把钥匙,钥匙上用记号笔写着8。一个男人走了进来,大声哼着歌。洛蕾塔狠狠地瞪了他一眼。他穿着牛仔裤和衬衫。她盯着他的山羊胡子,眼神茫然。在另一个时间和地点,她可能会觉得他很帅。她盯着他看得太久了。他对她眨了眨眼。"你的鞋上哪儿去了?"她从他身边走过时,他顾自大笑着问。

她关上身后的门,扫视客房。一幅有水渍的画歪斜地嵌在塑料画框里,画面是一棵树。天花板上的烟雾警报器每隔几秒钟闪一下红光。廉价的梳妆台上放着一台小平板电视。洛蕾塔找到了遥控器,按了一个按钮。过了好一会儿,画面才出现,是某个外国城市被围困的循环播放的新闻片段。她把电视调成了静音。她瞟了一眼桌上的电话,想不出可以给谁打电话。

她坐在双人床上。母亲应该不会喜欢这场葬礼的,除了那首《奇异恩典》被跳过的时候。她也可能会喜欢,因为她喜欢看人们窃窃私语。洛蕾塔伸直了身子。她只剃了一条腿的腿毛。因为母亲家里的热水只够洗一会儿。

她能听见那个男人在外面哼歌。她掀开窗帘从帘子后面打量他,但被他看见了。她放下了窗帘。他正要敲门,她已经打开门让他进来了。那个男人打量了一下她的运动衫,然后扫视了一下房间。她能感觉到他有点失望。"我没打扰你吧?"他一边说着,一边坐到了靠窗的扶手椅上。

"我有几个小时的时间。"她说。她还站在门口。

"你喝酒吗?"

"没事儿干的时候喝。"

他把墨镜推到额头上,然后递给她一个酒瓶。洛蕾塔喝了一大口。她感到喉咙灼热。"是牛奶。"他说。他等着她大笑,但她没笑。她觉得在现实生活中他们会水火不容。屋里只有一把椅子,所以她坐在床上。电视上出现孩子们大哭的画面。洛蕾塔想让他唱歌给她听,但她知道那不是他想干的事。

"把门关上。"她说。那个男人用脚后跟一踢,把门关上了,然后重新坐到椅子上。他们听见有人拉着行李箱经过。

"你好吗?"他一边问道,一边摘下墨镜。她看着他的眼睛,断定他比自己年长。她把脸扭开了。"不爱说话?"他说。她嘲弄地笑了一下。"你不在乎发生什么,是吗?"他解开袖扣,把袖子卷了起来。他的手指沿着前臂上的文身游走,停在一块看起来像绳子的文身那里。

洛蕾塔看着他站起来,一瘸一拐地经过她的床,进了浴室。她听见尿溅到水里的声音。她的心开始怦怦跳。她伸手拿起酒瓶,把里面的液体全部倒进了嘴里。她爬上了床。

第四天

"我叫莱尔。"男人从卫生间出来时说。他拿起空酒瓶,皱了皱眉。"我会回来的。"他说。然后他拿着酒瓶走了。洛蕾塔深深地钻进被窝里,又想起那两个男孩。他们本可以照顾她的。她本可以把他们从学校拉出来,带他们去旅行。

莱尔拿着一个纸袋回来了。他随手关上了门。他拿出一瓶只剩五分之一的野火鸡牌威士忌酒,递给了她。她打开瓶子,喝了起来。

"你刚才在干吗?"他说。

"我开始想念那些我本可以拥有的孩子。"

"你叫什么名字?"她想回答,但感觉自己说不出来。"你可以不说,"他说,他环视了一下房间,"我的房间跟这间一样——如果你想去看看的话。"她把酒瓶递给他,他喝了一大口,"我的房子在消毒,所以我在这儿住一阵儿。"他卷起另一只袖子。"我妻子受够了,走了。现在,房子显得真他妈大。"他叹了口气。他说话时,她盯着烟雾警报器闪烁的红灯。

他歪着头,斜倚在扶手椅上。"你喜欢男人吗?"他问道。洛蕾塔想笑,但又不想让他觉得她在听。他哼了一声:"感觉我在跟自己说话。"

"见鬼。"他站起来,她把头扭开。他朝门走了几步,停了下来。他走了出去,洛蕾塔感到心里一阵剧痛。

"莱尔。"她低声喊道。她等待着。"莱尔,"她喊得大声了一点,她把被子推开,坐了起来,"莱尔?"她冲到了门口。

他又回到房间里。"人们以为男人没有感情。"他说,他盯着自己的靴子,"你可能看不出来,但我读了很多书。"她点了点头。她好几年没做爱了,但她觉得这不是做爱的时机。她关上了门,爬回床上。他坐在椅子上。"我是兄弟几个当中唯一一个从没进过监狱的。一点边都沾不上。"

"我以前养过雪貂。"她说。

他满面笑容地看着她。"真的吗?"他摸着自己的山羊胡子,向后靠在椅子上。"我一直梦想着能有一匹马,"他说,"但是,如果你从没打算骑马,那养马又有什么意义呢?"洛蕾塔点了点头。

"你坐过船吗?不是小艇,而是那种住上一个星期的大型远洋客轮?"他问。

"没有。"

"我也没有。"他说。他看着她的脸,看了很久。"我刚才那样冲出去,真是抱歉。"

"你会唱歌吗?"她说。

他脸红了。"我会用真假嗓音交替着唱。"

莱尔喝了口酒,擦了擦嘴唇。他看着她,不太有把握的样子。他的第一个音符像是从山中响起的。泪水涌进了她的眼睛。他停了下来,"我觉得这不是真唱。"她伸出手,放在他的膝盖上,他接着唱了起来。莱尔站了起来。他的双脚没动,身体摇摆着,洛蕾塔呆呆地看着他。他用手轻拍膝盖。她不曾与这个世界分离,而是被编织进其中。电话响了。洛蕾塔只是盯着,它从桌子上掉了下去。莱尔扬起了眉毛,但歌声没有停。他拍着胸口打节奏,大叫起来。最后,他破音了,瘫倒在床上。洛蕾塔摇了摇他的肩膀,他没反应。没办法把他弄醒。他的眼睛闭上了。洛蕾塔翻开了他的眼皮。他把她的手拍开。

"让我睡会儿。"他一边说着,一边翻过身,脸朝下,踢掉了靴子。

"我叫洛蕾塔,"她说。她关了灯,抹去脸上的泪水,享受着周围偶尔闪着红光的黑暗。

"让我睡会儿,洛蕾塔。"他说。

伊波尔[①]

劳伦·格罗夫

劳伦·格罗夫
Lauren Groff
1978

已出版四本书,最近出版的小说《命运与愤怒》入围 2016 年美国国家图书奖和 2015 年美国国家书评人协会奖短名单。目前她和丈夫及儿子生活在佛罗里达。

周嘉宁　译

　　八月，这位母亲带着两个年幼的儿子去了法国。
　　整个春天，她不时急性昏厥，仿佛心脏遭受打击。她厌倦了自己在椭圆机上或是提心吊胆地走夜路时跌倒。而且，在佛罗里达度过夏天就如同慢慢溺水。潮湿的气候让她皮肤生斑，晒黑的皮肤上长白斑，白斑里透着粉红。
　　她告诉丈夫说她得去法国研究居伊·德·莫泊桑。
　　这么说也没错。十年来她都被困在莫泊桑的相关课题里。或者也可以说是莫泊桑被困在她的身体里，如同卡住喉咙的一根鱼刺。
　　她已经不再爱莫泊桑了，然而她一度很爱他，当时她十七岁，在法国南特做交换学生。她那会儿很惨，常常想象自己从大教堂顶上跳下来。她在那个时候读到了莫泊桑。莫泊桑的短篇小说教给她法语，也教她如何坚持下去。

　　这位母亲和她的儿子们在巴黎度过了第一个星期。
　　她的大儿子六岁，很结实，一对优雅的大眼睛像小鹿似的，然而他的极度敏感削弱了他的美。
　　他的父亲曾说他就像一个平静的池塘。你扔了东西进去，看着它下沉，接下来你的余生都将感受到它注视你的目光。
　　四岁的小儿子则阳光、开朗。他吸着拇指，随身带着一只叫"无比派"的小猫木偶。他四处结交朋友。从戴高乐机场到他们住处的火车上，他向一位德国游客展示了他的红色小背包。她一直在哭，但是当他爬到她腿上时，她把眼睛藏在了他的头发里。

伊波尔

这位母亲不安地发现巴黎已经变成了佛罗里达，一样潮湿的天气，灰泥墙面和短裤底下露出的层层脂肪。午饭时他们与她的丈夫用 Skype 通了话，但是八月他每天要工作十八个小时，孩子们也都感觉到了他的不耐烦。她和成年人交谈安排事情时，她的法语在脑袋里糊成一团。晚上他们都挤在同一间狭小的房间里睡十个小时，为了能有一点独处的时间，她一边喝葡萄酒，一边戴着耳机在电脑上看法国情景喜剧直到天亮。

第七天，他们坐火车去了鲁昂。然后在车站租了一辆自动挡奔驰开去诺曼底的阿拉巴斯特海岸，莫泊桑是在那里出生的。她向来不理解豪车的意义，只觉得浪费，但她不敢在悬崖路上开手动挡，不然会害死所有人。

车程本来只有一小时，但他们在绕来绕去的村庄里迷了路。四岁的小儿子吐在了"无比派"上，然后睡着了。六岁的大儿子哭闹着受不了呕吐物的气味。她不得不打开窗户，抑制住自己胃里泛起的恶心，细雨飘进她的眼睛里。她在费康市停下来，找了个人问路，那个人假装听不懂她的法语，她恼了，因为她知道自己的法语没问题。

终于他们摇晃着开过一面陡峭的山坡来到伊波尔。这里是一个渔村，都是燧石和砖块的建筑。有一段弧形的海滩上都是石头，旁边围着奶油色的石灰岩悬崖，崖壁上有一层层燧石纹路。她把车停在了赌场停车场，等一个叫让-保罗的人带他们去看房子，他们说好三点，现在才十一点。

下车的时候风很冷，海鸥叫个不停，但是她心情好了一些。伊波尔那么小。她所畏惧的东西绝不会在这样的地方打扰她。

孩子们把石头扔进翻腾的海浪里，乐此不疲地看着石头在浪底撞来撞去，又被浪尖吞没。他们爬进悬崖上的一个洞穴，但都吓坏了。她没有注意到小儿子什么时候脱到只剩内裤跑进了水里。她只看到一道金光沉了下去，于是下水把他捞出来。那孩子皮肤发青，面色惊恐，但是他哥哥笑他的时候，他也笑了起来。

天很冷。小儿子直发抖，但她懒得回到车里去给他换衣服。海滩上有一排卖纪念品、炸海鲜和冰淇淋的铁皮小屋。那里遮着挡风的塑料布，她要了三个加芝士的荞麦冰淇淋，以及一个焦糖卷饼当作甜点。他们在家不吃糖，糖是毒药，让人发胖和发疯，但是她希望孩子们能喜欢法国，因此免不了贿赂他们。她把小儿子裹在自己的羊毛开衫里好让他暖和起来，大儿子说他也冷，于是她把他也一起抱了过来。她不饿，只是喝着当地的苹果汁。她想着那股肥料和青草的味道是当地风味，便觉得没有那么恶心了。居伊·德·莫泊桑很久以前也喝过同样的东西。

她看见悬崖顶上翡翠色的草地被风吹得往后倒，像是蓬帕杜风格①的发型，草地上散落着白色斑点。她问孩子们，那些是牛还是羊？他们嘲笑她视力糟糕，终于告诉她，哦，妈妈，是羊啊。

她想象有一头离经叛道的羊，一辈子嫉妒在空中优雅翱翔的鸟，突然下定决心。它要迈出那一步。它要成为一只鸟自由飞翔；然而他掉进了海里，变成水母。

男孩们翻过赌场跟前的石墙，钻进薰衣草花坛，那里花香芬芳，有很多蜜蜂。她任由孩子们犯错。有些教训比被蜜蜂蜇更惨。

从山坡上走来一个敦实的男人，大声朝他们打着招呼。是让-保罗。他的脸饱经风霜。他的眼窝深陷，她几乎都看不见他的眼睛。他还没有握住她的手，身上的气味就先扑了过来：是没有洗过的衣服，身体，还

---

① 以路易十五的情人蓬帕杜夫人的名字命名的发型，最大的特点是前额部分的头发会往后上方梳得很高，留出一个蓬松的弧度。

有海水的咸味。

他说房子已经收拾好了。她的法语让他惊讶。说得真不错！他之前听说她在研究居伊·德·莫泊桑，便为她准备了礼物，然后……他从牛仔裤的后兜里掏出一叠纸。

她看了看，是他打印出来的居伊·德·莫泊桑的法语维基百科页面。她忍住笑，说实在不必麻烦，非常感谢。但是这样的回应显然不够。他皱了皱眉头，眯了眯眼睛，拉起小儿子的手。他俩彼此不明白对方在说什么，却交谈着，开始爬一段长长的台阶，台阶是在山坡上凿出来的，她后来数过，一共有七十四级。这位母亲提着所有重物。

大儿子走在后面，嘀咕着他不喜欢这个男人。

让-保罗和小儿子爬到山顶以后，一起回头看着她一步步努力往上爬。让-保罗大声说她看起来像一头母羊。

她说，我也不喜欢他。这只猴子。

山顶上的街道很杂乱，都是突然转向的路和小街小巷，四处盛开着天竺葵。

如果走在太阳底下，没有风，还挺暖和。

终于，让-保罗掏出一把钥匙，打开墙上的一扇门，走了进去。房子空荡荡的，正合适她，用石头、木头和灰泥搭建，三层房间由螺旋扶梯连接。房子里有一股脂肪腐烂的味道，她想起很久以前住过的公寓，有一只老鼠死在墙里以后就是这样的味道。窗台上有灰，下水管道里有头发和沙子。

她的房间顶上有两扇打开的天窗。她伸出头去。一边能看到羊和悬崖。其他地方都是石板屋顶，像湿润的皮肤一样闪光。从这里看出去的一切都是条纹的：红棕色条纹的钟楼，海滩上蓝白条纹的铁皮小屋，奶油色的悬崖上的燧石纹路，泛着白色泡沫的蓝色大海，小小的人影穿着水手衬衫走来走去。风生冷地吹在她的脸上。

她缩回脑袋。让-保罗站得很近。他的体味混合着厨房里死掉的动物的气味让她嘴里直犯恶心。

他想要教她怎么使用电视机、无线网络和灶台，但是她走下楼梯，打开门。他迟疑了。然后她用三种不同方式说了再见。他只好偷偷摸摸告退。她打开所有窗，等着风带走他最后残余的气味，直到确定他的痕迹已经消失殆尽，她让孩子们再次穿上凉鞋。

镇上唯一一间杂货店①里的女人看见这位母亲正努力把东西装进环保袋里，嘲笑了她。这位母亲在这里找到了上乘的勃艮第葡萄酒，而且价格惊人，只有美国的十五分之一，于是她买了架子上全部的四瓶酒。杂货店里的女人给了她一个纸板盒，装了酒以后变得很重。孩子们在面包店跟前放慢脚步，又快步走过肉脯的橱窗，他们讨厌肉。他们不吃有脸的东西。

去镇子中心很容易，但这位母亲现在找不到回去的路了。之前飘着细雨的安静街道现在挤满了人。她找了一个人问路，而这个人回答的方式让她觉得自己把法语忘得精光。她后来才知道，伊波尔人说他们自己的方言，复杂得像打结的绳子。

终于她放下杂物，揉了揉自己的胳膊，命令自己，不要哭。

大儿子走上前来站在她的脚上，把头埋进她的胸口。然后他抬头看看她，指着一个盛开着红色天竺葵的赤陶破罐说，不是往那里走吗？旁边房子中间的一道缺口正通往他们住的那条狭窄的街道。好孩子。他总能辨别出方向。

孩子们玩耍的时候，她在擦洗房子，尽管这房子理应已经清洁过。但那股味道去不掉，她只好开着窗户，希望能尽快散味。然后他们吃了晚饭，孩子们去睡觉了。

---

① 原文为法语，épicerie。

楼下，有人经过窗户的时候声音很吵。她关了窗户。无线网络不通，她把路由器开开关关很多次，照着说明书的指示操作也没用。她打开笔记本，又打开一瓶便宜美味的勃艮第葡萄酒，吃惊地发现瓶子很快就空了。而她跟前的那页纸还是空白的。她心想，去他妈的，都是因为旅行的压力和房间里的臭味。于是她费劲地爬上楼梯回到她那间冷冰冰的透风的房间。

那么晚了，阳光却依然闪耀。她把头伸出天窗，看着潮水退去以后露出的海床，像月球表面一样凶险。小小的人影小心翼翼穿过那里。

旁边的屋顶上有一排海鸥。它们平静地面朝着大海，看都不看她。这种鸟向来不消停，四分之三的时间都在叫，是一种愤怒的鸟，它们全部都像母亲一样焦虑，即便是公海鸥也一样。因而它们的沉默让她不安。

海蓝色漫过天空。太阳的光芒黯淡下来。那只最大的海鸥张开翅膀。其他鸟立刻爆发出尖叫，大笑着，猛烈地扇动翅膀，吵得震耳欲聋。她吓坏了，头撞在天窗上。海鸥在风中起飞，俯冲，在她头顶盘旋，它们的舌头从嘴里伸出来，像粉红色的虫子。

早晨，一个冻僵了的小身体爬进她的被子里，接着又来了一个。孩子们焦躁不安，却很安静。他们一起看着头顶的天空慢慢亮起来。她没有关天窗，房间很冷。

她在面包店让孩子们用法语点他们想吃的。面包师递过来用纸包着的糕点，握住母亲的手，祝福他们。

伊波尔的大部分人还在沉睡。有个男人一路都在威吓他的猎犬。渔民用长长的铁链把船从石头上拉进水道。

这位母亲开车来到悬崖顶，清晨的阳光底下一片明亮。她看见小小的树林、草地，还有通往埃特雷塔的指示牌。

居伊·德·莫泊桑很喜欢埃特雷塔。他赚到钱以后曾在那里造了一间房。或许他喜欢的地方能让她更理解他。

奔驰车轰鸣着开进小镇。海边的木板步行道上插着红色旗子,仿佛有人敢在这里乘风破浪似的。海滩和伊波尔的很像,但是大得多。这里的悬崖让她震撼。

他们扛不住海边的冷风,往镇子里走,但是这个地方不知怎么的令人感觉不适。房子都有着棕色木质房架,第三层楼远离房基,往街道倾斜。这种风格令人透不过气;效果实在不怎么样,前倾的房子像是妇女一样,打量着她,交头接耳。他们爬了长长一段上坡路来到悬崖顶的教堂,小儿子走不动了,她只能抱着他。从那里下来以后无事可干,于是他们又爬上了另外一座悬崖顶,那里的石头上凿着台阶,蜿蜒的路边没有护栏可保护人们不跌进三百英尺的深渊。

哎哟,大儿子叫唤着试图甩开她的手,但她没有松开。她假装很害怕,对他们说,你们要保护我。于是两个孩子都抓住她的手,带着她绕开石头,用温柔的声音和她讲话。他们都是好孩子。她希望他们会成为好男人。当他们走过陡坡上的一座桥时,风差点把她脸上的遮阳镜吹走,她真的害怕了。她想象着孩子们的衣服里鼓满风,像风筝一样飞上天空。她会用身体牢牢地把他们拴在这里。

我不害怕,小儿子紧紧挨着她说。但妈妈害怕。

妈妈什么都怕。大儿子说。

从这里看,他们刚刚爬过的那座悬崖露出凶险的面貌,教堂快要被风刮倒了。她喉咙直犯恶心。

还有三个小时太阳才落山,但是通往快乐的最快途径是糖,于是她给他们买了冰淇淋。他们坐在一艘翻过来的渔船上吃。

孩子们不时抖动着身体直到睡着,她背了一个,抱着一个,气喘吁吁地回家。

她把他们放在床上,没有开灯。她喜欢幽暗。然后她看着空白的笔记本,直到这片空白灼伤了她的大脑,于是她打开一瓶勃艮第葡萄酒,喝完以后开了第二瓶。她又试了试无线网络,还是没用。她不知道怎么开电视。而她带来的书都是关于莫泊桑的,在埃特略塔折腾了一天后,她实在不想再看他的胡言乱语。

她站起来打算上床。视线落在门口的时候,看见那里有一个男人的影子,胳膊在动。

她不记得有没有锁门。响起一声轻轻的敲门声。她盯着门把,但是弧形的把手一动没动。

过了一会儿,男人走开了,传来精致的口哨声和脚步声。

她锁上门,将一把厨房椅子放在门把下面。然后她关上所有窗户,从螺旋扶梯回到自己房间,天窗外还透着光。晚上她醒来看见地板中央有一个人影。等她抓起眼镜戴上,才看清楚是她晾在椅背上的裙子。

三天以后他们下了水。寒冷并不可怕,起码只要能喘上气来就行。每次从水里出来,他们都裹着毛巾抱在一起,直到不再发抖。

大儿子在铁皮小屋图书馆里读了《阿斯泰利克斯历险记》,他用海滩上的石子搭了一个石柱,那些石头称作 galets[①]。她喜欢白垩石,像是被砸开的骨头,露出里面灰色的燧石骨髓。

小儿子跑去和一个同龄的女孩交朋友。这位母亲任由太阳照在她斑斑点点的皮肤上。但是当她查看小儿子的时候,发现他已经从穿着花边衣裙的女孩身边跑开了,正和女孩的父母聊天。

她过去领他。那对父母是英国人,女人有着深色头发,顽皮迷人,父亲也很有魅力。这位母亲已经很久没有和成年人多说几句话了,不知道该说什么好。

你好啊,那位父亲说。他真是个好孩子。

---

① 法语,意为鹅卵石。

是啊。她说。

深色头发女人说，他问了我们一个有趣的问题，宇宙停止扩张的时候，时间会停止吗？

这位母亲想了想，问道："会吗？"

我们说小孩不用担心这个！深色头发的女人说。

这位母亲搜刮着话题，还是放弃了，她叫着小儿子的名字，说差不多该回去吃午饭了。

但是那个女人还没完，她说，你儿子看起来有点焦虑。

这位母亲笑了。这个孩子才不会焦虑，她说。然后她指着另外那个正沉着脸专心研究自己的雕塑的男孩说。那个孩子可能有点焦虑，但这个家伙很阳光。

哦？那个父亲说。好吧，你最清楚。但是他刚刚问我们如果晚上发生海啸怎么办。

我们说这里永远不会发生海啸！女人说。

我们告诉他这里的大部分房子都高于潮位，没人会受伤。

孩子们早晨起床会在门口台阶上捡到海星！那个女人说。

真是骗子啊。这位母亲抱起小儿子，他紧紧挨着她。糟糕的情绪在她心里徘徊不散，直到他们回到家门口，垃圾桶里的垃圾被取走了，酒瓶却都留在台阶上。母亲脸红了。一进屋，她就在 iPad 上打开一部电影，然后把全部玻璃瓶都装进塑料袋，藏在门旁边的书架后面。

她对着瓶子直接喝香槟。那样喝更凉，她希望酒精能一直烧到她的骨头。

对面的屋顶上有一排海鸥。一只巨大的海鸥拍打着翅膀停在了烟囱上取暖。一长排海鸥中间有一只瘦小的鸟，用肩膀和身边的鸟挤来挤去为自己争取位置，但它太瘦了，争取不到。

那群海鸥都安静下来。起初她不明白它们在干吗，那只可怜的小海鸥左边的海鸥朝它点点头,接着右边那只也朝它点点头。她心想那只小海鸥或许是王子之类的。而其他海鸥或许在表达敬意。但是更多海鸥加入进来,现在她明白了,它们不是在点头,它们想把那只瘦弱的小海鸥啄死。

如果她朝它们扔瓶子,它们会停下来。但是她僵住了。这一切飞快地结束,可怜的小海鸥不见了。

它甚至都没有叫。它当然有权利叫,这是反抗的道德优势。

她关上天窗,塞上耳塞,试图用枕头压住大脑中央的一切热度。

早晨,酒瓶又出现在台阶上,如同她夜晚的幽灵。有人想要告诉她什么。她把瓶子收进来。这堆酒瓶让她绝望。她脑袋晕乎乎的,没法出门,于是让孩子们穿着睡衣在家里看《丁丁历险记》。

小儿子放了屁,他叫着,Un pistolet!①

他们来到海滩的时候,退潮了。大儿子用阿道客船长②的声音说,Mille milliards de mille sabords③。

他们坐在避风的图书馆里。她不时从书本里抬起头来,注视着在潮水边缘捡贝壳的小小人影。

她的思绪背后有什么东西在跳动,是她在家里总是畏惧的东西,但是她不想面对;如果她仔细去想,那东西会靠近她,碰撞她。她在这个冷冰冰的地方和孩子们在一起,她不能让这种事情发生。

她的大儿子把深色头发的脑袋抵在她的膝盖上。小儿子说,我的朋友来了!

她抬头看见橡胶套鞋、牛仔裤,还有从皮带上鼓出来的肚子。是让-保罗。他咧嘴笑着,牙齿上粘着厚厚的牙垢。小儿子朝他晃着"无

---

① 法语,意为一把枪。
② 《丁丁历险记》里面的人物,生性好奇,性格顽劣,为朋友两肋插刀,常常破口大骂。
③ 法语,意为该死的成千上百个破舷窗。

比派"小猫。

让-保罗远远就看到他们了,他过来看看房子的情况。

她说房子很好。她想着坏了的无线网络,想着她多么渴望和丈夫交谈,但是她不想放让-保罗进屋。

他盯着她,然后给孩子们看他的桶。里面有贝壳在缓缓挪动。Les bulots[①],他说,海螺,海蜗牛。

小儿子把手伸进去玩,但是大儿子只是礼貌地应了几声,便挪开了。

没有什么可说的。让-保罗给了他们一些海螺,她说不用,谢谢了!接着他和孩子们说了一些他们听不懂的玩笑话,当沉默实在持续太久后,他嘎吱嘎吱地走了。

她睡觉的时候做梦了。

她梦见那只最大的海鸥。海鸥看着她。她一动不动。海鸥站在银色的光线里。她心想,它是不是要开口讲话,因为故事里的鸟都会讲话。但是海鸥没有讲话。

早晨孩子们来到她的房间。他们都很安静。她抬起眼睑。我做梦了,她说,我梦见一只巨大的鸟飞进我的房间。

你有口臭。大儿子说。

我们能看《丁丁历险记》吗?小儿子说。

当她终于能活动身体坐起来的时候,她发现有一只巨大的鸟落在地板中间,像充血的眼球一样布满血丝。

这位母亲从没见过像费康那么丑陋的城市。白天日晒得厉害。悬崖间弧形的海滩更宽,使得悬崖相形见绌,仿佛是后来添造的。木板步行

---

① 法语,意为海螺。

道的尽头有一个盖着防水布的游乐场。演员们正坐在塑料椅子上沉闷地抽烟。孩子们想要看看里面的游乐设施,但是游乐场要下午才开放,要是这位母亲得在这里待那么久,她非得悲伤而死。于是她把孩子们带进了餐厅。

她投降了,让他们吃开心果冰淇淋当午饭。每个冰淇淋碗上都插着一小支点燃的烟花。她自己喝了一壶苹果汁,吃了几口烧焦的煎蛋卷。木板步行道上的旗子在肮脏的天空里被吹得呼呼响。游客们看上去都闷闷不乐,纷纷飞快地钻进餐厅,用装着奶汁贻贝的铜壶暖手。

木板步行道每隔一百英尺往下走就有一个小小的游乐园。她决心锻炼一会儿。其他家长都用眼角瞥着她做卷腹和引体向上,孩子们则尖叫着在游戏设备上爬来爬去。他们顺着游乐园的绳子蛙跳。来到水道尽头的灯塔。生锈老旧的船被拖到镇子的避风港休息。码头延伸进海里形成的凹角处泛起剧烈的浪。卵石像鲑鱼一样跳跃,能砸死水鸟。他们站在那里看了好久跳跃的石头,然后她看着手机上的地图兴奋地叫起来。看啊!她指着港口上方水道对面一堆十九世纪的房子。有人说那里是居伊·德·莫泊桑出生的地方,也有人说他是在米洛美思城堡出生的,等我们在伊波尔待厌了,我们就在那里……

我已经在伊波尔待厌了,大儿子说。

我也是,小儿子说,我不知道那个居伊·德什么的人是谁,但我恨他。

我也恨他,这位母亲说。她确实恨他。成年以后她再看莫泊桑,他的厌女和他的梅毒大脑都让她失望。她以为他还尚存一些道德,但并没有,他已经烂到底。

孩子们很吃惊。恨是他们知道的最狠的咒骂。

那我们为什么要来这里?大儿子说。

为了避开佛罗里达的夏天。那里热得我想死,她说。

她没有说,还为了避开她惧怕的东西。

这里冷得我想死,大儿子说,我恨法国。

我想要爸爸,小儿子说。我想要去夏令营。现在是海盗周!

大儿子抱住他的弟弟。他伤心地说,夏令营里永远都是海盗周。

她注意到招贴上宣称教堂广场有免费无线网络的时候,他们已经在伊波尔待了十天了。她带着孩子们去了那里。她收到几千封电子邮件。十条来自丈夫的消息,都用了感叹号。她试着和他skype通话,他没有接。为了报复她没有回他邮件。让他等着。

有五封邮件来自不同的人,但标题里都有着同一个朋友的名字。那位朋友是一个瘦削的不起眼的素食主义者。身上有着年轻时的朋克摇滚时期留下的文身。如今他是图书管理员,也是作家。他人太好了,成不了伟大的作家,但是这或许会变,大部分人随着年龄增长都变得更刻薄。

有一次,他们遇见以后停下来聊天,她吐露了自己的伤心事,于是他拥抱了她,那天晚上他在她的门廊上留下一整个素食巧克力蛋糕。

一年前,她去参加了他的婚礼。他和他的妻子从佛罗里达搬到了费城,有了孩子。他们给孩子起的名字正是这位母亲最新一本书里最好的人物的名字。她觉得这多半是一个巧合。

每封邮件都说这个好人自杀了。

她抬起头来时,广场变得模糊。

你怎么哭了?小儿子说。

她没有说,因为她感觉到身体里闪过一道明亮的光,感觉松了口气。

她的孩子们任由她抱着。他们应该洗个澡。她应该把他们的臭鞋扔了。但是,她心想,上帝啊。就让他们发臭好了。

最终,他们收拾好了伊波尔的房子,开车朝着内陆去往米洛美斯城堡。他们住进一间芬芳的塔楼房。被大海持续不断的声响吵了那么久,这个地方简直安静到可怕。

鸟儿也叫,但叫声像是在唱歌。花园如梦似幻。有梨子和结在膝盖高的藤蔓上的小苹果。有黑色大丽花和闪闪发光的茄子。她有种感觉,像是在寻找什么,但是没有找到。

孩子们在小教堂里摇钟。她给他们和一座长了青苔的居伊·德·莫泊桑半身像合了影。她的大儿子在每张照片里都沉着脸。

半夜风暴来临,树木抽打着花园。她看着孩子们钻进地板上的睡袋里。他们应该睡在自己的床上,她不属于法国。她沮丧地发现原来佛罗里达才是她的家。

然而她会永远记住这幅画面:她和小儿子蹲在退潮后露出来的海床上。潮池仿佛小小的海洋。一只蜗牛缩回它的触角,一只红色的海葵轻轻摆动。大儿子穿过石头,朝着悬崖的方向,一边走一边捡贝壳。他看起来只有她的手掌大小。

如果现在掉下来一颗流星,我们会不会死?小儿子说。

说出事实或许符合道德,却并不总是正确。会的,她说,但是死就和睡着了一样。

大儿子变成了拇指大小。他走得那么远,真的发生什么意外都没法救他:比如凶猛的海浪、绑架犯。这位母亲没有叫他。他的肩膀看上去带着决意。他没有什么要去的地方,只想走得远远的。她能理解他。

当她回过头来看她的小儿子时,他高高举着一块石头,正对准那只蜗牛。"砰。"他轻声说。但是他始终举着胳膊。没有松开手指。

GRANTA

告别哥谭市

雅·杰西

雅·杰西
Yaa Gyasi
1989

出生于加纳,成长于美国阿拉巴马州亨茨维尔,获得斯坦福大学的英语学士学位和爱荷华作家工作坊的艺术硕士学位,在作家工作坊期间曾荣获院长研究生奖学金。目前生活在纽约。《返乡》是其第一部长篇小说。

石平萍　译

　　这是真的。哥哥打来电话时，我被关在监狱里，不过事情的发生并不像萨茜说的那样。她那些在编发发廊的女友们不断给她吹耳旁风，于是乎，兴许只是分分合合的情人之间的悄悄话，突然间却变成了莫须有的强奸指控。这是我的错。我早该知道不要跟一个牙买加人上床的。

　　第二天早晨，埃德温来接我，开了一辆租来的银色丰田普锐斯。"我来这里出差。"我上车的时候，他说。我砰的一声关上车门，声音大得足以看见他皱眉蹙额。"什么时候传讯？"他问道。

　　"不会传讯。"

　　他一脸傻笑。"哦，太好了，何以见得？"

　　"萨茜会撤诉。"我回答。

　　"听上去像是经验之谈。"

　　他开出了停车场，来到公路上。我们驶过铁灰色的监狱，砾石通道两边野草和灌木丛恣意生长。我望向窗外，看到一个梳着脏辫、穿着亮橙色衣服的男人走到了阳光明媚的室外。

　　我的哥哥，他不会定期来看我，但总归会来。他那总部在纽约的咨询公司偶尔会派一两个员工来哥伦布[1]出差。埃德温可以借机履行兄长的义务，而不用自掏腰包支付差旅费。他过去常带我去布罗德东路的大溪地吃饭，后来这家餐馆变成了一家沃尔格林连锁门店[2]。现在去哪里吃饭都行。

---

[1] 哥伦布（Columbus），此处指美国俄亥俄州的首府。
[2] 沃尔格林（Walgreens），美国最大的连锁药店。

我们最终坐在了一家廉价餐馆后部的卡座。"你要喝点什么？"埃德温问道。

"最好不喝。"

他点点头，认真地看着菜单。我们等待着。服务员终于来了，顶着胯松垮垮地站着，嘴里咂巴着口香糖。她想让我们明白，我们的到来令她感到厌烦，而我也想说，宝贝，你也没什么特别的。如果埃德温不在，我会说这样的话。

"你打算娶那女孩吗？"服务员离开后，埃德温问我。他有一个习惯，就是用手背擦额头，教堂里做礼拜的老妇人准备领受灵语①时，也会做这个动作。他可能是从她们那里学来的，那时候罗斯姑姑经常拽着我们去克利夫兰的非洲基督教堂。

"怎么这么问？"

"我没有指责你的意思。"埃德温回答。服务员扑通一声把一篮面包卷放在餐桌上，有一个掉了出来。她动作麻利，放下便走，像是飞车而过。我抓住掉出篮子的面包卷，往上面抹着黄油，埃德温一直盯着我。"纳纳，"他说，"我不是指责你。只是问一问。我有什么资格对你的感情说三道四，对吧？"

他说的是与埃米莉离婚的经历，那是个臀部紧致的白人女孩，他是在大学里遇到她的。她受不了我，这一点埃德温永远不会承认。她只来过哥伦布一次。罗斯姑姑和左邻右舍的加纳女人花了整整一个星期，为那个骚货的到来准备食物，她却只吃了一盘沙拉。她见到我时，笑了笑，但那是在施食站做义工的富人对无家可归者露出的笑容：假模假样的怜悯中浸透着一种安适感，因为他们知道如果自己不情愿，他们不必再见这些人。

---

① 灵语（tongues）亦译为"口才"。基督教信徒受圣灵充满并领受这种恩赐时，能说出一种别人听不懂的语言，并非地方性的语言，而是在圣灵感动下向神倾吐的话。

离婚手续办完的那天夜里,埃德温在哥伦布。我带他去一家摩城音乐①主题酒吧喝得烂醉如泥,他说漏了嘴:埃米莉过去常在派对上对她的朋友们称呼我为他的恶棍弟弟。比如,"埃德温的恶棍弟弟在加油站工作";又比如,"埃德温的恶棍弟弟曾因持有违禁物品而被捕"。他说这事的时候,已经哭了起来,我不得不架着他离开酒吧。我把他安置在我的公寓的长沙发上,他还在哭,一边小声说着他很抱歉,但是等他睡醒过来时,却什么都不记得了。

"萨茜不想结婚。"我答道。这只说对了一部分。萨茜再也不想结婚。她曾经想过要结婚。那时我们是高中恋人。那时她还没发现我同时和其他女人上床,没发现我在利用其他女人,也没发现每次我说要带她离开哥伦布,我很清楚我不会那样做。那时她还没发现我做不到。我们保持着性伴的关系,时间长得像是步入了婚姻。她甚至有时候用妻子的眼光看待我,比如我们在一起这么多年的喜怒哀乐都被她放在了心里。但是之后,喜和乐便远离了我们。

"如果我和你住在一起,是不是感觉特美?"埃德温问道。我们点的东西上齐了,没什么可歌颂的,但我太饿了,简直吃得下一头牛。我看着他,点了点头。

到了公寓,我让埃德温站在门外,自己先进去快速打扫了一遍。大多数时候我都很干净,但我存了一些乱七八糟的东西,以备不时之需。我让他进来,给他展示拉开长沙发的方法,他听着。我给我俩倒了两杯威士忌,又打开电视,然后去听电话留言。第一条留言来自萨茜,说她很抱歉;第二条来自我的律师,说萨茜撤诉了。

我回到起居室,埃德温像在自家一样无拘无束。他脱掉了衬衣,双

---

① 摩城音乐〔Motown〕也译作汽车城音乐,流行于上世纪六七十年代,由位于底特律的一家黑人唱片公司发行。

脚搁在咖啡桌上，双手小心翼翼地捧着威士忌酒瓶，身旁放着他的空酒杯。我大笑起来。

"什么这么好笑？"他问道。

"你看上去特滑稽。"我回答，他也大笑起来。

"呀，我靠，我好久没回来过了，对吧？"他伸直了双腿。他的脚和我的长得很像。脚趾头分得很开，像是无法承受彼此相邻。我们差了七岁，不是同一个父亲，而且长得一点都不像，但是每次我看到他那鸭掌一样的脚，我就知道他一定会认我这个弟弟。

埃德温上次来这里，是五年前。我之所以记得，是因为我一直在数着年头。我上了沙发，坐在他身边，拿着遥控器开始换台。

他抬起一只手拍了拍光秃秃的脑袋，叹了口气。"我需要看望谁？"他问道，"谁还在这里？"

我在脑海里把他们罗列了一遍：寇乔、奎西、埃德温当年的女友阿柯苏阿、塔图和纳夸梅、双胞胎潘尹和卡克拉。所有人其实都在这里。埃德温是离开的那个人。

"大家伙儿都在。"我说。

他点点头。第六频道正在播放《全美通缉令》，我不再换台。我感觉埃德温正看着我，我知道他在想什么，但他没有说出来。罗斯姑姑以前常看这个电视节目。每个周六晚上。我们常开玩笑说，我们能送给她的最好的礼物就是在某个地方安插一个节目里那样的骗子，让她能够发现并给节目打电话报警。我们将走到罪犯跟前，如此这般交代一番：喂，你能到克利夫兰亚洲超市里的大蕉旁边找我们吗？别离开，直到你看到一个满脸皱纹、戴着头巾的黑人老妇人打电话报警抓你，好吗？

"你还在看这破节目呢？"埃德温问道。威士忌把他呛着了，他的眼睛有点湿润，眼皮有点沉重，但他没放下酒瓶。

我耸耸肩。"没别的可看。"

他开始打瞌睡，电视里刚放出第二张罪犯画像。我把他挪过来，从他手里拿走眼看要滑落的威士忌酒瓶，给他盖了一条毯子。

我去了自己的房间，在窗边吸了一支烟，拼命忍住想给萨茜打电话的冲动。我败下阵来，盯着自己的手指拨她的电话号码。她接了电话，声音里带着睡意，但此时才九点。

"纳纳。"她叫着我的名字。她的口音是我最先爱上她的地方。她说话不像加纳女孩，也不像我习惯交往的非裔美国[①]女孩。即便她发火的时候，听上去也像是随时会高歌一曲。

"嗯。"

"你想过来吗？"她问道，"聊一聊？"

我在脑子里勾画着她的模样。我二十九岁生日之后几周，便是她的二十八岁生日。她全身上下已经变得更加柔软。她的乳房，她的皮肤，她的笑容。我们年轻一些的时候，她的身体线条硬朗、极易兴奋，我迫不及待想跟她上床。迫不及待地想告诉我的朋友们我在跟她上床。现在，我想得更多的却是她那柔软的身体摸上去是什么感觉。

"我来不了，"我答道，"埃德温在这里。"

我听到话筒那头她的笑声。"埃德温终于回来了？好啊，罗斯姑姑一定会在坟墓里大叫的。"

"对啊。"我柔声说道。沉默，只有呼吸的声音，直到电话咔嗒一声断开。我不记得有多久我们挂电话时没有互道"我爱你"了。我甚至不记得上一次我们互道"再见"是什么时候。

第二天早上，我出了房间，看到埃德温在厨房里煎鸡蛋。"喂，你有多久没用这些平底锅了？我不得不跑到商店买一把该死的刮铲。还有吃的。"

"我不做饭。"

---

① 非裔美国人（akata），据传最初是尼日利亚约鲁巴人的词汇，如今被在美国的西非人广泛使用。

"那你吃什么?"

我从柜橱里拽出一盒麦片,冲着他晃了晃。我抓过炉子边上的一个碗。

"今天有什么安排?"埃德温问道。

"我得去工作,"我说,"三点到九点,不过如果你想去看望老邻居,下班后我可以和你碰面。我打赌,你要是告诉菲利斯妈妈你在这里,她肯定会给你做好吃的。"

"我不想给任何人添麻烦。"埃德温说。不过我们两个都知道,一旦消息传出去,至少会有一场居家派对,不下十个加纳女人会铆足了劲证明她们是哥伦布最好的厨师,即便这个名号一直属于菲利斯妈妈。

我们离开加纳的时候,埃德温八岁。我还在襁褓之中。我们跟着罗斯姑姑来到了哥伦布。她告诉移民局,我们是她的孩子。我们的母亲本来要随后过来的,但她没有找到任何办法,我们因此完全不认识她。那时候,来美国的加纳人不是去哥伦布,就是去纽约的布朗克斯区。唯一的决定性因素是你认识谁。罗斯姑姑认识一个寄宿学校的女人,这个女人的哥哥正在俄亥俄州攻读语言学博士学位。他收留了我们。

我们的童年时代在小加纳[①]度过。那里有乡野度假屋的派对、婴儿的起名仪式[②]和守灵。非洲基督教会有一半教众是尼日利亚人,另一半是我们,男人大声祷告,女人戴着杜库斯[③]。你可以去任何一家便利店,和柜台后边或货架过道里的人说契维语[④]。埃德温的初吻是和阿柯苏阿·蒙萨赫在红顶旅店的汗蒸房里。我撞见了他们,他们冲着我大吼。后来,我问埃德温感觉如何,他告诉我,阿柯苏阿的舌头有小龙虾的味道。

那时候,我们所有的孩子都希望变成埃德温那样。他周身仍然散发

[①] 小加纳(Little Ghana),纽约布朗克斯区的加纳移民聚居区。
[②] 婴儿的起名仪式(outdooring ceremony),加纳人的一种习俗,一般是在婴儿出生7天后举行。
[③] 杜库斯(dukus)是加纳人对头巾的传统称谓。
[④] 契维语(Twi),加纳阿坎人的方言,也是加纳的通用语之一。

着加纳的气味,他身上萦绕着一种权威感。他保留着对于故国的记忆,对于母亲的记忆,还有母亲在马姆彭①工作的学校。他还会说契维语,而我们这么多人除了英语对其他语言一无所知。埃德温甚至在教堂里表演了话鼓②。他用手指轻轻击打,连续不断地、有节奏地击打,鼓仿佛在说话,变成了名副其实的话鼓。我们能在七叶树村的操场上转悠几个小时,没有成年人,而是一队非洲"小鸭子",尾随着我的哥哥。

埃德温过完十四岁生日两周之后,遭到东区一些黑人孩子的袭击。一些该死的非裔美国人无所事事,竟然打一个孩子。埃德温告诉警察,他们嘲笑他的口音,叫他滚回非洲,但警察只是冲他大笑。你也是黑人,他们说,你在说谁呢?警察只是开玩笑,但自那以后,埃德温就变了。他拒绝说契维语,哪怕跟罗斯姑姑也不说。他开始与一个又一个白人女孩约会。他常常坐在教堂里,眼神冰冷,神情孤寂。埃德温遇袭三年后的一天,我问他是否愿意带我和纳夸梅去健身中心玩触身式橄榄球③,他却冲我大吼。他说人们看着我们时,看到的只有我们的黑色皮肤,没有我们的非洲特性。除非我们主动出击,不然事情永远不会发生变化。他说我们被这个国家困住了,如果我们不学会如何在这个国家生存,它将会把我们生吞活剥。当时我十岁,已经因为偷窃一家电子游戏店而被捕过。我认为我活着。

几分钟后,我开始上班了,不过这不是多大的事儿。埃迪叔叔是那家加油站的老板。他欠罗斯姑姑不止三两个人情,所以上班的时候我基本上能做自己想做的事儿,但我努力去做对的事情。

"我听说埃德温回来了。"埃迪叔叔说。

我拿起一把扫帚,开始扫地。"你从哪里听说的?"

---

① 马姆彭(Mampong),加纳阿散蒂地区的一个小镇。
② 话鼓(dondo),加纳阿坎人的乐器,形似沙漏,能模仿人说话的语调和节奏。
③ 触身式橄榄球(touch football),利用身体接触而不是擒抱的美式橄榄球。

"一些加纳小伙在餐馆看到你们了，"他答道，"今晚我们开派对，嗯？我们说话的工夫，菲利斯妈妈正在宰羊呢。"他大笑着跑了出去。

加油站很安静。我听着时钟的声音，数着秒针的滴答。柜台后面的刨冰机反反复复地搅拌着红色的冰沙。过了不久，一群孩子把车停在了加油泵前，车里播放着震天响的说唱乐。司机走了进来。是个白人，金色的头发，穿着一件马球衫。

"嘿，近来可好？我能在 2 号泵加二十块钱的油吗？"他冲着我咧嘴笑，又望向他的车。一个深褐色头发的白人女子从车窗探出了上半身，她穿的上衣几乎兜不住乳房。她朝司机挥挥手，司机冲着她竖起中指，大笑着，然后转过身朝我耸了耸肩。

我把小票打印出来，递给他，他俯身朝我凑过来。"嘿，伙计，你该不会碰巧知道哪里可以买到大麻烟吧？我们来这边看橄榄球，我在哥伦布没什么熟人，所以……"他的声音越来越小。他仍然傻傻地咧着嘴笑，却一直看着我，仿佛我们是老朋友。

我学不像加纳口音，于是便用我学得最像的尼日利亚口音说："滚出去——哦！"我大喊。"快滚！不然我就让你吃点苦头！"

这男孩一脸困惑，慢慢地退了出去。他的车开到了外头的路上，我听到他大吼："那家伙疯了！"

我哔的一声打开了一罐啤酒，我特意把这罐啤酒存放在那里，留着这样的日子喝。九点钟，埃德温过来接我。他扔给我一套换洗的衣服。"埃迪叔叔给你说了派对的事啊。"我一边说着，一边扭动着身体把工装裤脱下来。

"不是哦，"埃德温答道，"寇斯打来了电话。"

派对在菲利斯妈妈的家里举行。她在门口迎接我们。地球上没有比她更胖的女人了，至少没有比她更胖却能走动的女人，但是她心里清楚自己相貌好看，厨艺精湛，几十年来整个社区的居民都吃过她做的饭菜。菲利斯妈妈狭长的乳沟豁然绽开，一把将埃德温搂进了自己层层叠叠的肌肤。

"欢迎[①]！"她哼唱着说。

我们推搡着进了门，看到的是熟悉的场景。梳着爆炸头的小女孩对着穿西装的小男孩发号施令。十来岁的孩子无聊至极，低头盯着手机，等待着父母醉意朦胧、注意不到他们溜走的时刻。而成年人，那些老一辈的人，穿着打扮像是加纳就在他们的衣柜里，而不是万里之遥的一个地方。

我们从过道走过，埃德温一路跟所有的叔伯们握手问候。厨房里炖着汤，大妈婶婶们正在闲聊。

阿柯苏阿也在。她用一只手把儿子搂抱在腰间，另一只手牵着女儿。

"埃德温，"她说，"见到你很高兴。"

埃德温含糊地回答了着什么，朝着她和孩子走过去。我来到后门门廊，埃迪叔叔在那里忙着烤肉。他系着一条加纳肯特布做的围裙，上面印着"亲吻厨师"的字样。我从门边的蓝色冷藏箱里取出一瓶吉尼斯黑啤酒，站到了埃迪叔叔身边。他把一只胳膊搭在我的肩上。

"嘿，纳纳，我打赌你见到哥哥很开心！"他说。我心不在焉地点着头。透过后窗我可以看到厨房里的动静。埃德温抱着阿柯苏阿的婴儿，她的女儿则围着他跑。菲利斯妈妈和蒙萨赫婶婶从炉子那边小心翼翼地盯着他们。我可以猜出她们在说什么。难道这不是他们应有的样子？

纳夸梅从栅栏后面进来。"最近怎么样，哥们？"他说着，拍了拍我的手。他身上散发出一股大麻烟的味道，不过即便埃迪叔叔注意到了，也没说什么。"加纳王子在哪里？"纳夸梅问道。

我指了指窗户。他摇摇头。"靠，如果你哥在走之前又让阿柯苏阿陷进去，我他妈的就宰了他。我才不管他是不是家人呢。"

[①] 原文是 Akwaaba，契维语中"欢迎"的意思。

埃迪叔叔用火钳敲打着纳夸梅的后脑勺。"说话注意点!"他喊道。

纳夸梅揉了揉后脑勺,没说话。他示意我跟着他,我们悄悄地溜进了屋子。小孩子们在起居室里互相追赶。一罐"芬达"从桌上飞下来,打湿了地毯。这些孩子停下脚步,一动不动,但片刻之后又开始了你追我赶。

纳夸梅和我进了二楼的洗手间,把门反锁。他掏出一个玻璃烟斗,半透明的蓝色烟斗。我用力打开窗户,他则往烟锅里装着烟丝。楼下,音乐的声音调到了最高,整个地板都在抖动。很快便会有人找过来,把我们拉进舞池。

"和萨茜怎么啦?"纳夸梅问道。

我吸了一口,屏住气,直到我的胸膛开始灼烧。"她撤诉了。"

"牙买加人,兄弟。"他说,仿佛一切尽在不言中,我点点头,"你知道的,我们可以开车去克利夫兰,看看有什么好玩的。埃德温在这里待多久?"

我耸耸肩。"他没说。"

埃德温去普林斯顿上大学时,这里的加纳人无人不知无人不晓。罗斯姑姑恨不得广而告之。我们这些孩子不断听到他是多好的榜样之类的话,但是当他没有回家过圣诞节或暑假的时候,大人们开始担心了,把自己的孩子更紧地攥在手心里。谁知道美国对孩子们做了什么?多琳婶婶说,在她工作的医院里,一个白人女孩扇了自己的母亲一巴掌。一个非裔美国女子有五个孩子,没有丈夫,来医院时脸上和手上有淤青。这都是美国的错。和什么肤色关系不大,只要你是美国人。

我正在陶醉之际,听到了吼叫声。纳夸梅收起大麻烟,冲了马桶。我们拼命挥着双手,似乎这样可以让空气流通得更快一些。

"开门!"有人在吼。是菲利斯妈妈,她的嗓门如此低沉,像是在我的肚子里回响。

我打开门,让她进来。她眼中流露着恐慌。"来,快来,"她说,"埃德温在吼。"

纳夸梅坐在马桶边沿。他凝视着天花板，缓缓地眨着眼睛，眼皮后的血丝渐渐地消失了。

"快停下，先过来。"菲利斯妈妈不满地说。

纳夸梅和我下了楼，走到屋后，一群人在围观埃德温和阿柯苏阿。我必须把他们推开，才能挤到前面，但普里西拉的大爆炸头还是挡住了我的视线。

"你知道什么？"我听到埃德温冲着阿柯苏阿大喊。

"你都不能回来参加我女儿的起名仪式！你跟大家彻底失去了联系，甚至包括纳纳。你知道纳纳正在经历什么？罗斯姑姑去世之后，纳纳清醒的时间不超过一个星期。他过得一团糟。"

之后，普里西拉向左边挪了挪，恰如日食即将结束，她那月亮一般的头发让出路来，埃德温与我得以四目相接。

我们盯着对方，持续了一分钟之久，埃德温旋即走开，一语不发，走过叔叔伯伯和大妈婶婶，进了屋，从前门走出去。

我走到阿柯苏阿跟前，抓住她的肩膀，瞪着她的眼睛。我想摇晃她，但我想起了萨茜，想起了我上周也是这样摇晃她，就在她告诉我不愿再见我的时候。她告诉我我们不能再这样对待彼此的时候。

我转而用劲掐着萨茜的肩膀，掐得我的手指头都疼了。她抽泣着吸了一口气，轻声说："别弄疼我，纳纳。我很抱歉，对不起。"

纳夸梅走了过来。他似乎已经控制住脸上的神经。他把我的手从阿柯苏阿身上挪开，把我推到一边。

我四下张望，人群迟迟疑疑地散开了。

"能把车钥匙给我吗？"我问纳夸梅，他扔给我。我踩着快活之音[①]的节奏跑出了屋子。

[①] 快活之音（highlife music），20世纪初起源于加纳的一种音乐类型，将阿坎人的传统音乐和西方音乐的元素融合在一起，1960年代起成为尼日利亚最受欢迎的音乐类型。

刚开始我并不认为这事有多紧急,然后我想起了藏在床垫和弹簧垫之间的东西,便改变了主意,决定让我自己兴奋起来。我还有一小坨亮晶晶的快克可卡因,我清楚它不足以让我打起精神去寻找埃德温。我回到公寓,飞快地吸着快克可卡因,思考着接下来该怎么办。

纳夸梅的车是一辆改装过的凯迪拉克,高品质的轮辋,很干净。我检查了一下坐垫,里面什么都没有。我在富兰克林顿社区兜了几圈,终于找到了几个卖便宜货的小伙子。我吸着可卡因,头脑虽仍不清醒,但总算冷静下来,然后我去了萨茜的发廊。

蒂莎来应门。她是一个傻里傻气的黑女人,六英尺高的巴巴多斯人,梳着盖过臀部的脏辫,胳膊极其粗壮,举起整个世界像是它们的专门用途。"不让进。"她说。

"这事很急,蒂希。"

"纳纳,你现在兴奋得一塌糊涂。今天我要是让她靠近你,我就不得好死。"

我尽力装出一副清醒的模样。"蒂莎。"我说,一边数着自己眨眼的次数,确保留出合适的间隔时间。"我哥哥不见了。他遇到了麻烦,我不确定他会不会出问题。"

"他遇到了麻烦?他也是这样把自己嗑高,来骚扰他的女朋友?"

我哭了起来,但是哭不在我的计划之中。"我只是,我需要她,可以吗?我需要萨茜。"

萨茜终于出来了。蒂莎狠狠地瞪着她,但她点点头,没有理会蒂莎的目光。我们走到了人行道上,那里有一张长椅。

"我真的没想过这个样子来找你。"我说。

萨茜用一只手摩挲着我的前臂,但她坐得有点远。你可以在我俩之间再塞两个人。

"我从未见过埃德温那么生气。他从未那么生气过。"

她叹着气。"他是成年人，纳纳。让他走。对他来说这个地方是哥谭市，对吧？"

哥谭市。埃德温和我过去总会聊起它。那时我七岁，对蝙蝠侠非常着迷。那时候，罗斯姑姑是克莱姆街养老院的一位持证临床护士，上夜班。我们几乎买不起食物，更别说看电影了。罗斯姑姑经常从后边的库房偷拿录像带，一有机会就偷，有一天她偷到了《永远的蝙蝠侠》。

我已经记不得那部电影的细节了。我甚至记不起来扮演蝙蝠侠的演员是谁，但我记得埃德温和我在那台破电视前面一起看，电视是我们从马斯金格姆法院后面的大垃圾箱里捡来的。罗斯姑姑当晚不用上班，坐在厨房餐桌旁为爱心包裹叠衣服，那时候我们每个月都往加纳寄爱心包裹。屏幕上，哥谭市正被本周的大反派人物摧毁殆尽。

电影结束时，埃德温和我看见罗斯姑姑坐在桌旁睡着了。我帮着他把罗斯姑姑抱进了卧室。我们脱掉了她的鞋子，给她盖上被子。埃德温调暗了灯光，我们来到起居室，把第二天的午餐打包，只有咸牛肉汉堡包，没有炸薯条，没有饮料。我们洗了碗，把爱心包裹的衣服全部叠好，打扫干净地板，最后才爬进我们两个共有的小卧室。

"你知道我困惑什么吗？"埃德温问道。窗外的路灯闪烁着怪异的光芒，划破了黑暗。我能看得清埃德温的眼睛和牙齿，有时候还有他的双手。

"什么？"

"我不懂怎么会有人愿意留在哥谭市。一个愚蠢至极的地方，那些疯狂的混账东西到处烧杀抢掠搞破坏。他们干吗不一走了之呢？"

埃德温说这话的时候，我大笑起来，因为我年龄太小，没有意识到他不是开玩笑，也没有意识到他已经开始修正多年前我们家族紧抓不放、拼命落实的一个想法。当时他们抱定必须离开加纳的决心，拖着全部细软漂洋过海来到了这片陌生的土地。你不该留在一个没有前途的地方。

此刻，我快速靠近萨茜，轻抚着她的脸。她允许我亲吻她，允许我低下头靠在她的胸前，她抱了我一会儿。刚开始我以为哭泣的是我，然后才意识到是她在哭泣。她的胸部上下起伏，我的头仿佛在细小的波浪中颠簸。她紧紧地抱住我。几分钟后，我走了。我知道埃德温在哪里。

五年前，我们把罗斯姑姑葬在联合墓地。那也是埃德温上一次来哥伦布的时候。我找到了他，他坐在墓碑旁边，墓碑上刻着："充满爱心的母亲、姐妹和朋友。"

我挨着他坐下来。

"你看管得很好。"他说。墓碑周围的草已经开始枯萎了，但底座有鲜花，还留着教堂执事在每年忌日为她举行守夜祈祷所用的茶蜡烛。

"对不起。"我说。

"为什么对不起？"

"把自己弄得这么糟。"

埃德温耸耸肩，而后转向墓碑。"我们都过得一塌糊涂，只是方式不同，如此而已。"

我用一只手捋了一把脸。"萨茜和我分手了，"我说，"这一次是彻底分了。"

"什么时候的事？"

"刚才。"

埃德温冲我笑了笑，伸手搂住了我的肩膀。

GRANTA

皮囊

加斯·里斯克·哈尔贝格

加斯·里斯克·哈尔贝格
Garth Risk Hallberg
1978

出生于美国路易斯安那州德纳姆泉市,在北卡罗来纳州长大。其小说处女作《燃烧的城市》被《华盛顿邮报》《华尔街日报》《卫报》《VOGUE》等媒体评选为2015年最佳图书之一。他的短篇小说和随笔见诸《美国最佳新小说选》《大篷车》和《纽约时报》。《皮囊》节选自他的一部长篇小说。

吴琦　译

　　人生的本质就是痛苦。在朱莉每周四第六节课下课后去的禅室里，这个念头不算是那种被鸡汤式的人生哲理，但她可以确定这已然趋近终点。它没在测验和练习中显现过，而通过文字的形式，她也只遇到过两回：一次是在门口一堆黑色塑料里的小册子上，一次也许是在一篇补充阅读材料《法句经》里。或者维基百科。但当她跌跌撞撞走进接待室——事后证明这是她最后一次来这儿了，"第一圣谛"看起来已经不再是什么妙语。她迟到了五分钟，可能还略有醉意。在弯腰脱鞋之前，她忘记放下自己的背包，结果它撞到了身后的茶几。然而当她转身想要护住茶几上那只精致的钵盂别掉下来，她眼前的这间屋子令她想起的却是独属于她的悲伤，在每样物体的表面突然闪现。

　　比如这里的垫子，芦苇做的垫子薄到仿佛它们唯一可能的目的就是叫人注意他们没能提供衬垫。这里的禅师也几乎和他的忏悔衣一样瘦小。走进这里时，她的想象已经完全被中餐厅到处可见的那种雕像定型——笑容可掬又有点邪恶的佛像，穿着七十年代的背心，戴着长串的彩色念珠[①]，他们鼓起的肚子好像求别人来摸似的——但史蒂夫禅师只会摆出咄咄逼人的眼神。地下室远处墙上那一排落地窗射进来的光线布满了一切。玻璃或者外面的院子似乎经过特殊处理，给里面每一个物体都增添了一种可怕的清晰。坚硬的油毡。她笨拙的手指。那只有去无回的钵盂。

　　那些正在冥想的人抬起头，刚好看到钵盂碎裂在地。每次参加开放

[①] 情爱珠（love beads），上世纪六七十年代西方嬉皮士佩戴的象征情爱的彩色珠串。

环节的通常都是一些二十来岁的办公室职员，几个扎着发髻穿着工装衬衣的五十几岁的老头儿混杂其间，但光线暴露了他们脸上的皱纹。（河流，她过去常常这么叫它们，拿拇指在她妈的眼角摩挲。妈妈，又一条河流。）在这样的脸上，正念看起来像是疲惫或一种痛苦的便秘，而从来不像真正的启迪。当禅师叹了口气，用他手里那个竹制的玩意指向一张垫子——他能闻到那上面的酒味吗？——朱莉试着去接受他的开示。脚下的碎片都是幻觉，可以等等再说。但她的灵魂不行。还有过去几个月她一直在它边缘徘徊的孤独呢？那只是生活本来的样子。就像一团火本来就在于燃烧。

　　当然，所有人早就知道的，对吗？至少那些十岁以上的人是这样。那为什么朱莉还要每周来这里，从自己犹太女子成人礼的钱里挤出几个美元，放进这只刚刚寿终正寝的钵盂？他们已经花了好几次课来精练的一个可能的论点是，认识事物有不同的方式，或者说不同的事物渴求的是不同的知识。比方说，知道朱诺是阿拉斯加州的首府和住在那里是两回事。而对朱莉来说，唯一可以和这世上难以忍受的种种遭遇相提并论的，是跪在那里六十分钟不动，并且不让从膝盖传来的不安信号到达你宛若金刚的大脑。

　　她可能只是对此又有点莫名焦虑而已。她爷爷曾是一个牧师，据她所知还曾执掌缅因州的一所圣公会学校，尽管在他活着的时候她完全忘掉了这一点。虽然她母亲那边的亲戚曾经属于战前维也纳那帮不守陈规的精英，你也不会想要排除他们中间有个拉比的可能性。基因的解释显然站不住脚，但她不能否认自己一直对但凡有点超自然的事物都会感到强烈的情绪：圣灰星期三的大街上被涂污的额头；在城里一间素食餐厅她曾听到苏菲派高唱他们版本的"生日快乐歌"；广义的苏菲主义；广义的素食主义……五年级的时候她曾浪费整个周日在上东区追踪那些安息日的白线①,并不太相信她妈妈坚称那是一个封闭的圆圈。对朱莉来说,精神性的事物几乎都有一股味道,就像天主教教堂里的空气有股味道一样,即使你并不会吞下它——那种置身晚期资本主义世界的核心,冰冷,带着焚香气味的无理性的味道。她甚至喜欢"晚期资本主义"这个有点教会气息的用语,这个词是她从艾伦街上蓝袜子②书店的一个店员那里学来的,只要逮到机会她就会用它。

所以更深的问题应该是为什么要去禅室,而不是别的什么地方?当然这里也有很多白线。而如果跟着这些白线走下去,可能会通往去年冬天某个可怕的时刻。

那是在教《文化丰富性探索》这门课的库苏格卢先生逮住她在中学舞会上喝酒的时候。准确地说,当时她只是和新朋友普雷舍丝·埃泽奥比,还有普雷舍丝姐姐的半品脱金酒一起待在教师盥洗室锁上的门背后。朱莉此前从未喝过比马尼舍维茨③更烈的酒,除非你把她奶奶曾经让她用手指沾了一口的威士忌算上。她当时好像想到了妈妈说过的某些告诫,但和八年级最酷的女生这么近距离闲混可不是该小心翼翼的时候,而且当她抿下灼烧喉咙的第一口之后,酒精好像宣告了某种更深层的决裂。后来,在第二街上,当库苏格卢先生拿着空瓶子和她们对质的时候,普雷舍丝对他说如果他觉得自己有证据那就正式去检举(这种好讼的前调大概总是少不了的),然后踩着松糕鞋啪嗒啪嗒消失在夜幕里。而朱莉被留下了,比普雷舍丝小一岁也矮了一头的她,得说服库苏格卢先生相信他不用给她妈打电话来接她,她自己足够清醒到坐地铁回家。"我猜你可以试试发邮件。她可不会接未知号码的电话。"

"那你爸呢?"库苏格卢先生问道。

---

① White Shabbos,据说是伦敦犹太人的发明,犹太人按犹太教的习俗要坚持安息日的戒律,但在现代社会有诸多不便,就设计出用白线围成的"开戒区域"(也称 eruv),犹太人在安息日可在城市里用白线圈起来的范围内自由出入行动,多见于欧美大城市的犹太人聚集区。
② 蓝袜(bluestocking)来源于 18 世纪中期英国伦敦的一个文学团体"蓝袜社",意指女学者、女才子、卖弄学问的女人。
③ 马尼舍维茨(Manischewitz)是一种甜葡萄酒,是犹太人逾越节的仪式用酒。

"我爸妈分开了。"朱莉说。某种类似关切的情绪从他脸上飞快划过,尽管在街灯和逐渐变大的细雨中无从分辨——她足够清醒地捕捉到了这一点。"得了吧,库先生,先给我几天时间让我自己跟我妈坦白吧,这不就算实际的惩罚了吗?"

"学生手册可不是这么说的。"

"写学生手册的人不认识我妈妈。"她说,微微嘟起了下嘴唇。

接下来的一周是冬假,她希望这段时间他正好能把这事忘了,但很显然,她还是太嫩了。有些成年人像是心理上的摩门教徒:你只要让他们进了门厅,接下来你很快就发现他们会钻进客厅,开始研究墙上的照片,还等着吃茶点。而此后如果他哪次经过他们家连门都不敲,她可能还会认为自己被抛弃了。所以在返校的第一个周一,当朱莉带着她妈穿过一帮看热闹的八年级学生,走进一楼教室的时候,朱莉发现自己的默认立场是,幻想事情有多重可能,但到头来只是确保自己的失望而已。渴望事物的多样性,到头来只是用它们支撑自己的失望。

房间里没人,但白色书写板那边的三张课桌摆成祭坛的样子。妈妈把她的长腿塞在桌子下面,摆弄着她参加入会募捐时获得的外带杯。和她坐着一起等,会给朱莉招致更多对话,而这些是过去四十八小时里她一直在逃避的("我怎么知道他想要什么?妈妈,他邮件里说什么了吗?"),所以她在书架那边晃悠,把库苏格卢先生的那些大学出版社的平装书又盘点了一遍——那些名字里带着曲音符号的作者和他们祛魅的承诺。秋天的时候,当他允许她午饭时间在这里逗留,它们就成了她在这个新学校里最先感到自在的事。但现在他如此雀跃地抱着一大摞纸跑进来,以至于让她怀疑他的同情是不是幌子。"两位,对不起让你们久等了。早上这时候复印机那儿总排队。在我们开始之前,有人要咖啡吗?"

"我自己带了,"妈妈指着外带杯说,"对了,我是莎拉。"

"哦对,不好意思,我叫布莱顿·库苏格卢。我总是忘记邮件不算是正式的自我介绍。朱莉，你爱喝咖啡吗？"

朱莉也想试着把自己当作一个喝咖啡的人，但他的提问其实另有所指。他已经开始和妈妈说开场白了：通知这么临时她还能来真是太好了，能坐下来互相认识一下真是太好了。朱莉意识到，这种欢快才是幌子。他很紧张，这可能是他一直顾左右而言他的原因。"我想朱莉已经告诉您为什么我把你们叫到这里来吧？"他总结道。但她现在想的是普雷舍丝的眼神里的怒火。那种人们为了获得力量而象征性地消费上帝的仪式。

"老实讲，你不如直说吧，库先生，因为我俩一点头绪都没有。"

"这样啊。没有头绪，朱莉，真的吗？"他清了清嗓子，仿佛期待她去帮他似的，但她习惯性的犹豫不决又发作了，让她感觉到一种怪异的无畏，一种怪异的自由。

"好吧，那么我们不如就从整体情况说起，"他终于开口，"我冒昧地看了一下档案，然后惊讶地发现，基本上从他们有优等生名单以来，朱莉·阿斯彭就肯定在名单上。你知道为什么我要用'发现'这个词吧。"

"我承认今年的成绩单不算优异，"妈妈说，"但朱莉还是得了一个B吧？"

"她能捞到一个C-就不错了，现在期中的成绩已经出来了。"他拿着一份已经评完分数的考卷。当妈妈走近那几页纸时，朱莉开始有点不安。

"布莱顿，如果这只是关于分数，那我也是教书的……"

"对，'美国研究'课，在哥伦比亚大学，朱莉说过。"

"布莱顿，道理都是一样的，无论如何我都不想在几个零散的数据上纠缠。我见识过这种望子成龙的父母有多可怕。"

"再说一次，学习成绩只是个开始，"这一串明显的连珠炮还没结束（不好说为什么那会加深她的不安），他说，"你看看，这是她秋季学期的期末考卷。自选题目：柬埔寨和卢旺达大屠杀的比较研究。就是一篇关于人性之残忍的随笔。我补充一句，引文非常随便，因此得了低分。""这个也是，"他又递了一份给她妈，"这种虚无是一回事，但回想起来，我发现朱莉在休息时间总是坐在外面。自己一个人吃午饭，也不知道到底吃了没有。一副萎靡的样子，穿一身黑衣服走来走去……"

"这他妈是……"朱莉开口了，"不好意思我说脏话了，我是说那是件礼服外套，从旧货店里买来的。吉米·佩奇在《诸神之锤》那张专辑的巡演中间穿过，有问题吗？"

"在星期五便装日穿着黑色的牛仔裤、跑鞋、T恤，现在又开始用别的方式来发泄。朱莉，你真的要我一件一件说完吗，还是我从我的角度出发直接谈谈这一切到底是怎么开始的？"

她的脸变得滚烫。他还没用"抑郁"那个词，但效果是一样的：这是一场埋伏，一次检举。

"我是说你们家里发生了什么我应该知道的事吗？"

混蛋，她想。就你那可怜样。

朱莉没回答，但她妈妈说话了："好吧，我想不出有什么特别的事，但我最近也注意到她有点消沉。"

现在朱莉的愤怒突然转向了妈妈，但又不能放肆："也许我就是无聊了，你们有想过吗？"

"亲爱的，你怎么会无聊呢？你可是生活在全美国最不无聊的城市啊，这里有音乐剧，更何况你还可以游泳。"

"但所有事情都是相对的，这不是你经常说的吗？也许从一个相对的角度看来，在美国生活是非常非常无聊的。"

"朱莉，我们是人类历史上娱乐生活最为丰富的一代人，这基本上是个客观现实。如果你感到无聊，说明是你有问题。"

"那我只能说是你养出了一个无聊的人。而且这不代表我需要一个做社会研究的老师来进行什么干预。"她几乎是在刺激他把话题转到喝酒的事,而他完全不知道她脑子里在想什么,"难道就因为我开始想问题了,你就要贬低我对事物的看法吗?"

出于某些原因,库苏格卢先生保持了平静,妈妈却上钩了,转向了他。

"嗯,你教社会调查的课对吗?我没别的意思,但是不是有可能她在学校里有点没被调动起来?"

"我在这里不是要提出什么具体的指责,"库先生说,"但当我看到一些令人担心的行为,我有责任说出来。"他意味深长地看着朱莉,"不管是作为一个教员,还是作为一个人。"

突然间她看到了一条出路:不要反抗,参与其中。"好吧,是的,库先生。但我的意思是,你所认为的预警信号并不是那么回事。我要怎样才能向你证明我正在重回正轨,这一切不过是一次大型的过度反应,或者错误,或者别的什么?"

他继续端详了她一会,仿佛在衡量她的诚意。然后站起来,开始在书架上找什么。回来的时候,他拿着一本破旧的平装书,黑色的木刻在紫色书封上飞舞。"你应该知道这本书吧?"

"当然。格尔茨①,"妈妈说,"我们学位考试必读。"

"朱莉,你的论点是你只是有点无聊。而你妈妈的意思是如果仔细观察的话,没有事物是无聊的。这正是这本书的基本论断。所以我提议不如来一个小测试?"

"这就是我的惩罚。更多的作业。"

"记住,这可不算什么惩罚,在我们还不能指出你究竟哪里做错了的时候。"

她绝不会想到他俩之间的秘密最终会有利于他,而不是有利于

---

① 克利福德·格尔茨(Clifford Geertz, 1926—2006),美国著名的文化人类学家,象征人类学和解释人类学学说的提出者,主要著作有《文化的解释》《地方知识》等。下文提及的《关于巴厘岛斗鸡的记述》即来自《文化的解释》,"深描"(thick dcription)也是经由其发扬而影响深远的对特定族群文化进行阐释的方法。

153

自己。

"刚刚你妈妈也建议了,我们在学校里应该更多地激励你,所以这就算一次独立研究吧。"他告诉她,她的任务是去拜访一个具有文化丰富性的场所,根据她对这个词的分析,依照《关于巴厘岛斗鸡的记述》写一篇六到八页的深描。

"那你就必须得读这本书了。"妈妈说,迫不及待站回了进步教育那一边。

"包括《文化的解释》这本书剩下的章节,以及你再选三篇作为辅助材料,"库苏格卢先生说,"在春季学期我们每周见面讨论进展。这个过程中你也可以求助你妈妈。但你自己必须真正投身进去。如果我在这学期结束之前能拿到一篇扎实的文章,那就是一个好转的迹象,期末你就会拿到更高的分数,我也会打消更大的担忧。与此同时我同意暂且放下它们不表。"

这像是他对自己的挑战——仿佛是想要不断在功课上加码,直到她投降坦白。她还在苦苦寻找制胜之道,她妈妈却开口了:"好了,我看就这么办吧。你知道人们对中学总有这种恐惧,好像把羊送入虎口一样。"

"我还坐这儿呢,妈。"

"所以就算这只是典型的青少年问题,我也很感激有人在关注他们。"

"我相信你是知道的,"库苏格卢先生在说话,"有时你搞不懂孩子们在想什么,除非把大家都叫到一起,开始对话。但我在这里愿意相信朱莉的话。我最不希望的就是产生什么误解。"

关于田野调查,她的第一个想法……好吧,第一个想法就是不去做它。他把这事说得好像是,他对她喝酒一事的沉默是以她的服从作为条件的,然而她还是开始在自己的社区四处寻找。要么就那个每周六在公园里聚会的非洲鼓团体？或者教堂旁边的乌克兰社交俱乐部？以前她喜欢在天气暖和的时候去看那群穿着班纶丝的男人在一张折叠桌上掷骰子。但滑稽的是，自从她上次去过以后，在晨边高地[①]的文化丰富性和她本人之间似乎插入了一面玻璃。难道这才是训练的目的，让她去面对自己的确有毛病的这种可能性？

　　后来，三月快结束的时候，在她慢悠悠从车站走去学校的路上，她经过了一座门前种着紫藤的联排小屋，一块椭圆形的木头拴在地下室那一层，上面写着一个她从来没见过的词。她越盯着看，那个标志就分解成了音节，还打上了标点。禅：室。结果下课以后，她发现自己下意识地改变了常走的路线，再次路过了它。

　　楼上看起来像是住了人：能看到二楼的窗户上露出了半个灯罩，窗台上靠着一排 DVD 碟片。但地下室的百叶窗没有拉开，好像那里保守着一个秘密。在这个城市、这个世纪里还有什么神秘的事，这简直太有聊了。甚至有点惊悚感。有十分钟或者更久，她一直待在离得最近的路口，手指始终在手机上游走，保留着随时撤退的可能。在旁人眼里，她看起来就是一个路人。但在还差两分钟到四点的时候，她因为找不到门铃，就抓住了这扇普通木门中间的一个把手。一个不知道安在哪儿的蜂鸣器就响起来了。

　　有那么一瞬间，她想象会有一群观众突然惊恐地转向她，但那其实只是一个空房间，光线投下波纹一般的影子，她原以为是关着的百叶窗其实不过是几层草纸。她的目光逐渐看清了那只钵盂和里面皱巴巴的钞票，门框里头还有一间更大的屋子，地上规整地摆了一堆垫子。里面已经有一小群人，自脚踝以上看上去都挺正常，但他们穿着袜子在那走来走去，简直比光着脚还诡异。气味也很奇怪，烤面包味和泥土味混在一起，像鱼食一样。

[①] Morningside Heights，纽约曼哈顿的一处社区。

正当她准备逃跑的时候，蜂鸣器又响了，两个男人从她身后挤进房间。朱莉想要逃跑的迫切感，被他们身上那种旁若无人的兄弟情打消了，而这个地下室最奇怪的地方就是禁止讲话——这一切太过诡异，以至于她刚注意到。而朱莉之所以是朱莉，就在于她总是妥协的那一个。于是当他们一走开，她看见他们走向一个鞋架，和你在所有人家门口看见的那种没什么两样，她才想到脱身之计，比起等这些人都走开，然后指望没人注意到她鞋头上独特的护套或者鞋尾缝的V字和平标志，不如就用自己应对第一次在地铁里被乞讨的办法：学习别人，跟着他们行事……但此时已经来不及处理帆布鞋里的袜子了。于是，禅室里的五趾袜，就成了一个初学者一览无余的证据。

两个小时后，她回到了家里，脑子里惊人地一片空白。看到进门的桌子上还有一把钥匙扣，这才把她一把拉回现实世界。妈妈一定是取消了办公时间，提前回家了。

"训练还好吗？"

朱莉把包放下，循声而去。

"妈，那不是训练，是自愿的自由游泳时间。"迪夫教练理论上不要求大家在淡季去游泳，但没有自愿参加每周所谓的自由游泳的女孩，秋季的时候自然就会丢掉她在队里的位子。

"好吧，那自愿游泳还好吗？"

朱莉的头发是干的，她的眼睛也不是那种戴了八十分钟护目镜后露出的浣熊样，她本来没打算对下午的秘密发现守口如瓶。但正当她要开口的时候，她走进客厅迎头撞见的一幕，又让她改变了主意。"我还以为那玩意在储藏间呢。"

在她那台未来主义风格的健身脚踏车的黑色躯干上，妈妈的双腿正在以两倍于一般人骑单车的速度在蹬踏。把手也以四分之一的节奏跟着动弹。整体效果让人偷偷想起民间舞蹈。"我让维卡斯给搬出来了。"她妈说。

"好吧,但为什么呢?"

"你看你。每周下水四小时。而我呢……"她喘不上气来,"昨天一个像你那么大的孩子在地铁上给我让座。好像我有多老似的。"

"他也可能是以为你怀孕了。"

"那一点也不好笑。"

"你可是加入了健身房的。"

"我在学校是有一张健身卡,但我从来不去。"

"哦,那我不妨碍你了。"朱莉转身要走。

"哦,对了,亲爱的,趁我还没忘。你的笔记本电脑刚又在闪,那是 Skype 网络电话对吧?"

她始终处在自我防卫的状态,这世上她只会和一个人通视频电话,而且好几个月才一次。"这和学校那个傻逼会议没关系吧,对吗?"因为这确实像妈妈的作风。如果你们不开心了,那是因为人类代理人的某些历史性的决定——比如,离婚,而不是混沌无望的存在本身。

"朱莉,拿那些事缠着你爸可不是我的习惯,尽管我有把握说服他。但你不认为你们应该多聊聊你的近况吗?比如我知道你最近正在努力弥补学业。就像你那个什么老师说的那样……"她打着响指。

"什么?库苏格卢现在开始跟你汇报了?可得了吧。"

她成功地让她妈停止了踩踏板,但这没有带来任何安慰。她在走廊里等着飞轮再次转动起来,发出了呼呼声。然后向厨房走去。她记得在抽油烟机上面的柜子里有几个老瓶子。她不知道它们从哪来;它们是她的祖父母娜娜和阿尔伯特那时用过的东西。但现在她拿走了其中一个,或者说"共同拥有"它——用蓝袜子书店里的那人的说法,她把它放进她鼓起的背包里空余的地方,就为了时不时闻闻盖子上那股令她兴奋的味道。

现在，四月了，喝点小酒来为每周的冥想做总结已经成了她的惯例。如果周围没什么人，她喜欢在课程一结束就去禅室对面的社区公园里喝，然后再骑车回家，感觉就像走在一面已经被山火烧光的斜坡上。没有什么能够阻挡她。秘密是很重要的，正如仪式也很重要一样。这个秘密就在于她知道自己尚未完全屈服。比如，和库先生坐在那里谈民族志的时候，几步之外，她的海军单肩包里那只手榴弹大小的波兰泉牌矿泉水瓶里就装着满满的伏特加，这是一种很正面的愉悦。即便她在几周之后按要求交出深描的初稿，以此证明世界上还有能让她感兴趣的事的时候，她没有说出口的话其实更多。这段时间她还在拖延，说有好几个潜在的题目需要做进一步的调研。这么一说，最后那句倒是真的。她正在研究让身体从意识中放空的能力，让它从周围各种虚张声势中解脱，钻进意识的最深层。

可能这也是为什么今天下午，当她放学后向北走去基普湾时，她根本没有注意到普雷舍丝·埃泽奥比也在同一个街角等红绿灯。舞会过后的两个半月里，普雷舍丝也成了她在午饭和其他间歇时间需要躲着走的人；不得已的时候，她们也会互相点个头，但从不承认两人曾同处一个战壕。即便行人都聚集在她们身边，即便今年的第一丛花紧紧地抱住路边车辆被打湿的挡风玻璃，而树木在它们的篱笆里摇曳，两人都没打算在这个路口向对方服软。那信号灯是不是坏了啊？

"你知道你没必要那样出卖我的。"朱莉听到她自己在嘟囔。话自己蹦出来了，好像中间几个月时间都被擦掉了一样——当然如果没有这段时间，她可能不敢说出口。

"怎么出卖你了？"现在朱莉知道了为什么他们说夫妻不要有隔夜仇。那就像是人行道上有第三种存在出现在她们中间，无休无止，易怒而多变。

"你那天本来要在我家过夜的，普雷舍丝，结果你做了什么？库苏格卢先生一出现你就把我丢下了。"

"我当时想要把你拉走来着,"普雷舍丝说,"是你自己留在那里和他纠缠。没人让你去主动承认自己喝了酒。"

"我真是一个糟糕的说谎者!我还试着替你挡箭。我说那瓶酒是我的。"

"哦,我懂了。我做蠢事,我就是个坏人,你做蠢事就是因为你有道德。"但当普雷舍丝刚占了一点上风,她却有所收敛,"你看我承认我做了蠢事吧。"然后昔日那种推心置腹的亲密又出现了,"我是说我看我们现在应该团结起来。而且一开始他注意到我们就是我的错。那个混蛋去年就开始追着我不放了。"

"他只是做自己的工作而已。"朱莉轻声说。

"你又开始替他辩护了。你听起来可真像那个什么女继承人说的什么'我的蒂科真是一个甜心'。"从她们遇见开始,朱莉一直以为普雷舍丝更有权力,而她自己是需要帮助的那一位,但她们都有一部分利害牵涉其中;如果她能把这种语气当作玩笑,可能就会重新建立起平衡。但她已经走过了一个路口,要么她就赶紧想办法和普雷舍丝说实话,要么在铃响开课之前她就占不到一张垫子了。她想到的办法把她自己都吓了一跳。

"你知道吗?"她说,"我干的最蠢的事就是在一开始相信了你。"然后她转过头去,原路返回,在那之前还是把普雷舍丝那张完美的脸蛋被狠狠打击后的样子收入眼底。

她真希望自己没那么做;她们原本可以和她一起待在没有锁门的公园里,就是她坐在那儿痛饮波兰泉矿泉水瓶装的酒、试着麻痹内心的地方,然后来到地上有无数钵盂碎片的换鞋室,甚至现在,进入这个脆弱的白色空间——这里本应该让她刚刚制造的一切混乱都显得毫无意义,待上四十分钟。她试着把自己调整成一只蚂蚁,漫不经心、摇摇晃晃地爬过她身下的苇席,或者变成在她肩胛骨之间摇摇欲坠的汗珠。她一直很擅长压抑自己。但压抑也需要付出很大的努力,而努力正是存在的反面……就连停止挣扎也是一种挣扎。甚至喝酒似乎也没什么帮助。然后外面一辆车的警报突然响了，丁零的声音一直在回荡，而她的眼泪不知怎的就涌了出来，她将会终结这次寻求理解的机会——哦，她到底在这儿干吗啊。

当她从垫子上站起来，从那些跪着的身体和空空如也的脸孔中间跟跄穿过的时候，禅师的脸并没有露出明显的讶异。"对不起，对不起。"她说，一只手放在腰间，假装是自己的胃痛。实际上她的胃的确突然感到一阵翻滚。在换鞋室里，她不由自主地捡起一些大的钵盂碎片，扔进垃圾桶。最后，她透过禅室里外两道门看到的是禅师的表情，原来她一直都理解错了。那不是不满，而是一种完美的漠不关心。

外面正是晚高峰。特殊性立刻让位给普遍性，世界的本质以一种低级而突兀的方式，再度隐匿到如此混乱让人无法忍受的表象之后。有人的健身球手袋撞到了她的手臂，她还得惊险地躲开一些狗主人可能觉得颗粒太小而不需要捡起的狗屎，为了给又一个寡头造房子，一帮戴头盔的男人封锁了人行道，而地铁站里的人把上上下下的楼梯都淹没了。奇怪得很，现实世界有时会串通起来和你作对。美好的事物都诡异地消失了。她在站台中间找了一根柱子靠着，把她的"地铁脸"和耳机都拿了出来，当手机从手里滑出去的时候，她正要打开专辑列表，准备沉浸在《齐柏林飞艇II》这张专辑中。缠在一起的白色耳机线上有一个显眼的小圆环，线的尾巴上还吊着一条鱼。接着插口也断开了，手机继续向下掉落，越过了站台边缘的黄色盲文符号，转了几圈，跳下了轨道。

"操他妈的。"朱莉说，然后检查了一下有没有人看见，但这毕竟是纽约。她应该站得离隧道口更近一点，因为在那下面有一扇滑稽的小门，上面有个小到几乎看不见的标志，显示有一架梯子通往下面的轨道。而与此同时，进站信号牌显示，开往佩勒姆湾公园的六号列车还有三分钟就要进站了，倒是有足够的时间跑下去再回到站台，再来一趟都来得及。但全神贯注于当下的诡异之处就在于，你的选择经常感觉不像是选择，尤其是当你价值四百美金的手机危在旦夕而你妈不太可能掏钱再买一部的时候。她甚至不敢相信自己正在做这事，穿过人群，从半截梯子爬下去，在乌黑的轨道上向站台中部走去，同时又要和第三条铁轨保持一段足够宽的距离。等车乘客们的鞋子和她的视线持平。而他们的报纸、手机和私人恩怨，原本都和她隔着十万八千里，但当对面站台上一些人注意到她的时候，这边也有更多人开始议论了。她假装没听见，去你们的吧。如果她重新回到站台，会假装什么事都没有发生，径直走回原来站的位置。她的手指紧紧握住手机，手机上的玻璃竟然奇迹般没有碎裂。这实在有悖于她最近的运气。她最好在遇到一只老鼠或者别的什么东西之前赶紧转身回去。紧接着，说时迟那时快，一股酸臭的空气从前额吹起了她的头发，一束白色的光在隧道口一百码以外闪现。不可能已经过去三分钟了吧。除非她比自己想象中醉得更厉害。

在这个节骨眼上，不管朱莉·阿斯彭过去几个月在追寻什么线索，都已经到了终点，或者分岔了。一部分的她，属于身体的那部分，开始不安起来。但她的头脑异常地清醒，好像满是雾气的窗户上的空洞已经被好心人用袖子抹去了。呃，她想。我没想到会是这样。当她发现靠自己短小而瘦弱的胳膊很难爬上站台，她就感到自己离上《邮报》头条已经不远了。到时这一切在妈妈、爸爸，甚至库先生眼里会是什么样子。像是某种圆满。对吗？她又想起一段苏菲派的生日歌。他们的歌词不是"亲爱的生日快乐"，而是"你是否意识到此生……"，听起来特别含糊：意识到什么呢？但她现在知道语言没有所指，它只是它自身。她没有意识到自己现在很醒目，当那束光慢慢变大，喇叭声从漫长的隧道里传来时，她在嘈杂之中听到了一个声音，一个矮个子男人剃着光头、长着一张拳击手或者说一张普通工人的脸，跪在站台边上，伸出了双臂。那双手像小树一样粗，但文身让它们显得脆弱。不要，她想说。那只会把你也拖下来。但另外的那部分——身体，发出了号令。她伸向那双手，它像锁链一样扣住她的前臂。在它们拉她的时候,她隐约感到有布料滑过皮肤,伤疤也长了出来——然后一种眩晕和黑暗迅速覆盖了一切,尖叫,肢体接触的热量,让她之后很长一段时间都弄不清自己到底是怎样逃出来的。

GRANTA

国家与东部

格雷格·杰克逊

格雷格·杰克逊

Greg Jackson

1983

　　首部小说集《浪子》获得美国国家图书基金颁发的"五位三十五岁以下作家"奖。曾获鲍尔奇与韩菲尔德奖，入围美国国家杂志奖虚构类名单，同时担任艺术工作中心和麦克道威尔文艺营的虚构类写作研究员。其作品见于《纽约客》《弗吉尼亚季评》等，《国家与东部》是其一部小说的节选。

余烈　译

　　某些日子里——并不频繁，他仍然相信革命应该从他开始，星火燎原。几个世纪以前，约斯·弗里茨①的革命讯息就是以这种方式，如火炬般传遍莱茵河谷的每一座山头。他在这方面的乐观，也许与这天清晨他在理查德家后门廊喝的浓浓的黑咖啡有关。他喝着咖啡，听着鸟鸣，心想也许这一切并非空想。

　　但他知道，思考只是一种有组织的自我欺骗。托佩尔绝不是一个轻信的人，至少在现在这个年纪。尽管如此，要弄明白还是很艰难的。统治阶级的错觉和幻想与理想主义者的一厢情愿是同步的。建立在现有秩序基础之上的高楼大厦实际上裂痕斑斑。当然，其中大部分都是表面的，但只要再多一道痛苦的刻痕，一切就会有根本的不同。当大厦崩塌时，它会倒得很快。历史就是这样教我们的。它会迅速而出乎意料地倒塌，接着，我们回过头看并试图重建我们的信念，即历史背后有一种主导性的叙事逻辑，我们必然会说。首先，人们会需要领导者、答案和一个规划。他们需要可以为之奋斗的一个未来。奇怪的是（相当奇怪，托佩尔离经叛道地想），这未来的世界不是建立在物质，也不是建立在人类身体的实际存在之上，事实上它仰赖于思想交织而成的背景：道德，理论，思想。基于广泛、非物质性的身份认同，基于我们对一直模糊信奉着的某种秩序的集体信仰——它的现实性、必然性和公正。法律欺骗了我们，让我们看不清这一点。多亏了警察和法官，社会秩序得以维

---

① 约斯·弗里茨（Joss Fritz, 1470—1525），16世纪初德国农民秘密团体"鞋会"的组织者，出身于农民家庭，游历南德各地，鼓动农民反抗封建领主。

持,就像一所房子靠着一层油漆屹立不倒,或者,像无所事事的手上涂的指甲油。尼采笔下的多余人,认为自己是个好人仅仅因为自己的爪子不够锋利——对现代人的一种很好的描述,托佩尔心想,既自鸣得意,又拒不承认自己的权力。社会组织的力量来源于人们对其产生的信心和接受程度,相应的,社会整体的强弱程度取决于个体共同信仰的程度。在对奴役和虐待的道德制裁上,法庭展示出的不过是冷漠。它们像教会那样掩盖了自身保守主义的目的——对权威和财富的保护——通过仪式和教义。但是接下来的问题是,为什么这样的体系能持续如此长的时间。这个问题在一百年前困扰着列宁。从那时起,资本主义已经多次从"超溢"的边缘、从自我吞食的时刻——在这些时刻,人们看不到其恢复正常的可能——恢复了。托佩尔前几天跟那个小记者谈到了这一点。

"我们是不是应该考虑到,"那个孩子模样的记者说,"在1929、1908[①]这样的大危机之后,在苏联解体、邓小平主持改革之后,在经历了上帝、纳粹主义和凡尔赛会议产生的种种后果之后,以及考虑到欧洲的社会民主制度成功的积极方面——我们不是至少应该认定一个市场体系和代议制政府可能是最稳定的模式吗?最灵活的——也许不完美,但能够自我纠正就足够了?"

可怜的孩子。他们蒙住他的双眼,开车带他转了六个小时,检查他有没有录音设备,让他换衣服。他的手机、钥匙和钱包都在纽约某个书店的办公室里。他身材瘦削,脸色有点苍白,他过度亢奋,像一根打结的水龙带四处乱跳,这一点让托佩尔印象很深。一个更老到的记者会拐弯抹角地采访托佩尔。像这样的理论争辩意味着这个小记者本身就是一个理想主义者。一个梦想家。毫无疑问,这场政治的越轨行为使他激动不已,愚蠢的间谍举动。危险的迹象和与现存地下组织的接触。他可能

---

① 此处分别指1929年美国经济大萧条爆发,1908年奥匈帝国在巴尔干半岛发起的吞并行动。

以为这是 1972 年奥克希尔办公楼的停车场①。好吧。托佩尔不需要戳破他的幻想。

"橡皮泥很灵活，"托佩尔说，"这并不意味着我会让米开朗琪罗用它来雕刻大卫像。但也许你的意思是说我们误解了人性的构成——假设这样东西的确存在。萧伯纳说，如果人性没有改变，我们依然还在树上荡来荡去……但是，如果我们从历史记录中寻找佐证，我们会相信，比如说，在 1750 年实行大众自治的可行性吗？当时的'现实主义者'可能会说，在孟德斯鸠手中看起来不错的东西，在实践中永远不会奏效，而且他们还会表现出对个人远见和节制的荒谬信念。在我看来，你也在描述或假设一个世界，在这个世界里，人们比我想象的更自私、更狭隘、更可怕。是的，你可能会说他们已经变成了这样，过劳工作，受教育程度低，被切断了和各种社团之间的连接，而我们本可以通过社团发现意义和共同的目标。或者你也可能会说，世界已经改变了，新技术带来了新的程度的自上而下的控制、干扰或孤立——"

"或者说，情况已经足够好了？人们不想让自己的生活陷入危险？完美是'好'的敌人，等等。"

"你会发现很多人都同意你的观点，"托佩尔说，"不仅是保守派和主流自由派，还有阶级联合主义者。劳工领袖，工会会员，德布斯②的后代——在英国则是拉斯基和艾德礼③……但问题是，对谁来说足够好？有多少人？你以为一场革命运动需要一个心怀不满的资产阶级。他们甚至不是列宁或托洛茨基所赞同的先锋队。毛把农民阶层视为革命的源泉。也许到目前为止历史讲述的是一个不同的故事，但近代史也已经给劳工运动写好一个相当黯淡的尾声。从整个联合主义的观点来说，左

---
① 指 1972 年"水门事件"的线人、"深喉"马克·费尔特（Marker Felt）就是在这个停车场向《华盛顿邮报》的记者提供的情报。
② 德布斯（Eugene Victor Debs, 1855—1926），美国工人运动领袖，社会主义的宣传者，美国社会党的创始人。
③ 拉斯基（Harold Joseph Laski, 1893—1950），英国工党领导人之一，西方"民主社会主义"重要理论家。克莱门特·理查·艾德礼（Clement Richard Attlee, 1883—1967），英国工党政治家。

翼运动可以在民主和资本主义体制内推动人权、法律保护和总体共享的财富。相反，我看到的是，我们一直在滑向灾难的边缘，并且在倒退。漂流和倒退。对这个世界上的许多人来说，生活已经是一场漫长的灾难。在这种情况下，我认为会出问题。要么我们有一天漂得太远，无法回头；或者我们开始看清这种溜溜球游戏的疯狂——让我们说得明确一点，这绝不是自然而然或不可避免的，而只是有利可图，对一小部分人而言。我们随处可见的苦难，其根源不在于匮乏，而在于贪婪。"

"你确定没有中间地带吗？更好的监管和更透明的市场，员工持股的公司，财产税，最低收入保障……"

这孩子——他多大了？二十九岁。托佩尔想。为什么他会想到这个数字？正是在这样的年龄——他开始思考，一个人到达了一直在攀登的那座山的山顶，要么就在此时此地开始漫长的下山之旅，要么就闭上眼睛，通过想象的高跷和梯子，继续攀登尚未抵达他们在幻觉和信仰中看到的天堂的山峰。

托佩尔叹了口气。横在他们中间的一本图书馆借来的书底印着县名。他们本该为这些事情打扫房子：报纸，小纸片上的区号。他把这本书从那孩子身边拿开，假装一时对这本书的封面起了兴趣："伊格尔顿对神学辩论的思考"。多年的地下生活让你在面对信息，还有我们展现出的微小细节以及和现实交手时无尽的草率时，和别人不太一样。

当他开始尝试理清脑海中关于财富和财产的又长又复杂的问题时，思绪就在此处徘徊。他在想，在某种程度上，我们是用一种多么可爱的方式不断地背叛自己，背叛我们隐藏欲望的初衷，因为无法抑制那种想要坦率和被人看见的欲望。当他问起（反问）别人的财富从何而来时，他想到了这一点——自问自答：我们今天所看到的财富，几乎无一例外，只不过是长期且暴力地利用从一开始就带着原罪的优势的结果。征服和掠夺，欺诈和盗窃，奴役和殖民。对土地的控制和所有权总是可以追溯到一个暴力的源头。任何形式的占有背后都是剥夺。今天，财富

格雷格·杰克逊

成了美德的证明，也依附于美德——在于理念的作用，还有坚韧的劳动，这种观念形成了一种迷人但薄弱的外壳，覆盖了通过早期的剥夺实现的真实的财富积累。毕竟，正是这些资本投资好的点子，并从他人的辛勤工作中获益。我们伸手去抓主人桌子上掉下来的面包屑，还称之为精英管理的社会。在财产权被载入法律的那一刻，谁拥有这片土地，他们又是如何得到它的？如果土地是通过租赁和改良变成了财产，当殖民者抵达遥远的海岸时，他们是否把这个定义扩展到了之前就已经在那里的人们？（洛克[①]说他们不需要。）我们喜欢把社会发展的历史，托佩尔继续说道，描述成一场从奴役走向自由、从少数人的特权走向个人不可剥夺的权利的运动，它也可以很容易被描述成另一个故事，即权力试图巩固自身，让自己消失，藏在大众的眼皮底下，顶着民主和公正法律的光环，不必面对被公众收回的风险。它也可以被说成一场向内的权力运动，直到公民能够自我调节自己的不满。与此同时，我们庆幸自己憎恶并抛弃了奴隶制、农奴制，同时我们却以不那么直白的形式复活了奴役——通过合同、债务、对市场力量的利用，还有强大到令人难以置信的谈判立场、内幕交易、解散工会、离岸外包、游说、选举赞助，你能想到的一切。抗议在一定程度上是可以容忍的。托佩尔说，因此，警察会向那些在历史掠夺中所占份额最少、投资资产最少的社会成员开枪，在现实状况中这并非偶然。看起来，人们变得很危险，因为经过几个世纪的剥削，更糟糕的是我们没有将其收买，毫无体面可言。这也不是偶然，我们的军队被部署到世界各地，试图消除那些在当前世界秩序下无足轻重的个体所表现出来的混乱和危险。那些愿为思想而死的人们。对权力的巨大威胁。唯一的威胁。所有人都可以被收买。凯恩斯看到了那些捍卫非法特权的原教旨主义者会播下什么样的种子。他气呼呼地离开

[①] 洛克（John Locke，1632—1704），英国哲学家，被公认为是自由主义的先驱，但同时也是英国殖民活动的参与者和受益者。

了凡尔赛会议，说契约的赦免是革命的真正始作俑者。因此，也许有足够的钱收买那些从底层崛起的权贵。也许永远不会有多少人愿意为思想而献身。但托佩尔并不指望。贪婪，他说，从来不知道该如何让自己停下来——正是这样造就了贪婪——而那些爱钱的人都是中产阶级：他们不知道自己喜欢什么，会把所有的东西都变成金子，直到让自己窒息。

　　这些说辞，托佩尔想，理查德是对的。要是我们能互相扭打着，大口呼吸、大笑着往上走就好了。兄弟姐妹们终于上来了。我们还想要什么？我们想要接近彼此。当我们离开的时候，不想看到我们已经把自己的儿女变成了金子。托佩尔本来想说的——他想说却永远说不出口的——是他在二十多岁见到简时的感觉。他从伯克利来到东部，他在《伯克利倒钩》①工作的朋友马克斯·谢尔给他介绍了几个朋友。没过多久，他就遇到了简，她比他大十岁，但已在纽约安顿下来。他脑海中浮现的画面是她在厨房里接待慕名而来的仰慕者，头发梳得像赫本一样，发表着一段很长的控诉，偶尔停下只是为了小吸两口别人放在她嘴上的香烟。他将如何描述她的魅力和吸引力？她身上的热情完全体现在她的微笑和笑声中，同时又带着某种敏感而明快的克制，最容易在她表现得一本正经又夹杂着自嘲的时候流露出来。她的做作中也有某种类似真诚的东西。她聪明过人，能够在现实主义的约束下为他们的革命希望正名——这不是什么壮举。她在新成立的社会研究学院教授殖民史，还在纽约城市大学卢维图尔和丹麦维西研究生中心授课。关于历史上的暴动的例子和模式、卢蒙巴②被暗杀的事经常挂在嘴边。也许他们本应该更谨慎一些，但"言论自由"的组织成员和留校任职的校友们却抱有一

---

① 原文 *Barb* 指 *Berkeley Barb*，是 1965 年至 1980 年间在加州伯克利出版的地下周报。它是第一批，也是最有影响力的反文化报纸之一，涵盖了反战运动和民权运动、青年文化呼吁的社会变革等主题。
② 帕特里斯·卢蒙巴（Patrice Émery Lumumba，1925—1961），非洲政治家，刚果民主共和国的缔造者之一，也是该国首任总理。

种迫切的希望。媒体还在路上，但是《壁垒》[①]杂志的迈克尔·伍德[②]已经揭露了国家学生协会与中央情报局的合作。克利弗[③]把黑豹党搅得乱七八糟，但这是有先例的。暴乱已成为家常便饭。芝加哥已经发生了。随着审判逐渐进入讽刺性阶段，这八人减少到七人。山姆·梅尔维尔[④]正在办公楼里埋炸药。裂缝几乎无处不在。

简和塞尔希奥早在五十年代就结婚了，但这并不重要。他们结婚是为了能生活在一起，而不是因为他们相信人与人之间的从属关系。天哪，他们认识不少人物。女继承人弗兰齐·费尔德曼放弃了自己的遗产，嫁给了"严肃的"肯尼斯·费尔德曼。他是一个鲍勃·舍尔式的记者，干巴巴的，却非常有意思，自己说的笑话从来不笑，对别人的笑话却相当捧场。弗兰齐和肯尼斯在毛时代的中国待了二十年，几个女儿也出生在那里。多年后，托佩尔遇见弗兰齐时，她正在华盛顿广场公园分发小册子，仿佛过去的四分之一世纪什么都没有发生过。托佩尔问她，他们俩这些年在中国做了些什么，她说——依然很有意思，有属于她自己的干巴巴的味道，"我们只是扛着。"

这是个玩笑，也可能是真的。语调的干脆利落显示出幽默背后的自豪。有些东西是必须要扛着的：你认为自己凌驾于它之上吗？耶稣是一个工人（菲尔·奥克斯[⑤]）。或者：美好的事物是一种永恒的愉悦（济慈说的）。美存在于大地和劳作之中——每一个清晨，我们都要编织一根绚丽的带子，把我们与大地联系在一起——还有崇高的天性所承担的责任。因此，如果可能，托佩尔会讲述，当他拿着一支步枪站在东村某栋赤褐色砂石房子的二楼窗户旁，透过窗帘一边注视着下面平静而灰暗的

[①] 《壁垒》(*Ramparts*)，1962年至1975年出版的美国左翼杂志，现已停刊。
[②] 迈克尔·伍德（Michael Wood, 1948—   ），英国历史学家、纪录片制片人、主持人，其多部作品均与美国历史有关。
[③] 埃尔德里奇·克利弗（Eldridge Cleaver, 1935—1998），作家，美国著名的民权运动领导人，是美国黑人社团"黑豹党"的重要成员。
[④] 山姆·梅尔维尔（Sam Melville, 1934—1971），1969年美国大爆炸事件的主谋和炸药安装者。
[⑤] 菲尔·奥克斯（Phil Ochs, 1940—1976），美国民谣明星，被称为"政治斗士"。

街道，一边听吉米·埃切瓦里亚在门口跟警察交谈，是何种感受。另一个警察站在车旁，手里拿着对讲机。托佩尔能听到吉米身后的律师洛伊用更平静的口气提醒警察，法律禁止他入内。这是真的，但托佩尔可以从很多方面看出来，一切已经到头了。以他们在这座房子里拥有的东西来看，第四修正案不会给他们带来多少同情。此外，如果纽约的警察来了，联邦调查局也不会落后太远。他听到吉米在骂人、侮辱警察——或者侮辱警察局长，辱骂林赛、尼克松。勇敢的吉米，但他只是鲁莽、易怒。托佩尔咬紧牙，让吉米闭嘴，回到黑黢黢的房间里。第二个警察不停地扫视着窗户。他们也很紧张，托佩尔能感觉到。他对人们的恐惧有着敏锐的嗅觉，这让他平静下来，也让他感到不安。是的，他讨厌警察。他以一种深刻又简单的方式，憎恨这种和他所关心的每一件事、每一个人相对立的权力的化身。他们将肆无忌惮地使用暴力，一如既往。但他并没有把统治集团的暴力误认为是个人的腐败，这种暴力已经渗透了工人阶级的虚假意识。那些行使组织暴力的人也是受害者，也许更糟，因为它要求他们以组织的名义牺牲自己的人性。普里莫·莱维说，最后也是最重要的抵抗，是我们拒绝认同。但对托佩尔来说，这一刻意味着什么呢？这也是我们所想象的壮观的末日景象……这个麻木的问题使他的呼吸变得短促。这使他想起了他很久以前读过的一本书，这本书也在这个问题上纠缠不清，那就是：你如何辨别是否已经到了你命定的时刻？这将是认识论上的突破吗？正如阿尔都塞①所描述的那样，而在他自己的生活中，却永远在区分之前和之后？果真如此的话，这够了吗？足够大了吗？不灭的虚荣心质疑这种牺牲是否与他的诺言相称，因为——哦，他非常乐意——但同时也毫无意义地？草率地？——把自己的生命和自由献给这一事业？就像吉米·埃切瓦里亚一样，他只寻求对

---

① 路易·皮埃尔·阿尔都塞（Louis Pierre Althusser, 1918—1990），著名马克思主义哲学家。

罪恶的报复，那罪恶引爆了他身上流淌的巴斯克人①绯红的鲜血。不，鲁莽于事无补。然而，然而……如果你把这些决定向外成倍地延伸，也许正是不愿从原则上作出让步造成了这种差别，不愿让理想在从宜的影响下扭曲，因此，牵系着世界命运的牺牲是微不足道的。当世界-历史精神选择了你、让你在《六点新闻》节目里表演你的殉道时，任何人都能找到勇气。但在阴影中，在隐秘的不被认可的地方呢？"我们扛着。"

托佩尔去那儿是因为简。她把这一切解释得如此平淡无奇，一边将蕾丝文胸戴到瘦削的胸部，整理赤褐色的头发。"他们需要哨兵，看守人——不管你叫他们什么。以防突然袭击。"她一本正经地点着头，还没等他们穿好衣服，就又在做计划了，好像她一生都在把年轻人送上战场。托佩尔想象着她在玩儿时的假扮游戏，在某个闷热的花园里、在长满苔藓和垂落的常青藤的雕像中间，把孩子们指挥得团团转。当她说："你知道，黑豹党是对的。我们不能相信他们会尊重我们的权利，除非他们看到结果是明确的暴力。"托佩尔几乎认为她很傻。托佩尔没有反对她。他的背包里有一本《武装起来的黑人》，切·格瓦拉谈论游击战。《大地上受苦的人》。尽管如此，简语气中的弦外之音有一种征兆，暴露了革命骚动和表演之间的界限是多么微妙。但那时候，托佩尔自己已经够傻的了，而且也容易受到那种浪漫的影响。坦白地说，一个人从未放弃过浪漫，因为在像他这样的生活中几乎没有什么慰藉。但是在二十九岁的时候，他还没有意识到他对一个女人美丽心灵的爱与斗争无关。它们看起来和硬地上的树根一样固定、纠结。他不知道简的抑郁症。她在黑乎乎的房间里盖着毯子度过的日子，就像被激情的火焰烧毁的房梁木一样，压在她身上。可能只有塞尔希奥清楚，很久以后当托佩尔问起这

---

① 巴斯克人（Basque），欧洲最古老的民族之一。主要分布在西班牙比利牛斯山脉西段和比斯开湾南岸。巴斯克人民族意识强烈，素以勇武著称。

件事——那时候塞尔希奥还是一个清瘦寡言的人,像一只长腿蜘蛛那样笨拙而精确地在满是灰尘的房子里走来走去——他说,"简内心的伟大激励了很多人,我知道的,但是她运气不好,"他敲了敲脑袋,"在化工部。"他们用精致的荷叶边瓷杯喝茶。托佩尔看见水面上浮着什么东西,一缕油、一团棉絮。"你跟我一样,也知道的,"塞尔希奥接着说,"我们需要有人为我们想象一个不同的世界,去相信它,但这是一种可怕的重负,不是吗?而且如此孤独。"茶是苦的,像红木一样黑,托佩尔认为塞尔希奥一生的壮举可能就是活下去,不抱任何希望地活着。

"需要帮忙吗?"

托佩尔转过身。一名男子打开了便利店的门,门后的锁上挂着一串钥匙。他穿着一件布满油渍的旧衬衫,和理查德差不多大。

"我希望能用一下你的电话。"托佩尔说。

"这里没有付费电话。对不起。"

"不,不是那样。我在跑步……我的膝盖。"

那人笑了,他的呼吸里有一丝酒气。"相对跑步来说,你有点老了,是不是?"

托佩尔无心地咧嘴一笑。"也许吧,"他说,"都一样。"

"进来,进来。"在他那不耐烦、装模作样的神气下面,这个人似乎并不因为别人打断了他的话而心烦意乱。"没有手机,嗯?"

"我从来没有染上这种病。"

"不怪你。政府监视那些东西。监听你,跟踪你的行踪。"

"我也有同感。"托佩尔说。

"拉什说……"他们穿过小店,走进设在后屋的办公室,里面布置得像一间小公寓:一张粗糙的格子毛毯躺在一张折叠沙发床上。水池旁边的柜台上放着一个电炉,上面放着一只炖锅。托珀尔看到那人晚饭后一直没洗的盘子和几罐啤酒还堆在一张小木桌上。他带着冷嘲向对方微笑示意。"你收听拉什吗?拉什说得很有道理,但你知道,我和他在这件事上意见不一致。当然你想让政府追踪恐怖分子,否则我不会说的。但你相信他们吗?真的?我觉得你给他们权力,让他们秘密行动,他们会滥用权力。现在,玛莎说……"

托佩尔有一种置身梦境的感觉,别人的梦。这个空间的物理现实就像窗帘一样柔软而陌生。有人把它们挂上去。而另外某个人制作了这些窗帘。所有的一切。没有一样东西是偶然的。但从另一个意义上说,这完全是一场意外,一场漫长的意外。这是一个人梦想的洞穴。而从人进化成人的那刻开始,他们就把梦想画在洞穴的墙上。托佩尔花了近三十年的时间走进这样的房间,不是他自己的房间,介于现实和梦想之间。从来没有拥有过他自己的房间,一次也没有。没有电话。只有一个装满他个人物品的包。没有税单,也没有银行卡。没有电子邮箱。伪造的身份证,假名字,就在几年前,从安全屋的传送带上传输过来。他的信件是从偏远的县区寄出的。表示他打进电话的代号。这很可笑——小孩子的玩意——但他就在那里,在室内,避开窗户。其他人都已经离开了。中国是市场经济。苏联的财富被伪装成市场经济资本家的强人掠夺了。卡斯特罗随时都可能去世,古巴将再次成为一个度假小镇,不道德的开发商的一次投资机会,对历史没有兴趣或信仰的西方人士的休闲场所。仅1972年,美国就发生了两千起抗议爆炸事件;现在,如果利顿豪斯广场的烟雾机爆炸,他们将把费城封锁四十八小时,戒严令随时准备就绪。愤怒去了哪里?它是如何被吸收、消散或蜕变的?它变成了什么?一个时代的特征是如何形成的,它是如何用其可怕的现实使一切变得不再重要,然后消失得无影无踪?

"……暂时的情况,"那人说,"这更像是一个商业决策。反正我每周要在加油站待八九十个小时。你不会相信成本有多高。保险,许可。特许经营费用。天然气合同。和母公司一样,供应商也想分一杯羹。所以油价上涨了,我们的利润率也收紧了,但看起来销售也在增长,因为 AR 也在增长——也就是应收账款。我十年前买了这个加油站，在那之前为汤姆·贝克林克工作了十年。我想你不认识汤姆吧？……但是有一种叫作金融责任监管。环保局，对，政府说你们要对地下贮槽的泄漏和溢出负责。当然，你怎么证明是我的表盘泄露还是汤姆的？不过，我是老板，所以……嗯，我申请了 SBA[①] 贷款，过去这并不难申请。但金融危机之后，即使有联邦政府的支持，银行也会保持警惕。他们希望将贷款和论证利润还有预期利润挂钩。但是，我每加仑汽油只能赚五六美分，什么也赚不到，这只是为了跟得上山姆会员店和各种专卖店的步伐。我能得到多少利润？你知道，我们这里的燃油税是全国最高的。人们都疯了。他们开车出门，排长队，浪费汽油和时间，只是为了在加满油的时候省几块钱。这不理智。但这就是人类的行为。所以我正在尽我所能，营业到很晚，经营一个免费的加油站……但是，工作时间越长，就意味着要么我得加大工作量，要么就得雇全职工人，这样一来，交税和医保就成了一个噩梦。与此同时，石油价格忽上忽下，银行家用期货合约往上面押注，世界上最大的犯罪组织——石油输出国组织试图榨取我们所有的财富。俄罗斯人也一样。他们希望价格尽可能高。我们有了一位总统——听着，我不是那种认为他出生在非洲的怪人，但没有人质疑他小时候上过穆斯林学校。这写在他的书里。这一定会影响你的世界观……"

从外面进来时他短暂地感到一股暖意，但房间里很冷，托佩尔感到自己的腿僵了。沙发旁边有一个独立的电暖炉，他感觉不到有暖气。房间散发的那种无可救药的感觉更强烈了。一只贴有人造木乙烯基的架子上并不稳当地摆了一台大电视，在无声地播放着一连串迅速切换的画面。

---

① 1953 年，美国政府按照《小企业法》成立了专门促进小企业发展的机构——小企业管理局（SBA）。在美国，小企业通常是指员工人数在 500 人以下或年销售额在 500 万美元以下的企业。

"……现在你得和俄罗斯的加油站竞争。不管怎样，他们得到了一些喘息的机会。国家补贴或者——我不知道——但普京的意思是让我们难堪，我可以打赌。美国公司低价销售。这就是我来这里的原因。如果我从早上六点工作到晚上十点半，这是有帮助的。但你会变老。所以，这是暂时的，就像我说的。我不能永远这样做。但是当我看着我们的国家，我想，会发生什么变化呢？接下来会发生什么？人们精打细算。大零售商亏本销售，垄断市场，把像我这样的人赶出市场。你基本上是被迫偷偷雇人的。我没有做过，但是……这就是为什么人们对外国人的到来感到愤怒。我不反对外国人。我的孩子和一个菲律宾女人生了个孩子。然后他去了加州，离开了她，离开了孩子。现在她要独自抚养这个孩子。一个勤劳善良的女人。我儿子配不上她。所以玛莎说我需要更宽容。但是你怎么决定呢？如果你能原谅一切，我猜就没人会做坏事了。做你喜欢做的。不管是什么，我们原谅，原谅……但那是上帝的工作，不是我的。我是一个父亲。我相信你也是个父亲。你必须在对与错之间划清界限。前几天电视上的一位女士说，如果你的女儿被强奸了怎么办？我有个女儿，也许我会去找那个混蛋，但孩子没做错什么，明白吗？孩子不会继承父母的恶。这是骗人的东西。玛莎说我生气了。说我在以错误的方式发泄我的愤怒，让我冷静下来再去找她。我说，如果我每天吃三次止痛药，也许我就不会那么生气了……但我不觉得这是生气。这不是愤怒，而是担忧。我很忧虑。一直在忧虑。我担心建筑工程会让车辆绕道。担心蒸汽回收装置会坏掉。我甚至很害怕，我不得不承认。我很害怕，因为我是有责任让一切都在掌控之中的人。看看外面，这个世界看起来灰蒙蒙的，正在走向死亡。一个黯淡无光、不再团结的世界。我们过去所谓的美德、责任……"

托佩尔盯着那台电话，在小桌子上的听筒架上，旁边放着一碟烟灰缸，里面满是烟头。晚餐的残渣在盘子里渐渐变硬。一夸脱威士忌放在椅子上。那人跟着托佩尔的目光，朝电话走去，仍然说个不停……

"我不知道发生了什么。我们曾经团结一致,你知道我的意思吗?我们互相照顾。上帝、家庭、国家。随着这条线起起伏伏。但它已经分裂了。过去一个男人只要工作够好,够努力,他就可以赚到足够的钱养家糊口。但现在各地工人的工资都在下降。很多人失业了。政府向剩下的人征税,为失业的人和非法移民的孩子买单……我告诉你,这个国家将有一场革命。政府想要我们的枪不是偶然的。一场革命即将来临。总有一天人们会受够的。当政府来拿走他们的钱和枪,告诉他们该如何抚养孩子,跟谁结婚——哦,他们会站成一排,肩并肩守在城镇的边缘,不是要打架,而是武装,武装起来——他们会说:'先生们,这是我们的国家。这是我们的社区,我们的土地,现在请离开我们。'这些事够多的了,有足够多的人在足够多的地方站出来,也许事情就会发生变化。也许这就是爱国者的血统。我不知道。浇灌自由之树。也许事情会变得很糟糕。但不公正不会持续。它无法持续。不公正的法律,人们不再遵守。这就是历史。我要保护我的家人直到最后一口气,我的孩子,我的加油站——用我手中的猎枪。一定有数百万像我这样的人。我会捍卫属于我的东西,别以为我做不出来。如果我们忍饥挨饿,如果我们忍饥挨饿,我会毫不犹豫地把你吃掉。别以为我做不出来。"

那人的眼神狂野而孤独。托佩尔伸出手去拿电话。"让我们一起祈祷,事情不要发展到这个地步。"他说。

GRANTA

纪念维斯盖特

萨娜·克拉西科夫

萨娜·克拉西科夫
Sana Krasikov

1979

出生于乌克兰,在格鲁吉亚和美国长大。她凭借短篇故事集《又一年》入选美国国家图书基金会评选的"五位三十五岁以下作家奖"。该书也入围2009笔会/海明威奖和纽约公共图书馆奖决选名单。她最新的小说是《爱国者》。

陆剑　译

"你怎么能在那种地方写作？"去年有位朋友问我这个问题，那时我正努力把书写完。我俩都是内罗毕的侨民。她说的那个地方是指维斯盖特购物中心（每个人都简称它为"维斯盖特"）的艺术咖啡馆。

"那里无线网不错。"我记得自己是这么回答她的。（这倒不是说谎：我们家可能几天都没网络信号，我丈夫不得不爬上屋顶装上昂贵的海事卫星电话，那是他老板借给他的。）不过我真正相信却没说出口的是：事不过二。倒霉的事不会老发生在一个人身上。

朋友和我已经在肯尼亚住了很长时间，依旧对2013年9月索马里青年党在这家购物中心制造的恐怖袭击事件记忆犹新。袭击发生前九个月，我刚在维斯盖特附近租了个房子，驱车片刻就能抵达购物中心。对外国人来说，爱上内罗毕并不难——这里有洛杉矶的天气、便宜的儿童托管服务、由创业者和艺术家融合而成的大都市文化，其中很多人出生在肯尼亚、在美国或英国接受教育，在发达国家经济停滞不前的背景下，学成回国充分开发和利用非洲市场。每户人家的房子（除了贫民窟的那些人以外）都隐现在水泥墙背后。对我来说，适应环境只是时间问题。一直到我母亲来访，对那些难看的铁丝网和水泥墙上的碎玻璃评头论足时，我才意识到自己的眼睛不知怎么已经学会欣赏这个城市的绿化而自动把这些细节用喷笔修去。

袭击发生的那天早上，我没有像平时那样安排，而是陪一位作家朋友去非洲作家的宽尼文学节。坐在观众席上，痴迷于智能手机的肯尼亚千禧一代让我恼火，作为求知欲更强的外国人，我举手向泰如·科尔提出很多发人深省的问题。显然,只有发言人和我没有意识到外面发生了什么。

那天下午我原本打算带儿子去参加一个生日聚会。前一天晚上我还去维斯盖特买了件生日礼物。我的邻居普尼在时间把握上的运气就没那么好了。我们两家的孩子是玩伴,都要去参加这场生日宴。那天早上普尼去了维斯盖特三楼的玩具店(我本来也可能在那儿)。听到最初几声枪响的时候,她正在收银台前结账。她逃到顶楼,看到一场刚才还在进行的儿童烹饪大赛的残留的现场。现场一片狼藉,横七竖八的尸体,被打翻的食材散落一地,她蜷缩在折叠桌下面帮助一位受伤的孕妇。恐怖团伙中的一员很快折回现场、发现了他们。普尼后来说:这个恐怖分子很年轻、很帅,就像在健身房举重的运动男孩。他直视普尼,笑了笑,举起枪——射中了她头顶的酸奶盒子,随后狞笑着扬长而去。是他失手了,还是故意没射中她?普尼脸上淌着酸奶,设法用止血带绑住同伴的腿,再翻过一堵墙逃跑,却发现被还未对外开放的商场后面的一条水泥路困住了。过了好几个小时她才获救。至少我印象中她的事迹是这样的。在随后几周内我又听闻了十几个绝地求生的故事。在我看来,随机进行的谋杀也是经过设计的——恐怖分子想要目击者虎口脱险死里逃生,去记住他们,去助长他们恶魔般的传说。

不过我脑海中的画面不是我的,而是别人的。我清楚这点。我也知道这就是我还留在这座城市的原因——事后普尼申请调离,几个月后就举家搬走了。

之后两年,我努力把书写完,抚养老大,生下老二,协助丈夫运转全国公共广播电台新设置的记者站。每周好几次,我需要去杂货店采买或去看医生的时候,都会开车经过维斯盖特纵火后的躯壳。我看到了脚手架,只有寥寥几个建筑工人。一部分的我根本不相信购物中心会重新开张。在经历了这一切之后——爬来爬去寻找掩护的人,困在货架间动弹不得的一家人（更糟的，是那些和家人被拆散的人），大孩子们努力安抚年龄较小的孩子，用瓶装水让他们保持安静，它还怎么可能对外开放。错误百出的营救行动，紧随其后的军队扫荡，牵强附会的谎言和媒体报道。我们从美国拿到闭路监控系统的DVD（内罗毕禁止该DVD的传播）——DVD很快在我们肯尼亚的朋友圈中流转，他们觉得这可以证实他们的阴谋论。我只看了几分钟，两个年轻的恐怖分子大摇大摆地走过我熟悉的商店门面，随意挎着来复枪指来指去，就像服了镇定剂一样放松，可能他们确实嗑药了，后来我就把DVD给关了。

不过那天我将车停了下来。维斯盖特的玻璃门得意扬扬地大开着。身着坎加短裙、戴着头巾①的妇女们正把钱包放在干净锃亮的金属探测器的传送带上。大理石楼梯平台上站岗的不再是骨瘦如柴、疲惫不堪的肯尼亚男人，而是高大粗壮、穿着便服，对着耳机说话的以色列人。

迎接我的是一处波光粼粼的泉池，我就像平行走入了一片死后的白光中，很多购物中心都有这种光。一切看起来都和以前一样，只不过变得更漂亮了。我深深吸气，继续前行。我是来给小女儿买隔尿垫的。我从艺术咖啡馆经过，我曾在这里和友人吃过帕尼尼三明治，就着美式咖啡修改文章。也是在这里，人们把钱包和护照从包里掏出来扔掉，这样就算他们被恐怖分子发现的话，他们的国籍可能依然是个谜。

咖啡馆的热闹让我震惊。一群肯尼亚和中国商人在两张拼凑而成的桌子上开会；婴儿的哭喊声让我的乳房痛苦地饱胀起来；一个操着丹麦口音的女人在和一位肯尼亚求职者讨论获得基金会资金的重重困难；穿黑色牛仔裤的服务员，和同伴有商有量，将一杯杯有树叶拉花的卡布奇诺咖啡端上桌。我坐下来点了杯咖啡。

没过多久我就固定每周来好几次。现在女儿睡在被我拿来当办公室

---

① Hijab，也译希贾布，一些穆斯林女性所戴的盖头、头巾。

的闲置房间里。我嚼着胡萝卜和鹰嘴豆泥浏览我的编辑的批注。一个叫文森特的男孩给我的咖啡续杯。这个有礼貌的男孩总让我坐在楼上的位子——一个远离音乐、靠近厕所的洞穴般的角落(我如厕的确很频繁)。我说服自己,要是恐怖分子从前门闯入,我可以逃进厕所把自己封锁起来。我在脑海中反复排演这样的场景:是离出口近比较好?还是在某个没有出口的餐馆半隐蔽的角落比较好?我会被困在某个死角吗?要是遇到正在逃避袭击者拼命敲门的人怎么办?我当然会把门打开!可我怎么抵挡那穿透胶合板门的一阵阵弹雨呢?马桶上方有只金属花瓶(或者只是漆成银色的瓷器?)。花瓶够不够坚固,能不能抵挡标准来复枪的火力攻击?

不在厕所时,我就坐在附近的桌边,尽力完成我的小说——一个美国女人设法与家人逃离共产主义时代俄国的故事。实际上,我脑海中的每个逃亡场景都牵涉到手拿仿金属花瓶蹲在公共马桶上这一幕。

"你怎么能在那种地方写作?"我后知后觉地想到朋友问题的关注点不在其中的风险上。她的问题不是:难道你不害怕吗?而是难道你不觉得羞耻吗?我问她是不是这样,她承认并阐明:如果她有亲人在袭击事件中丧生或受伤,她绝不愿见到顾客们在这个地方逛来逛去,就像这里不曾是犯罪现场一样。我试图说点什么反驳她,比如要是我们纵容自己被恐怖分子吓倒了,那就等于让他们赢了,不过我知道自己只是在照搬老一套的庆祝我们作为消费者的政治措辞。我记得肯雅塔总统在电视上吹嘘购物中心重新开张这天的营业额冲到了历史最高。我一点也不相信这个数额,但数额并不是重点。他的演讲让人联想起"9·11"之后小布什劝我们好好活下去的那番布道。去"购物"吧。

精神受创就是陷于某个时刻无法逃脱,卡在记忆的死循环中动弹不得。袭击事件后的数周甚至数月内,那些发现自己被困在维斯盖特的人坚称袭击者依旧逍遥法外。邻居的侄女——一个十几岁的姑娘曾对着录音带详细描述枪击事件，后来却又央求我们别用那卷录音带，因为她害怕枪手们（其实他们都已经死了）会认出她的声音追杀她。我丈夫在购物中心外面采访过的一个男人某天早上给我们打电话，发誓说他正和谋杀他妻子的凶手坐在同一家酒吧里（我丈夫赶到的时候，那个陌生男子已经被这可怜的鳏夫逼得走投无路。鳏夫向那男人扔石头，而对方根本不明白为什么会受到非难）。很多我们联系不上的人隔几个月后才回电说他们换了电话号码——因为怕被追踪，不是怕被袭击者追踪到，就是怕被肯尼亚政府追踪到——因为他们传播自己对该事件的看法，而他们的版本和官方说法又并不一致，所以政府必定会惩罚他们。

是谁说过没有什么比健康人和病人之间的差距更大的？这种差距同样适用于精神创伤。一天下来我可以收起电脑离开购物中心，然而那天同样在购物中心的某些人的一部分却永远陷在了里面。

那我又在做什么呢？蜷坐在公共厕所马桶上，在头脑中反复重播一幕幕自己幸存的场景，我清楚这些只不过是自己一厢情愿的想法。我同意内罗毕人的看法：和以前相比，现在的购物中心并没有变得更加安全。我无法将这些可怕的幻想和我正在书写的、被历史困住的那些人物的现实分开。我通常不写自己，因而总是在他人生活的边缘徘徊，生活在我不曾经历过的故事中。我的虚构小说取材于真人真事，多年来我一直跟踪一个真实的女人的生活轨迹，在一大堆脆弱的线索中一点点挖掘。让我着迷的是不是别人经历的苦难，或者说这种经历的必然性？

我环顾四周，咖啡馆里现在都是新面孔，新来的儿童，新来的成人，他们根本不记得什么老维斯盖特。这也说得通：九月迎来了一大批新人。这就是国际化城市的本质，作为暂住者的活动中心，它们让遗忘变成可能。

我开始在购物中心四处走动，寻找纪念袭击事件遇难者的铭牌。一块都没有。没有被刻进黄铜的日期。没有被框起来的弹孔。后来我了解到，在城市边缘的卡鲁拉森林阿玛尼公园里竖起了一块纪念牌。这有点像把"9·11"事件遇难者的铭牌立在布朗克斯的纽约植物园里一样。我知道和美国不同，肯尼亚公众的愤怒情绪无法对利益集团产生巨大的制约力。但即便如此，为什么要一而再，再而三地选择性删除呢？也许有什么东西在文化翻译中丢失了。看上去如此必要又如此不合宜的急功近利的遗忘究竟是怎么回事呢？

我第一次认出我以前的验光师。那是个周五。他穿了种齐踝长的白色长袍、戴了顶祈祷帽。我以前没见过他。眼镜店外"即将开业"的标志已经挂了好几个月，现在他终于回来了，显然是重操旧业。我想进去问问袭击那天上午他是不是在场。如果在场，他是怎么逃脱的？他能用阿拉伯语祷告是否让他免遭狂暴恐怖分子的攻击，幸免于难？不过我还是走开了。

我知道要是换成我母亲，她极有可能已经走进去当面问他这些问题了。我母亲总是理所当然地问别人一些很私人的问题，一些看起来他们并不介意的问题。我把这种能力归结于她三十出头时曾在第比利斯街头被人一刀捅进了心脏。她的康复过程很痛苦，简直是个奇迹。这件事导致她总是不停地为我的安全担惊受怕，并毫不顾忌侵入他人私密的创伤。现在想来，她并没有像我一样对这种精神创伤产生任何情感共鸣。她一直站在那种必然性的另一边。

我思考埃德蒙·柏克关于"崇高"的理论和"消极痛苦"——从恐惧、害怕、痛苦中获得的强烈快感。莱斯莉·贾米森在她那本《同情心检查》中把它称为"对害怕的感觉——伴随着一种安全感以及将目光移向别处的能力，这种意念能够产生快乐的情绪"。我很想知道对没有亲身经验的我们来说，理解那些可怕的、无法想象的事物的唯一途径，是不是沿着必然性的轮廓摸索，摸索其负空间的界限。

我脑海中的画面是别人的回忆，不是我自己的。不过我的确有一段无法忘却的回忆。袭击事件发生第二天，我在游乐场看见普尼。她正和五个月大的女儿在一起，抱着小婴儿让她在大蹦床上蹦蹦跳跳。因为普尼工作很忙，她的女儿一直由保姆照看。那天她没去上班。她对我笑了笑，转头牵住女儿的小手。小女孩在晃荡不停的蹦床上努力保持平衡。她站起来又摔下去，站起来又摔下去，每次都咯咯直笑。普尼的脸赤裸裸地映出那样的笑声：我从未见过任何人看起来如此欣喜，除了自己的快乐对其他一切视而不见。她在哪里呢？还在一次次地穿越那条界限、又一次次折回来吗？

答案

凯瑟琳·莱西

凯瑟琳·莱西
Catherine Lacey
1985

凯瑟琳·莱西著有《没有谁真正遗失》，2016年获怀丁作家奖、入围纽约公共图书馆幼狮小说奖，小说已被翻译成法语、意大利语、西班牙语、荷兰语和德语。她的第二本小说《答案》于2017年6月出版，本篇即为这本小说的节选。她的第一部短篇小说集《美国的一些州》即将出版。她出生于密西西比，目前生活在芝加哥。

朱狄旎娜　译

1

我已别无选择。这就是这些事情通常发生的方式，一个人到末了把所有希望都寄托在素不相识的人身上，希求无论陌生人对她做什么都符合她的期待。

长久以来，我都是被动接受别人行为的人；可长久以来，没有人按照正确的方式对待我。不过，我已经跑到了自己的前头。有人告诉我，我的问题之一就是太超前。于是，我试图放慢脚步，像埃德过去那样耐心、平和地对待自己。不过，这当然还是行不通，我到底不是埃德。

有些事只能别人来做。

元气自适应理疗，即气动疗法——埃德帮别人做的治疗——需要有一个人熟习，而另一个人（在这个案例中，是我）只是躺在那里，不需要了解气动的知识。确切地说，我仍旧不知道元气自适应理疗究竟是什么，只是我的病有了（抑或看起来有了）起色。在治疗过程中，埃德的双手偶尔悬停在我的身体上，嘴里单调而有节奏地吟诵或哼唱，或索性默然不语。他大约是在挪移或重组或疗愈我体内隐匿的某部分。他把石头和水晶放在我的脸上、腿上，间或以令人痛并快乐着的方式按压或转动我身体的一些部位。虽然我不解它如何能够祛除我体内各种疾病的，但症状的缓解令我无可置辩。

有一年，我浑身不得劲，但又说不清是什么病。但在埃德给我只做了一次治疗之后，让我差点忘了自己是血肉之躯，虽然九十分钟的治疗过程中他几乎没怎么触摸过我。不为肉身所役,是多么的奢侈。

是钱德拉推荐我接受气动疗法的,她称其为能量体的风水阵,抵御负面情绪的游击战。尽管我有时对钱德拉关于情绪的言论持怀疑态度,这一次我得相信她。我病得太久了,近乎失去了康复的信念,我害怕一旦这种信念彻底消亡,会有什么不好的东西将其取而代之。

从技术层面来讲,钱德拉解释道,气动疗法是一种神经生理-气的身心能量疗法,一种相对冷门的疗法。可以说是前沿领域中的边缘地带,也可以说是边缘领域中的边缘地带,这取决于你问的是谁。

问题往往都是看不见的。问题就是钱。

最少也得三十五节课,才能完成一组气动疗程。每节二百二十五美元,这意味着整套治疗的花费相当于我那间采光欠佳又不很规整的单间半年的租金,我在这儿住了多年(不是因为房子合我心意——我讨厌它——而是因为人人都说我真是捡到个大便宜,放手可惜了)。虽然旅行社给的工资还算不错,但每个月的信用卡最低还款额、学生贷款,加上去年出现的大笔医疗账单,使得我每月的账户余额只剩几美分,甚至入不敷出。而负债似乎总是在增长。

一个阴郁的清晨,我饥肠辘辘、身无分文。早餐对付着吃了厨房里仅剩的那点东西(刚刚过期的鳀鱼拌着一小罐番茄酱)。晚饭我就靠念玛哈曼陀罗对付,将鞋靴和骄傲留在门口,虔心颂赞克里希纳(就我所知,这位神祇是食堂级别素食之神和狂热唱诵之神)。在第四次还是第五次"爱筵"期间,我用白色油脂在前额涂抹了提拉克[①],意大利面仿佛活物径自在金属盘子里扭摆着。那时我便知道纵然是克里希纳无尽的爱也不能让我快心满意——无论我多么食不充饥、穷愁潦倒、仓皇无措。直到几天后,我在一家保健食品商店的公告栏上看到了一则"有偿体验"的广告,回应这则广告似乎是我唯一的出路了。不知怎的,舍却生

---

① 提拉克(Tilaka),印度男女点在额头的小红点,据称位于身体最重要的眉间脉轮上。

命中的渣滓也许恰恰是得到人生转机的方便法门。

一整年，我过的不知是什么日子，有的只是各种症状。起初是常见的那些——顽固性头痛、背痛、胃肠道经常不适——可是数月之后，我的症状愈发离奇。口干舌麻。周身皮疹。我的双腿经常发麻，我会在办公室、浴室，还是 M5 公交车的一个站点突然动弹不得。某一天，我一觉醒来，不知怎的一根肋骨断了。我身上出现奇怪的小疙瘩，时隐时现，像是池塘里的乌龟脑袋，时而探出来时而缩回去。一晚上只能睡三四个小时，于是在我不用去见医生的日子里，我试着利用午餐时间头靠在桌上小憩一会。我避开镜子和别人的目光。我不再为一周后的事打算。

验血，然后是进一步的验血、CAT 扫描和活检。七位专家、三位妇科学家、五位全科医生、一位精神科医生和一位咸猪手的按摩技士。钱德拉带我去看了一位著名针灸医生、一位灵疗师，还有一个在唐人街鱼贩的后间卖各种刺鼻臭药粉的家伙。随之而来的是检查、随访、呕吐，余不一一。

这不过是压力，有人说，这些都是我想出来的，但他们不能排除恶性肿瘤、罕见的自身免疫病、精神干扰、单纯性神经官能症的可能性——别太担心——不要去想它就是了。

一位医生说，那只是你的皮囊，叹一口气，随后拍拍我的肩，好像我俩都明白这句说笑似的。

可是我不想要一句无关痛痒的俏皮话。我要的是一个解释。我在掌纹店和灵媒铺之间迟疑未决。我让钱德拉为我占卜了几次塔罗牌，然而每次都是坏消息——宝剑、匕首、恶魔、死神。我是新手，她说。尽管我知道她不是。我把痉挛的双腿抱在胸前，下巴贴着膝盖，如同孩子一般，在所有这些未知面前显得如此渺小。

好几次我差点要祈祷，但一切的一切似乎都没有答案，我不想要另一种形式的静默。

人们会把这解释为基因在作祟，抑或错误选择的后果，但这可能仅仅是厄运的沉重一击——毫无意义，或者是该死的因果报应——从某种角度来说是我应得的。我父母会说这恰恰正是上帝的安排，但对于他们来说，当然，一切都是上帝的安排。人们想如何解释灾祸并不重要——这是我现在学到的。当不幸发生了，追究哪个混蛋的责任并不重要。

2

有那么五年，我曾有过属于自己的生活。

我的童年谈不上是属于我的——也许那是默尔[①]的生活，但不是我的。我和克拉拉阿姨住在一起的时候，谈不上是真正的生活，而更像是康复治疗。大学求学时期就更谈不上是生活了，勉强算是酝酿期，为即将到来的这段生活进行的长达四年的预备和训练。

属于我的生活是从我们的飞机起飞那一刻开始的。飞机冲上云霄，我倚在钱德拉的肩上，尽量压低声音哭泣。空乘走过来时，钱德拉要了一杯热水，往里面投了她自带的茶包。飞机颠簸时，她稳当地端着茶水，待到水温适宜入口了才递给我喝。她阅历丰富，应付裕如。钱德拉展开她那厚重的披肩，把我俩裹在一起，不消一会儿我就倚在她的肩上睡着了。飞机在伦敦降落时我们醒了过来，睡梦中我们手握手。几分钟后，她领我穿过希思罗机场，一个她早就熟悉的地方。倒不是说她像我的母亲，不过就某种意义而言，我仍旧是她的孩子。

不晓得那次是她的多少次旅行了，尽管那是我的第一次旅行，而且还是她父母维维安和奥利弗送给我的毕业礼物。钱德拉管他们叫维维和奥利。我大部分的假期，甚至有时候周末，都待在他们在蒙托克的

[①] 我的父亲。

家。我的整个大学时期都是如此,那时我没有什么可去的地方。那个家里摆满了他们并不在意的矜贵东西——带着瑕疵的古董、被遗忘的小玩意儿、一摞摞刮花的CD。沙发垫中间,或者厨房里那些扔得到处都是、从外国带回来的糖果之间,都能找到乱放的二十美元的钞票。在餐桌上,她的家人嘴里塞得满满的,大声讲着话,钱德拉与她父母热络地讨论着书籍和艺术。大家伙儿说着笑话,被彼此逗得乐不可支,虽然我不明白有什么好笑的地方,我还是附和着大笑。我们都喝了酒,尽管那时我才十九岁,一大匙的酒就能叫我陶然若醉、昏昏欲睡。

正是维维和奥利给的这张为期两个月的环球旅行票,让我开启了我多年强迫性的旅行生涯。我见过加拉帕戈斯的鸟雀、日本的樱花、埃及的金字塔、罗马的殉道者墓窟、缅甸的蛇庙,还有新西兰那片神秘的绿湖。我爱上了出发,即便是凌晨五点的航班,寂静无声的地铁颠簸着驶入静谧绚烂的清晨。黎明前的机场满是没精打采的人们。我在哪儿曾读到过,旅行教会你的第一桩事就是你不存在——我不想失去这种不存在感。

而我家中的账单越积越高。不断有陌生人打来电话催债,还恶语相加。我收到措辞严谨的来信,信里用大号粗体标注着数字,每一封里的数字都比上一封高。另一些信里则是新的信用卡、新的出路、新的旅程。我不再好奇下一站我将会去哪儿,而是想知道如果我再也不回来了会是怎样。但我每次都还是回来了。每每飞机撞上柏油碎石跑道,便会激起这糟糕的感觉,方才的旅程并未发生过,我为了一段我已经想不起来的记忆花了几百美元。

最先开始的是背痛,看似无伤大体(难道不是所有人都会背痛吗?),尽管当时我才约莫二十五六岁。我把责任归咎于坑洼不平的青旅床铺;再就是,明知身体条件不允许还继续旅行。虽然在一次剧烈的肌肉痉挛发作之后,我已不再冒进。那次我在亚伯塔斯曼国家公园的步道上被困了一个小时,直到一群来自日本的徒步旅行者把我抬出去。

几个月之后，在抵抗胃病最初侵扰的同时，头痛开始了。伴随头痛而来的是周身疼痛，这阵阵剧痛似乎由内而外将我撕裂。我体内孕育着这疼痛，漫无止境的生产之痛，只是消减却不见消退。我不得不停止旅行，把所有的时间和金钱都花在重获新生上——转诊、约诊、无法确诊、进一步的转诊、账单。那些曾经看起来那么和气的前台给我打了一通通措辞严厉的电话——什么时候付钱，怎么付，是否意识到拖欠账单会产生罚息？还有，更多的电话来自讨债人，有三四个讨债的来着。他们问我是否知道自己欠了多少，有的则直截了当地通知我欠了多少，通常比我料想的要多，多得多。他们告诉我，和有些人以为的相反，债务也会让人坐牢。我表示这很出人意料，他们告诉我大可不必感到意外。这是盗窃，一种盗窃，其中一个讨债人说，我没接话。我有没有担心自己的信用评分，有没有为将来打算，买房置业、退休生活、赡养家人，我立马不客气地说，不，我没有想过，我从来没有想过。

唔，也许你该想想了，他说。

我有时纳闷为什么自己会去接那电话，我想我一直希望那会是别的什么人的来电，另一种生活的召唤。有个讨债人语速飞快，听他说话的时候，我的后脑勺仿佛冒出缕缕热气；而另一个讨债人绵言细语，我觉得自己在不断下沉行将溺毙，周遭的空气愈发重浊，我只消一呼吸就会被往下拽。有可能——虽然我知道这是傻话——身体曾是我唯一实实在在拥有的，可现在我对自己身体的控制权不知怎的被收回了。

有一阵子，钱德拉的日夜守护可能是唯一阻止我彻底失去理智甚至送命的原因了，回望那一年——大多数时候我都会在夜里醒来，喘不过气来，好几个小时我就躺在那儿，嘴巴像怪兽状滴水嘴一样大张着——好啦，我不愿去想如果没有她在一旁照顾我、阻止我放弃自己，我会变成什么样子。（不是说我想自寻短见——我从来没有那种胆量——但有时这痛苦是如此深不可测、如此巨大，我惶惑自己会不会在无意中杀了自己。）

当钱德拉建议通过气动疗法来解决所有病痛，而要接受气动疗法意味着我必须再打一份工时，我孤注一掷——随时准备不惜一切代价换取解脱，不管这得花多少钱，也不管这看起来有多荒谬。钱德拉成了疾病和健康方面的专家，也算久病成医。两年前，她就站在街角，被一辆急驰而过的城巴狠狠地撞了一下，那以后她便靠和解赔偿金度日，把时间都花在彻底的自我疗愈上：撞断的腿、扭伤的手腕、皮开血流的脸、对路缘的恐惧，还有之前就存在的那些——焦虑、咖啡因依赖、花粉过敏、自我诊断的慢性念珠菌感染、幻觉、挫败感、承诺，还有信任的问题，她所有的创伤以及遗留的各种习惯。她有一位草药师、一位灵气大师、一位罗尔夫按摩治疗师、一位语言治疗师、一位动作治疗师、一位艺术治疗师，还有一位治疗师。

静修和朝山让她在这座城市进进出出的，但她一直寄来明信片。我把它们放在钱包里，当我坐在又一间候诊室里，抱紧着将我折磨死去活来的肉身，每每此际我便注视着明信片上的海洋和寺庙，希望能够借此获得一丝宁静。她先是大力推崇死藤水，然后不是在说漂浮舱或亚甲基双氧苯丙胺，就是在说麦草、碱化身体，要不就是在说某位古鲁大师。每一天，据她说，她都蜕去一层什么，离她的自性更近一步。她说，这是她有生以来第一次感到内心充盈，虽然我羡慕她，但那个愤世嫉俗的我不禁疑惑，充盈了什么？

她在城里的时候，每周都会给我带来一大堆药——药草、粉剂、各种油，还有我只能按滴服用的苦味酊。她点燃鼠尾草，吟诵，冥想，有时候——尽管这总是使我感到尴尬——她会敲打一面小锣，要不然就是吹奏一支木笛。我从来不知道眼睛该往哪儿看，是该压抑还是释放想大笑的冲动——便是我的局促不安也使我感到尴尬——为什么我就不能和她一起吟诵，与她的那支笛子或那面小锣和睦相处呢？我很幸运，在任何时候她都在那儿，我知道至少有一个人想帮助我不是因为责任，而是因为她只是想看到我痊愈。

她从巴厘岛回来那天,也没预先通知,就突然出现在我的门口。她容光焕发,晒得全身棕褐色,身裹白麻布罩袍。

我知道你很痛苦,她说。

没有提问就言之凿凿。任谁嘴里冒出这话儿我都会觉得突兀,但她总是最懂我。她滋悠淡定地穿过我的公寓,迷人又神秘,仿佛除了自我、他人还有世界的缓慢净化她对其他任何事都不关心。她在我的烤箱、闹钟和电话上一一盖上罩布,朝着四正方位喃喃地念诵咒语。她将一张圆形挂毯铺在我起居室裂开的硬木地板上,然后安坐下来摆出优美的冥想姿势。我试图模仿她,但我的膝盖太僵硬,抽筋的脚使我很难保持静止,所以我放弃了,把自己摊平成海星状。

我已经把大部分家具作二手卖了,用来付租,所以早就习惯了躺在光地板上无所事事。她在这儿的时候,我管这叫冥想,但我总是昏昏沉沉,身体劳倦得不行。当我这会儿醒来,发现钱德拉正垂视着我。四目相对,我观察到她脸上细微的变化,是那种我无法解释,却能感觉到的变化。十二年的友谊使我们之间的沉默变得柔和而轻松,尽管不仅仅是时间造就了这亲密。不知怎么的,它从一开始就在那儿,这种不可思议的亲密,就像器官一样与生俱来。方才躺在地板上,我能感觉到我们的情意的分量,眼泪夺目而出。她是我的全部了。

你还在吃那些药用的鱼油吗?

我点点头。她蹲下来,抹去了我脸上的泪水,理了理我的头发。

天竺葵-大麻籽粉呢?

就着粥服用,像你告诉我的那样。

那好吧,让我们试着来让你增点重。

她把目光从我瘦削的身子上移开。我已经好久都没什么胃口了,一同消失的是我身上所有柔软的部分。

起初,所有的同事都想当然地认为我在练瑜伽,都大为赞赏。他们说我看起来不错,很健康,还向我打听坚持下去的秘诀,管我要健康食谱。但很快，他们就说我不该再减重了。不是说我现在这样正好；就是说我一定是练得过了；要不就是说我需要增肌增重，多吃红肉、花生酱、全脂草饲奶制品。有人郑重其事地把自己的甲状腺疾病专家推荐给我，梅格建议我去看催眠师来治疗饮食紊乱，我告诉梅格我并没有饮食紊乱只是生病罢了之后，她只是说，我知道。

后来，我午间去看医生的事传开了，大家再跟我说起话来便绝口不提我的身体。乔·内文斯是例外，那次我们正在说一张丢失的发票，他打断了我们的谈话，说起我的脸色有些异样。我问他那话是什么意思，他不肯说也没有说。

就是有些异样，接着他又说回发票的事了。

有时，我都习惯了这副充满问题的皮囊，因为拥有一个身体不等于你就拥有一个能正常工作的身体。拥有一个身体不意味着你有任何特权。

你会好的，钱德拉一边说，一边打开包裹取出她给我带来的新药草和药根。这病痛正是你的导师。

这就是她眼中的世界，万物流转，生发有序，我们的问题都是自己在潜意识中制造出来的，癌症每每都是我们自找的，每次受伤往往都是果报。我不确定自己是否有勇气相信这个说法，如果我相信，如果我真的接受了发生在我身上的一切都是咎由自取，我不确定是否能够原谅自己。但这样思考似乎使她平静下来。如果她的痛苦是她自找的，那么所有福报自然也是她应得的。

我本可以像她那样欣然接受这套说法。我憎恶病痛、竭力抗争、怨艾愤恨，我甚至渐渐开始害怕舒坦的感觉——消停了的胃，放松了的背，安然睡到天亮，或者一整天没掉眼泪。就连钱德拉的照拂也使我忐忑。如果这照料消失了将会怎样？如果她就此放弃，不再来探望我又会怎样？

她的热心照顾，就好像我们是血亲，或者相知有素，叫我受宠若惊。我只是一个随机出现在她生活中的人、她分配到的大学室友，自小在家接受教育的半是孤儿的人，我来自的那个州教育尚不十分普及，但她仍然费时数小时帮我看那些我不明白的经济补助和学生贷款文件，她牺牲睡眠来听我辨析我应该主修哪门课及其利弊——宗教、哲学、历史，抑或英语——尽管她从一开始就拿定主意主修舞台艺术，辅修市场营销。最重要的是，她为我解构了这个世界，为我解释了那些闻所未闻的流行文化，让我可以回避为什么活到十八岁却从未听说过迈克尔·杰克逊这样的问题。我将之归咎于在家接受教育，或者直接说，因为我们穷。（她似乎被那个字吓着了：穷。）当我提到曾经有一段时间，我是由阿姨抚养的，这个细节把她所有的疑问都堵了回去。像她这样的人是不会由阿姨抚养的。

在钱德拉和我做完冥想之后，或者更确切地说，是在她做完冥想，而我不知在地板上干了些什么之后，她给我端来一瓢乌拉圭茶，一份蔬菜色拉佐以据她说不含过敏原、符合严格素膳标准的自制南瓜籽泥，一边向我的灵魂深处传递正能量。南瓜籽泥尝起来有股草味，堵在我的胃里。

南瓜籽会吸收毒素，她说道，一边像在望别人侧方停车一样望着我吃这些东西。我坐在那儿往自个儿的肚子里填着南瓜籽，而我想象着那些南瓜籽也吸收了我的毒素。钱德拉为我的两手把脉并检查了我的舌头。她闭目片刻，随后跟我说她的灵魂向导方才开示，着她劝我务必尽快让她的气动治疗师埃德来帮我完成一整套气动疗程。这与前世或来生有着某种关联，或许甚至也许与某种程度上埃德与我在当下生活的异度空间有关。她是那么坚定，仿佛她的灵魂向导是真实、有血有肉的一拨人。

气动疗法改变了我的生活，她说，打开的不仅是一扇门……而是……整个屋子的门都打开了？它也会改变你。我的灵魂向导从未如此清晰。这就是你的未来。你只需要接受它。

我一直对钱德拉口中那些灵魂向导的开示持怀疑态度,因为他们似乎总是对她有着她还无法向我解释的种种安排。她曾告诉过我,他们为她准备了如恒河沙数的名望和财富。她遭遇的事故是为了夯实那将来的无上尊荣,她最终会有属于自己的脱口秀。

我都不知道你想拥有属于自己的脱口秀,我告诉她,但她只是笑笑。

不是我想要什么。命运总是超乎想象。

我愿意相信她可能真的对命运有所领悟,或拥有洞悉未来的能力,因为她似乎笃信命理,又那么信赖我。但我不愿推开她而去相信生活的密码其实可以破译,确实存在着一种理想的生活方式云云。

不管怎样,我信靠她。也许有人会说我别无选择只能相信她,也许这是事实。但再有一点就是,我当下才意识到,我爱着她,我以那种清奇、无关占有、肯定的方式爱着她,而这似乎是无数人都向往却又做不到的那种爱人的方式。于是,我用金属吸管吸完剩下的巴拉圭茶,望定钱德拉彻底痊愈、闪耀着灵性光辉的眼睛,问她要了埃德的号码。

GRANTA

光环

本·勒纳

本·勒纳

Ben Lerner

1979

生于堪萨斯州托皮卡。曾获得富布莱特奖学金、古根海姆奖学金、麦克阿瑟基金会奖学金等。著有三部诗集(《利希滕贝格图案》《偏航角》《平均自由程》),两部小说(《离开阿托查小站》《10:04》)。他最近的作品是专论《诗歌的敌意》)。

流畅　译

　　他梦见过的东西开始出现在灌木丛里，来自降落伞烟花①的塑料雕像，被他当成飞镖的一小块生锈、不锋利的圆形锯片，他把它们装在口袋里。他的口袋很大：他一年到头都穿那三条用自己的钱从亨通街的奢普拉斯买来的军事工装裤。沙漠迷彩。要明白，他有超过四百美元，主要是二十美元的钞票。他有一打巴克牌折刀。在放现金和刀子的抽屉里，还有一支克罗斯曼气枪，他时常说那是真枪，有一回还拿它指着小戈尔登，于是大戈尔登在他眼睛上方开了一道口子。年轻的护士给他缝合时他闻到的那股浓烈的椰子味，还有她锁骨上的那条细细的金链子现在也出现在他梦里，这没关系，S医生说，问题是什么时候会反过来。就像啦啦队员在选手上场时举起的那条给他们冲过的写着"托皮卡高中"的纸横幅。他想要的不是真的去参赛，想想他在中学给队员送水的时候。（看他出于纯粹的欢乐在我们的一个跑卫②突破的时候冲向边线。）现在，在睡与醒之间的某个地方，有个圆环举着横幅，人与物从中穿过。

　　他会在盖奇大道的麦当劳里要热水，他会突然发现在面前点餐的是爸爸，乱糟糟的头发里有挡风玻璃的碎片。于是他就会垂着头走出去，骑上他的施温牌自行车，全速冲向韦斯特博罗公园的灌木丛，在那里他可以喘气，把他梦中散落的物品装进口袋里。灌木丛让你感到安全吗？每回提到躲在那里，S医生就会这样问他。要明白，在茂密的忍冬下有

---

① 降落伞烟花，一种燃放后会放出降落伞的烟花。
② 跑卫，在橄榄球运动中持球跑动进攻的球员。

许多通道，为了补充能量，他把一塑料袋小士力架、巧克力棒和一些干肉条浅浅地埋在灌木丛下面，地点不能透露。有没有别的地方像灌木丛一样呢？把这个地方当成像灌木丛一样如何，戴尔？

嗯，他本可以这样做，可每回在一个小时结束之后，S医生就会说，进来吧，艾伯哈特太太，于是戴尔便不得不听他母亲抱怨。最近抱怨的是他如何毁掉了S医生托人帮忙给他在迪隆杂货店安排的那份完美工作。因为先不说文凭了，戴尔还不诚实，不可靠。戴尔得特意放缓呼吸，因为她在开始哭之前，声音会变得非常尖，就像一只动物痛苦的叫声，然后再次低沉下来：我不知道／我还能／忍受多久。他撒谎。我有糖尿病。大晚上还要工作。这时候，戴尔差点就想哭出来，或者把她掐死，但结果只是盯着S医生墙上的小丑画，他看得非常专注，以至于画的颜色都有点变了。你喜欢吗？这是马克·夏加尔的画。

有那个婊子在，这里根本不可能像灌木丛。起初，S医生会说，我们不要说婊子、屁精、X这些词，但自从他开始看到爸爸的后脑勺，就没有这些规矩了。因为要明白，戴尔不是屁精或者X，不管戈尔登、希斯基、卡特或者爸爸怎么说——那时候，他还没有撞车，整个人还没穿过挡风玻璃扎到地上。戴尔不止一次供认自己杀了他，对此，S医生像隔着一段距离读取广告牌上的字一样极其缓慢地说道，不，戴尔，无论如何，你不用对你父亲的死负责。但戴尔在头脑里不停地快速翻转那辆本田，倒回来，又翻过去。在他脑海里，在交警打电话给他们之前，他就已经烦闷地坐在波特温长老会教堂前排的座椅上，在整个礼拜过程中一直冒汗。浆洗过的衣领刮着他刚剃过的脖子。

他从小就在早上喝热水，和他爸妈一起假装自己在喝咖啡，这是你早上的咖啡，戴尔，黑咖啡，不加糖，差不多该去干活了。很少一起笑。这个玩笑假装他是个大人，而现在他十八岁了，是大人了，这就是他在早上干的事，一杯热饮。在麦当劳，他们会免费给你提供热水，虽然很难解释你不想买他们的立顿茶。他不止一回不得不去买那个茶包，然后扔掉。(在盖奇大道,他们基本都二话不说就把热气腾腾的杯子给他,但有一回在21街,有个他可能认识的厨子说让那个白痴滚蛋。)他刚开始在迪隆杂货铺工作的时候,他爸爸还没穿过那条破碎的横幅,戴尔会坐在玻璃墙旁边的一把红色的塑料转椅里,一边透过自己模糊的影子观察车流,一边抿一小口热水,用一把塑料勺子搅拌,再抿一小口。然后他会果断地站起来,他相信其他人能感觉到这种果断。

你去上班,风景会在你穿过它的时候以不同的样子在你的自行车周围组织起来,榆树和银槭会充满敬意地列队让你经过。S医生的朋友斯泰西已经告诉过他哪里可以停放他的自行车——就在边门里边——哪里可以从钩子上取到一件绿色围裙。像这样在背上打结。然后你来问我,我就会告诉你先去给哪条排队的人群帮忙收银。黑色的橡皮传送带缓缓送来了花椰菜冰冻华夫饼沃登面包两升的胡椒博士饮料他要在现金出纳机上登记然后把它们装进加高的纸袋如果有要求就把它们搬到或者用手推车弄到汽车的后备箱或者皮卡车的车厢里。他经常替他认识的人运送食品,他们会和他说话,这不错。蛋和奶单独装在塑料袋里,别问我为什么。把一辆空购物车塞进另一辆购物车的满足感。一小时四美元二十五美分乘以三十,再乘以他计划工作的年数里的许许多多个星期,他没法想象有多少钱。有一件事是确定的:他会买下罗恩·沃尔德伦的那辆银色费耶罗,甚至会让他妈妈用,如果她能遵守某些规矩的话。

但头一月有一大罐东西不知道价格他正在装袋迈克那个屁精就叫他去查价格也就是说先找到通道然后是货架然后是和罐子相符的标签上的数字然后记在心里和手上回来告诉早已把其他东西算好账的迈克,顾客肯定很不耐烦了。斯泰西可从没说过他还得去查价格。在找通道的时候,他已经看到自己回去没法解释写着价格的标签怎么夹在两组相似但又不同的罐头正之间,他仔细瞧的时候,那两组罐头的区别逐渐模糊,那些标签的颜色在转变,他根本无法确定这个价格和那个价格的分界线在哪里。要不是他站在那里的时候那些字母和数字像在人行道上爬动的蚂蚁和在水上漂开的嫩枝，要不是其他顾客开始嘲笑他，他是可以对上那些字的。一身冷汗地站在架子前，他才注意到1995年一整年迪隆杂货铺循环播放的那首曲子。

四年级的时候，格雷纳太太让他朗读《圣诞怪杰》，读吧，我们可以等上一天，哈哈大笑，七年级的时候，斯卡凯尔教练抓住他的面罩，把他摔在地上，因为他笨得像坨屎，耳鸣，草割过的气味。几年后，他坐在一间办公室里，艾伦医生告诉他父亲，想想一个青少年的身体里是一个八九岁的孩子，而他正被卡特讲的给贝基·雷诺兹指交的故事弄得迷迷糊糊，你连指交是什么意思都不知道吧，同样的笑声在篝火旁，噼啪响的奥塞奇橙火星飞溅。只要有谁的嘴角露出一丝嘲讽的扭曲，这些数不胜数的瞬间就会冒出来。

你得逃离那些时刻开始聚集的地方，于是他垂着头走进储藏室，挂起围裙，骑着自行车来到四个街区外的奢普拉斯，远远地坐在后面把一个点50口径的弹药箱锁上又打开，直到斯坦在柜台后面头也不抬地说"停"。斯坦，即便又胖又喘，即便失去了一根大拇指，依然可握起拳头捶你的耳朵像海军陆战队员那样把你杀死，或者用手掌把你的鼻子拍进脑袋里。戴尔有时认为自己已经掌握这些还有别的搏斗技能了，希望自己用不上。同样，戴尔还觉得斯坦讲述的任何经历他都拥有一点，就像一位老师曾经告诉戴尔的，闻一样东西意味着把它的一些微粒吸进你的体内。因此，如果斯坦说到处都有妓女，你几乎不用付钱，只需要在鸡巴上吐口水润滑，那么，戴尔告诉一群在兰多夫球场打篮球的中学生，他干了一个，吐口水在上面，等等，就不觉得是在撒谎。他不用付钱，虽然付得起，我有超过四百美元。只要能够自圆其说，就足够真实，因此他不觉得自己在撒谎，尽管他时常在事后觉得确实撒谎了。一直以来，他母亲总要在别人发现之前要求他承认自己在撒谎。

奢普拉斯既像又不像灌木丛。说像是因为戈登、希斯基或者卡特不会到这儿来找他，斯坦是这儿的老板，他认识戴尔的爸爸。你只要不吵，就可以随便待在这里。说像是因为这地方像灌木丛一样幽暗，戴尔非常熟悉这里，甚至知道锁在柜台后面的古董只是装了子弹的鲁格尔手枪。说不像是因为斯坦的愤怒的微粒会进入他体内。他们都说他们要的是出色的人灵敏的人然后猛砸整支队伍对不对戴尔。我不是种族主义者戴尔可难道他们不是追在他们后面哭着喊要这个吗？斯坦谈兴一起，他的名字就总是混在这些句子里。在上中学一年级之前的那个夏天，他们怂恿他去亲霍莉·齐格勒，赌咒说她想被他亲，只是害羞不敢说，她尖叫、脸红、双手在面前甩动的样子就跟有只蜜蜂落在他过敏的妈妈身上一样。哈哈大笑。在张开的手掌碰到她的脸之前，他就已经生出一股罪恶感了，当那些人的拳头像暴雨一样砸落在他身上，他满嘴污脏的时候，他想说对不起，霍莉，他在幼儿园就认识她了，她住的地方离他只有三个街区。他们不知道自己的血尝起来有多糟，还有割过的草的气味，他们不知道忍住回家去拿把刀或枪或者把他们的车掀翻的念头有多难。当斯坦的愤怒进入他体内的时候，霍莉只是一个妓女，举着圆环让别人跳过去。他好几天都这样想。

　　S医生对自己的工作并不恼火，他没有一点愤怒就是这样。戴尔不止一次怀疑这是不是让S医生成了一个没种的软蛋。我这边没问题，要是觉得对头，我们可以沿着这条路线再试一下。S医生关心的是戴尔至少可能有轻微的幻觉，这跟编故事不是一回事。戴尔，S医生叫道，戴尔，一直到戴尔的视线从那幅画上挪开去面对S医生的眼睛，我的意思是这听起来有点像你看到了一些并不在眼前的东西，像你爸爸。爸爸不会看到并不在眼前的东西，戴尔想，继续看着银色相框里的小丑。虽然在戴尔后来明白其实是醉酒的状态中，他爸爸会咒骂不在眼前的人，用拳头击穿地下室的石膏板墙。或许你是想告诉我，你在想你爸爸，感觉就像他在那里，但其实你知道他不在。如果你觉得看到或者因此听到不存在的东西，戴尔，这或许有用，你可以对自己重复，甚至大声说出来，这不是真的。这不是真的。你不知道这给我认识的其他一些人带来了多大的帮助。

言语伤不了骨头。弹回去粘住你。① 一开始遭受排斥的时候，他们会给他配备回击侮辱的虚弱咒语。需要说出这种话就已经证明这些话是徒劳的，随着他长大，这些话只能招来耻笑。漂亮的反击，戴尔。如果他有时还对自己自言自语这些或者其他一些秘密的话，那只是为了及时放慢或打断他的意志的运转，而且他会在一条高速路或乡间道路给敌人设下陷阱。就像他头脑里有个电子游戏，只不过在彼处发生的会发生在此处。最近依据的是"间谍猎人"，这是白湖商业街的阿拉丁拱廊里戴尔的最爱之一。同样的电子音乐。从上方，他看到一条柏油路垂直地穿过一片朴素的陆地。这个画面非常模糊，戴尔很难说清自己是在描述想象的还是真实的地形。但他可以辨认出一辆银色费耶罗在急速向下冲，那是他的化身，他知道如果按下他头脑里的按钮，那辆车就会在尾部释放出浮油或烟幕。虽然根本说不准希斯基或者卡特或者戈尔登什么时候会遭遇这些模糊而致命的危险，但要明白他们会的，他们会从他们的挡风玻璃飞出去。有一回，在聊完他爸之后，S 医生问戴尔知不知道自己是如何获得这些力量的。戴尔说不知道。

但他知道。那是在奥克利大道的光环幼儿园，当时他四岁，和他的身体一样大。那是个温暖的九月末，天空晴朗无云，他妈妈把他放了下来。好了，亲爱的。戴尔这时不再黏着她或者哭喊，而是走过去和科尔曼太太拥抱，然后静静地用积木搭建塔楼再推倒，等着本和杰森到来。然后他会跟着他们，他们就让他跟着。那天课间，他们在后院的沙坑里，本说他从锁链围栏那里摘了一株有神奇力量的魔草。就像有毒的常春藤、有毒的橡树，或者使大力水手波比变强的菠菜一样，这是一株只要本用双手搓一搓，就能释放出某种力量的魔草。不用吃的。本搓了搓

---

① "言语伤不了骨头"（May break my bones but words）和"弹回去粘住你"（Bounces off me sticks to you）是两句英文谚语的缩略，原话分别为"棍棒和石头会打断我的骨头，但言语永远伤不了我"和"我是橡皮你是胶，你说什么都会弹回去粘住你"。

他摘的绿草,交给杰森,杰森又交给戴尔,把戴尔的手弄得有点脏,戴尔在本的指导下把草埋在沙子里。然后本说你许个愿望,会成真的。戴尔不记得本和杰森许了什么愿望,也不记得他们有没有告诉他,而戴尔一直在想龙卷风,他说他会用他的力量弄一个,然后他们玩了别的游戏。

在那个铺着米黄色地毯的大房间里,十五个刚学会走路的孩子的胸脯在幼儿床里起起伏伏,而角落里的一个便携式立体声收音机则播放着仿真效果很差劲的波浪声。科尔曼太太和助手帕姆在旁边的厨房里准备点心,她们把葡萄切半装在小纸杯里,免得他们噎到。戴尔发现雨落在学校的铝合金屋顶上。他悄悄地爬了起来,把他的玩具兔子抱到窗前,掀开窗帘,看到他觉得越来越低的异常乌黑的云。大风把学校前院里的红橡树的橡子砸在窗上,把他吓坏了。他慢慢才意识到他是在看自己的杰作。他的手已经弄干净了,科尔曼太太在午餐前已经让他去洗手,但这双手好像既过敏又麻木,就像那一回他去摸炉子一样。在肥皂的假柠檬味下还可以闻到魔草的味道。他急忙跑回他的床铺,把印有《花生漫画》人物的床单盖到头上,想让他召唤的风暴停下来。他不停地对他已经忘记名字的兔子说对不起。然后,我们听到警笛响了。

戴尔会帮邻居罗恩·沃尔德伦把东西从车库搬上卡车或者往回搬,主要是工具和旧家具。戴尔你可以帮我吗让他充满了骄傲。科迪·沃尔德伦跟戴尔同龄,他们在一起玩已经是遥远的过去了,科迪过去非常强壮,如今把他当成透明的了。科迪不会在卡特、希斯基或戈尔登那些人面前保护他,但也不会伤害他,从来不会和那些人一起哈哈大笑。无论他本人态度如何,科迪都不会违抗他父亲,后者嘴上没说,却清楚地表明,你不要鸟戴尔。有时候,科迪和戴尔一起在卡车那里装卸东西,戴尔会感到身边有了一个同伴,有短暂的平等和共同目标,"一、二、三、抬"。如果罗恩和科迪在私人车道上投篮,戴尔就会停下来点评,或者下车，帮他们把球扔回去。投一个，戴尔。

周末傍晚，戴尔骑行车经过罗恩家，透过车库黄色的灯光能看到科迪和朋友们、姑娘们在喝酒。有时候，罗恩在那儿抽雪茄，会朝他挥手，但从不叫他过去。如果是夏天，戴尔站在自家院子里，可以透过昆虫的叫声听到广播和笑声。

直到十一月的一个周五，在卸完沉重的装备之后，天都黑下来了，罗恩不顾科迪无声的反对，说留下来喝杯啤酒吧。在车库里，戴尔看到一个装满冰块的橡胶垃圾箱里有个银桶，他看着罗恩把打气筒接上，开始打气。今天是科迪生日，我得快点，他们要喝酒。他给了戴尔一个主要是泡沫的红色塑料杯，然后给自己和科迪也倒上。罗恩指了指一堆折叠椅，戴尔打开其中一把，在小桶旁坐了下来，罗恩则把一些工具挂到挂板的钩子上，而科迪则拿着杯子往里走，我去洗澡了。

为了维持这一不太可能的接纳，戴尔觉得最好的对策就是只在喝酒或者擦掉袖子上的泡沫的时候才动弹，并且把他的堪萨斯皇家棒球帽往下拉，尽可能地遮住眼睛。罗恩在添酒的时候也给戴尔添了，但即便没有酒精，戴尔的激动和兴奋也会给他的血液注入足够的化学物质，使他感觉不到汗衫外面秋天的冷意。仿佛为了标记这一刻似的，戴尔看到在第6街和格林伍德的街灯摇曳着，初雪像飞蛾一样飘动，而不是落下。听到车门砰地关上，卡特希斯基戈尔登那些人的声音正在靠近。罗恩在，所以戴尔没有动。那些人没说什么，但表现得很惊讶，一伙人在和沃尔德伦先生打招呼的时候，朝戴尔露出了难以琢磨的笑容，某人冷冰冰的父亲和科迪握手，后者现在穿着宽松的牛仔裤和专业运动服回来了。罗恩一定是把那一堆红色的塑料杯交给了戴尔，因为他发现只要有谁靠近那个小桶，他就把杯子递给人家。一份工作，这一份是没有价格的。你在桶这里工作啊，戴尔，有人说道，主要是想嘲笑他。

姑娘们出现了，霍莉·齐格勒也在，他绝对不会去看她，所以怎么会知道她穿着黑色牛仔裤和一件红色V领毛衣，头发紧紧地扎起来呢？但她说，嗨，戴尔，若无其事的微笑的嘴唇刚涂过唇膏，他把那摞杯子递给她，她取了一个，谢谢。在 THS 的那两年，加上在他过去的那些学校里，他已经熟悉了车库里几乎所有人的名字，虽然他很少有机会说到这些名字。我给你满上吧，亚力克·欧文说着给他倒满了。高兴点，伙计，搞起来。戴尔的舌头上一股淡啤酒的金属味。

斯坦给他灌输了一堆对说唱音乐以及那些喜爱它的白种黑鬼的愤怒，但戴尔觉得此刻立体声音响传出的声音就像购物车或者弹药箱或者他难得开口说的要很长时间才显得有意义的一句话恰如其分，使他觉得同他的身体相符，这个夜晚的身体。戴尔没有离开椅子，但他把帽檐抬高了一点，他看到在寒冷的车库里，一些姑娘不跳舞的时候，就一边转悠，一边跟着反反复复的节拍微微点头或蹦跳。这在他身上激起的强烈欲望比他之前知道的任何东西更接近于满足。戴尔在那间车库里，在那把椅子里，上个世纪，他的快乐。所有的目光都在我身上，音乐这么唱道。

接着，希斯基递烟给他，嘿，伙计，怎么啦。戈尔登也在，对去年夏天的事没有什么不快。戴维斯点点头。戴尔知道要保持警惕，但是当那个叫劳拉的姑娘说让我看看你的头发，然后摘下了他的帽子，把涂了红色指甲油的手指穿过至少是掠过那团最近既没洗也没剪的黑发的时候，他被纯粹的感觉吞没了，根本没去注意此起彼伏的笑声。这不是真的。其他人开始和他攀谈，这双漂亮的靴子是在哪儿买的？那是丘疹还是挫伤？你还在练武术吗？你应该多跟我们出来，戴尔。啊，我们厌倦了这个毕业班的屁眼。只要别人笑，他就跟着笑，不停地喝下他们给他重新倒满的酒。

因为酒精和对一切难以置信的缘故，戴尔的意识对现实的接收越来越延迟，当他们把戴尔哄进一辆吉普切诺基的后座，他老是差点翻倒的时候，他才意识到派对已经结束了，希斯基开车，劳拉坐在副驾座上查看她的淡味万宝路的樱桃爆珠，戴维斯和他在后座，拿出一瓶疯狗鸡尾酒，希斯基所谓的低音系统在戴尔的胸腔震动，所有的目光都在我身上。好像是希斯基打开天窗散掉烟雾的时候呼呼灌进来的冷风让戴尔意识到他们在 70 号州际公路上，他们已经来到将近二十英里外的克林顿湖边，主要是一些高年级的学生围在一堆篝火旁喝酒，噼啪响的奥塞奇橙火星飞溅，有些情侣在毯子上亲热，另一辆车里传来同一名艺术家的歌声。他在火光的圆环之外的某个地方毫无痛苦地吐了，吐在草里，吐完翻身仰面躺着，这时他才听到他们在反复喊着，戴尔，戴尔，戴尔。现在，他闭上双眼，看到了星星。

GRANTA

选集

卡兰·马哈扬

卡兰·马哈扬

Karan Mahajan

1984

成长于印度新德里，现居得克萨斯州奥斯丁。他曾出版长篇小说《计划家庭》和《小型爆炸协会》，后者曾入围2016年国家小说奖短名单，获得2017年巴德小说奖。他的作品见于《纽约时报》《纽约客》等。《选集》是他未出版的一篇中篇小说的开头部分。

周嘉宁　译

　　早在恐怖主义横行西方、在东方也变得司空见惯之前，德里的君王中心曾经发生一起爆炸。对印度来说这是大事件，整整六个月，全国报纸以各种语言进行报道，却没能进一步获得国际关注；《纽约时报》曾报道过一次，也不过是头版窄窄的一栏，被另外一篇讲述岛屿国家瑙鲁申办环球小姐比赛失利的深度报道挤到一边。

　　如今，有关西方在"9·11"之前对于恐怖主义话题的无动于衷可以大作文章，而我认为，人们越多谈论爆炸、自杀袭击和劫机，就越会鼓励世界各地大量厌世、受挫的人以杀出一条血路的方式摆脱自己无人关注的命运；这种情况让我想起印度文化刚刚开始繁荣的时期，那些糟糕的小说家每天是如何被《德里时报》《今日印度》之类的报纸夸赞，导致其他成百上千的蠢货都坐在写字桌前寻找内心的安·兰德①，或许各个国家对彼此无动于衷是好事，能防止恐怖行动的输出，在世界开始关心印度之前，印度作家的情况要好得多，他们更诚挚，更有趣，更真实。

　　我做这本选集是出于一个原因：君王中心的那次爆炸发生在一场朗读会上，因此对德里刚刚形成的文学圈造成了深远的影响。那次爆炸对于君王中心来说也是一场灾难，那里年代久远，一直试图凭借古老的建筑（无缝砖墙楼房，灰蒙蒙的美丽中庭覆盖着绿色太阳能屋顶），以及循环举办的演出、讲座，朗读会和放映活动，与印度国际中心和吉姆卡

---

① 安·兰德（Ayn Rand，1905—1982），俄裔美国人。20世纪著名的哲学家，小说家。她的哲学理论和小说开创了客观主义哲学运动。她的作品在印度非常受欢迎。

纳俱乐部竞争，成为德里知识分子的中心。

君王中心一度成功了。上千个在上述两家竞争俱乐部的等待名单上排到天荒地老的专业人士，纷纷拥到君王中心，光顾那里的餐厅，比如香料市集、紫龙饭店、迪克西餐厅，甚至平庸的地中海轻食屋，从那里舷窗形状的窗户向外看，德里一片翠绿，你不会因为以为自己所看到的是葱翠的过往，而不是该死的现在而被怪罪。

接着，2000年4月，语言学家杰弗里·透纳计划在君王中心举办一场朗读会。

透纳是新西兰人，住在德里鲁琴斯地区①一幢破破烂烂的殖民时代建造的大楼里，他是著名的波斯语和乌尔都语学者；因为他是白人，既不是不可靠的小说家，也不是无足轻重的诗人，所以他和德里写作界的每个小圈子都保持友谊，而且他睡过的印度女人也绝对超过了为了证明自己对文学圈的有力掌控所必需的数字。

当然，我是在散播二手消息：我不认识他，也不是那几百名受邀参加他在德里举办的有关土耳其圣城卫兵的重要研究发布会人中的一个；事实上，我当时甚至还不是作家；但我读过他的两本书，觉得他配得上他所获得的成功，当我听到他去世的消息时，我和其他人一样难过。但问题是我无处倾吐我的悲伤。所有相关的人都去了他的朗读会。

那次活动是怎么样的？德里的朗读会，尤其是知名作家的朗读会，都是官僚事件——官僚主义是我们首都推崇的表达方式——透纳的朗读会遵循了这种安排，我在这里复述一下交给五十多位与会者的会议流程。

---

① 德里鲁琴斯地区（Lutyens' Delhi），以印度建筑师埃德温·鲁琴斯（Sir Edwin Lutyens）命名，他在英国统治印度时期负责该区大部分的建筑设计。

1. 由君王中心总监米妮·辛格介绍名誉司仪斯利马蒂·莱拉·巴特。
2. 名誉司仪斯利马蒂·莱拉·巴特进行介绍发言。
3. 卡皮尔·苏里先生进行介绍发言。
4. 杰弗里·透纳先生演讲和朗读。
5. 观众提问。
6. 杰弗里·透纳先生总结陈词。
7. 苏哈塔·梅拉女士总结陈词。
8. 德什巴克·索尼先生致谢。

活动进行到第二项的时候，大部分人都后悔来参加这个乏味谄媚的活动了；等第三项开始时，大部分人都死了。

听说爆炸的消息时，我正像往常一样待在康诺特广场的帕特尼克父子书店里。帕特尼克先生走过来对我说："我有一个请求，我今天得早点关店。"

"现在还不到五点半啊，先生！能再给我一分钟吗？"

我是从我父亲的肥皂制造公司逃班出来的，不想回去干活。

"君王中心刚刚发生爆炸，我儿子应该在那里。"他解释了情况，"透纳常来我们店里，他是个很好的学者。"

我说："我读过他的书。"我是站在帕特尼克父子书店里看完那本书的，感到很不好意思，但我没有再说下去。"他还活着吗？"我问，"有人受伤吗？"

他说："我还不清楚情况。或许没事，我只是听说那里发生了爆炸。目前星空电视台还没有报道。我不知道为什么。但是我妻子在关注新闻。"

我说："该死的恐怖分子。"又接着说，"希望你的儿子没事。"

我第一次看到这个男人茫然无措：尽管书店里又闷又热，仿佛假装成书店的垃圾批发店，他却没有出汗。他太担忧以至于忘记如何流汗。我离开书店，回到太阳底下，已经下午五点半了，依然阳光耀眼，我走到外面才发现自己手里还拿着一本平装书。我不想告诉你们书名；我感到说出来会有损我作为叙述者的可信度；人们已经不再喜欢这种巧合，他们认为这个世界已经被脸书、电视或者新闻缠绕得那么紧、那么环环相扣，错综杂乱，如果再混以抽象的巧合，只会把现实的边界推往反常的地步。

但是如果我说最初正是这个巧合使我进一步身陷这个故事呢？

如果我告诉你们这本我从书店救出来的书是《曼托的疯狂》——作者伊斯梅尔·贝格是君王中心爆炸案中唯一幸存的作家呢？

我差点想要回去把书还给帕特尼克先生，但我意识到对于一个或许刚刚失去儿子的人来说，这个举动太无礼了。

1997年，南德里的乌帕剧院在《边境战争》的首映式上起火，剧院出口莫名其妙堵住了，大部分上层阶级观众死于窒息和逃窜中的踩踏，而投影仪依旧在屏幕上投射出细沙般的电影画面。相似的情形在2000年的君王中心再度发生，尽管这一次爆炸之前有一场没有造成危害的混淆。

有两个炸弹，一个是诱饵，一个是真的。

诱饵炸弹被放在大厅后面，嘶嘶响了很久，冒出一股刺鼻的烟雾以后就灭了。很多观众以为是设备走火——是协助我们生活的电线中枢流出的滚滚电子岩浆，只有坐在偏远角落里的一位上了年纪的教授被轻柔的火花伤到了。

透纳在台上说："没事的。像是电子故障。但我们或许还是都从台上下来比较好？安全一些。走吧。"

但两个年轻男子先跑去帮助流血的教授，教授摔倒在走廊里，呻吟着，一只手捂着左眼，白发上血迹斑斑。其他人开始拎起自己的包，站成几排，能感觉到他们因为得以离开这里而松了一口气。这时候真正的炸弹爆炸了。

炸弹二十英尺半径内的所有人都立刻死了，死于热浪以及爆炸范围里燃烧的塑料椅子的重击。屋顶震碎了，垂落下来的钢筋水泥暴露在外；一根裂开的水管朝底下死去的男人女人喷水。

剩下的观众，断手断脚，缓缓爬行，在身后留下一道道血迹，好不容易来到出口，发现出口被堵住了，于是窒息而死。

炸弹总能用最少的材料造成最大的破坏。它们无法达到地震的悲剧程度——无法让河水倒流或者把地下的土壤挤压成山脉——但它们能燃烧道路，撕开楼房的混凝土外墙，瞬间剥光灌木和树的叶子，把车变成印象派艺术作品；炸弹在万物中发现可能性，它们像是艺术家，出色的即兴表演家，但它们会无意间杀死人，你们问，难道不是炸弹所蕴含的一种奇怪诗意杀死了艺术家？

不是。

之后，据说剧院里的座位看起来像是一园子烧焦的仙人掌，炸弹如此灼热和暴躁。

只有两个人活了下来：一个是君王中心的工作人员，他蹲坐在最后面，命中注定失去了两条腿；还有一个就是伊斯梅尔·贝格，他正好出去接电话，侥幸逃脱。

想到整整一代文化人在一天里被摧毁，不由得令人感到震惊，但这正是发生在 2000 年 4 月 26 日的事情。所有人都死了：小说家（9 人），评论家（7 人），记者（6 人），诗人（1 人——诗歌已经死了），戏剧作者（1 人），历史学家（4 人），学者（3 人），编辑（4 人）。这就像是一场斯大林的清洗运动，但没有二十年共产主义的先兆，让那些更实用主义的知识分子可以有时间逃去美国，或者在死之前疯狂工作。这场突发的天才洗劫导致的结果是，到了2005年，当印度突然感觉自己成为了世界强国，拿得出手的却只有像我这样的二流作家或者像萨尔曼·拉什迪[1]这样已经确立了神坛地位的作家。而初露头角的作家，一个一个的都无足轻重，缺乏经验，充满戏剧性和身为印度人的自我觉知，他们在文学圈出版一本书以后便无影无踪。

而原本应该发生的情况是这样的：2000年在德里相对寂寂无名辛勤写作的男男女女，应该以他们的作品得到全世界对印度的关注作为奖励。经过几年的筹备以后，他们已经做好准备——通过他们的第三或者第四本书——呈现出一个真实的、本土的、出色的、别具风格的民族文化，而不是那种起源于西方的，也不是去迎合西方或者依靠西方的赞扬和认可的文化。

"你太悲观了，"朋友们告诉我，"每个人都为西方出卖自己。"

或者："爆炸事件给幸存者带来巨大压力，他们会写得比原来更好。"

我同意，身为幸存者群体的一员是一种浪漫；但是幸存者群体难道不应该是在出于智慧的力量而活下来的前提下才值得赞扬吗？而不是因为没能取得一张名额有限的德里文学活动邀请函。

这就是为什么伊斯梅尔·贝格成为了关键。

他被选择活了下来意味着什么？

我不是要做一个阴谋论者，但是他是一个克什米尔穆斯林的事实难道没有一些有悖常理的地方（当时山谷地区还处于持续不断的交战状态），而且即便他不是克什米尔人，又怎么解释这个恼人的巧合——他最新的小说《曼托的疯狂》以所有主角都死于一场大火结尾？

---

[1] 萨尔曼·拉什迪（Salman Rushdie, 1947— ），出生于印度，后移居英国。1981年发表小说《午夜之子》，获得当年的布克奖。2007年被英国女王册封为爵士。

（当然，小说场景被设置在一所精神病院，而不是在一场文学活动，但是这真的有区别吗？如果一个场所只是另外一个场所的隐喻呢。）

还有伊斯梅尔这个名字的历史含义：他是梅尔维尔的《白鲸》里的那个"叫我以实玛利"[①]吗，不得不讲述他的同伴和让他们遇难的大白鲸（透纳？）的故事？或者，他是一个现代版的伊斯兰神话，亚伯拉罕被要求牺牲他的儿子伊斯梅尔以证明他对上帝的忠诚，他蒙住眼睛，拿起一把刀，等他掀去遮眼布以后才发现，他杀死的是一头公羊，而不是他的儿子——真主仁慈？

在上帝眼中，和伊斯梅尔未来可期的文学成就相比，印度文学圈的其他人都不过是一头山羊或者公羊吗？

或者还是说，贝格压根就是一个恐怖分子？

我们大脑中的谣言制造机械超时工作。

比如说，为什么贝格在爆炸发生的那一刻要出去打电话？就我个人而言，我认识的每一个印度人在面对这样的选择，在选择出去接听手机，还是保持火葬、婚礼、电影、生日派对、退休演讲或者记者招待会的庄严气氛时，他们都会选择前者，而且会用最大声、最粗鲁的方式接听电话，像是鼓励其他几百个安静的人也像他一样；因此，浪费时间按掉电话，从座位起身，出去到走廊里接听电话实在太不可信了，让人不由得希望他能编一个更好的故事。他后来确实又补充说明：原来他除了打电话，还要抽烟。

他向来一边打电话一边抽烟。我们喜欢这样。作家都有一些奇怪的癖好（我自己喜欢在左耳后面斜夹一支烟，尽管我并不抽烟）。

其他人还在想透纳是否睡了贝格的老婆，这是不是爆炸的导

[①] 梅尔维尔（1819—1891）小说《白鲸》开头第一句是"叫我以实玛利"（Call me Ishmael）。而伊斯梅尔（Ismail）是阿拉伯名字，对应英语中的以实玛利（Ishmael）。在犹太教希伯来圣经中，以实玛利是亚伯拉罕和侍妾夏甲所生的儿子。阿拉伯人被广泛认为是他的后裔。

火索……

  但是我们大部分作家都过于茫然，无法将种种猜疑诉诸于口，也无法付诸行动。而且众所周知，在印度，任何反自由的看法都会自动被警察或者印度人民党①或者湿婆军②或那群新原教旨主义分子发现、放大，如果这几个组织都保持沉默，反而怪罪巴基斯坦三军情报局③和巴基斯坦——或许他们只是认为作家不值得追踪？——那我们也闭嘴等着瞧。

  接着我们在电视上看到贝格，一切都改变了。

  天啊，他是我们中的一员！德里人，泰拉公寓的住户，巴拉罕巴现代学校毕业生，一位已故的军官的儿子！

  可如今他闻名全球！这个幸运的抽烟的混蛋！

  夏天的温度无法让贝格克制。一旦他得到媒体关注，便不愿放弃。他躺在大凯拉什附近的萨玛疗养院的病床上接受采访。我们在电视上看到了。白色纱布从他头顶一直包扎到眉毛，像一顶头盔。看不见额头，于是他那双灰色的大眼睛承担了表达的重任——闭眼，抽搐，眨眼，死死不动，盈满泪水：很少有那么英俊的作家。你现在能够想象年轻的海明威躺在意大利的医院里，让护士用手指在他的肚子上解密弹片残骸的复杂地图时是什么模样。贝格在病床上也一样精力充沛。他有很多访客。炸弹爆炸以后他摔下楼梯时右臂骨折，但仍不妨碍他做手势。因为受伤而无法进行的写作转化成了敏捷流利的口述。

  他的嗓音带有鼻音、温柔、慈爱。"有人或许会说，我们住在一所疯人院里，"他缓慢地说，带着沾沾自喜的微笑，露出一口对他来说稍稍嫌大的牙齿，"恐怖分子如果认为他们能通过将更多疯狂带入疯人院以改变任何事，那他们错了。写作是赋予世界以秩序的一种方式，而这

---

① 印度人民党（BJP，即 Bharatiya Janata Party），是印度两大政党之一，另一个是印度国大党，政治口号是推崇民族主义、印度教至上主义。
② 湿婆军（Shiv Sena），是印度的极右翼民族主义政党，主张印度教民族主义。
③ 巴基斯坦三军情报局（ISI），巴基斯坦最大的情报机关。

正是我去世的同行们所做的。他们出色的作品不能被推翻,也永远不会被推翻。"接着他沉下脸来,"我不想再说下去了。我的工作是写作。如今我被记者们困在疯人院里。我需要空间思考。"

然而他表现得越是古怪,媒体越是爱他,而且媒体也能感觉到他同样爱他们:否则他们为什么无休无止地待在他的病房里问问题?

爆炸对于贝格的作品的销售只造成了微不足道的影响。有一阵子能看到《曼托的疯狂》在巴里森书店、满圆书店和牛津书店的畅销书排行榜上上升了几个台阶(内陆书店和特克森书店采用了更粗俗的方式:把贝格的小说摆成螺旋状书塔),我的一些朋友假装读过他的书,因为他是如今的文学讨论中毫无争议的焦点。但是他的重要性在死者跟前相形失色。死者要浪漫得多。

出版商开始利用这些感染力和情感赚钱。企鹅出版印度分公司在失去了一部分作者之后,进行了一场市场营销活动,主题是"阅读是对恐怖活动的一种回应"。书封平面设计很简单(白底红字,没有边框),在电视上和报纸首页反复出现,感动了我们所有人——但不足以让我们掏钱。最大的讽刺是,所有因为爆炸而导致过度销售的书在透纳的新书——那本爆炸发生时在君王中心被众人盛赞的1200页巨著——跟前都不值一提,透纳的那本书成为印度有史以来最畅销的书籍之一。

在书店的微缩城市景观中,贝格的书塔坍塌了,而许许多多透纳的小楼立起来,形成了自己散乱的建筑群落。

这样一来,透纳即便死了,也依然像活着一样,继续统领着印度文学圈,但是考虑到爆炸的时间,出现这种情况也不无道理:透纳是唯一一个在当时正好出版了新书的已故作家,此外,那是一本特别好的书,是对德里这个丑陋乏味的城市的一曲赞歌(我读了两遍);而他一生的悲剧那么强烈,那么彻底——他的妻子和两个年幼的孩子也在朗读会上,他们是唯一一个被彻底清除的文学家庭——这让其他一切死亡都黯然失色,像透纳这样一个人(撇开他的性癖好不谈),离开在奥克兰丰衣足食的生活,大老远跑来这里,对德里这样一个城市倾注了那么多感情,最终却被炸成碎片,人们对此感到愧疚。忍不住要想,为什么活下来的人不是他,而是贝格,说实话,贝格最好的作品还没有写出来呢。

去世的作家们当然要出一本选集!选集当然是由贝格编的!而我们这些人——我们只是操蛋印度文学界活着的呼吸着的操蛋未来——当然都没有受邀供稿。

没事。我们理解。出版商肯定通过了他们的提议,尽管这个合集——《阅读是对恐怖活动的一种回应:纪念35位作家》——从书名的功效来看,不像是纪念恐怖袭击,更像是纪念企鹅出版公司拙劣的营销活动。我们惊讶于他们怎么会想要把一群争吵不休的作家放在一起,智商差距如此巨大,创作体裁也各不相同?纪念(Remember'd)[1]这个词里的那个撇号也让我们恼火,以及我们的小说稿一直遭到编辑冷落,很多编辑也死了,迫不及待的跟班们还没来得及接替他们的工作。

于是我们决定自己编一本选集打发时间:《写作是对恐怖活动的一种回应:35位35岁以下作家的纪念》。35这个数字随心所欲,却很重要,而我们碰到了问题:我们在这个该死的城市里到底上哪儿找那么多有能力的作家?我们有十个人每周在南区的巴布斯精品店楼上见面,交流我们的想法和作品。

其他人怎么办?我们要不要联系已故作家的孩子?学校学生?地方的印度语作家?(一个可怕的念头,很快就被打消了。)

"我们可以用笔名写。"有人提议。

这个想法立刻被采纳。

---

[1] 原文的书名为 *Reading Is a Response to Terror: 35 Authors Remember'd*。

接着又有人提出问题：谁来出版这本书？

鲁帕，企鹅，哈珀柯林斯！——我们没再往下说。2000年，只有这三个大出版公司。

但是我的好朋友啊，为什么他们要出版一群寂寂无名的文学爱好者写的垃圾？

我们一起思考了一会儿这个令人沮丧的事实。接着我说："我们需要一个编辑。有人可以引荐并且担保这个计划。"

大家都兴致勃勃。但是找谁？

我们不需要争论很久。2000年5月，在德里，只有一个选择。

我被选中去找贝格，因为我的家庭人脉，也因为我愿意进行一趟朝圣之旅，在贝格打着石膏躺在萨玛疗养院接受采访期间，恳求他帮助我们。结果这成为了我和贝格生命中的决定性时刻。我遇到的是：官僚作风。也就是说：要不是因为前台的护士坚持要把我的证件复印七次（打开的复印机映出来的光线来来回回投射在她的脸上，像摇摆不定的月相），要不是她身边戴着甘地式样的眼镜的男人要我签了一叠足以让君王即位的文件，要不是他们两个人要我在沙发上等到发怒，身边都是各种杂志上残留的奄奄一息的葡萄球杆菌，如果以上事情都没有发生，我就不会惹上麻烦了。

但是官僚作风确保了我在走进贝格的病房时，有一个男人正想要勒死他。

我站在门口，显得很有见识地摇摇头。当然。躺在床上的人是贝格，还有一个留胡茬的精瘦男子，俯在贝格身前，双手绕在他的脖子上的，是一个衣着朴素的医生，刚刚值完四十八小时班，正例行公事给他的病人测量脉搏。我出于礼貌决定在门外等，而检查在里面进行。五月的热度散去以后，走廊里很凉爽，我摆弄着耳朵后面的烟，感到每扇门的开开关关都是在干扰我的清净。这时候传来尖叫声。一个女人——我刚刚往病房里瞥的时候没有注意到——在房间里哀嚎，里面电线乱成一团，塑料布发出沙沙声，先前被我当作是医生的那个男人冲出来，全速跑出走廊，黑色 Keds 帆布鞋踩得地板嘎吱响。我也反应过来，叫喊着追了上去。

我梦游一样地奔跑：下楼梯，穿过大堂，穿过等候着的家庭，担架，警卫，一切，接着我已经跑在了通往亚运村的马路上，那个男人迈着长腿逆着车流跑在马路上，我紧随其后，我们之间的距离正好够一辆轿车或者自行车打过方向盘避开他。

我记得当时脑海中闪过一连串可笑的念头，仿佛是让我不去注意眼下的危险。第一，我想：为什么健身房不是这样的？我在追人的时候跑得快多了。第二，德里这个城市基本没有人行道，我完全是听天由命，是不是很有意思？或许我应该成为城市规划师。第三，我跑的时候是不是又外八字了，像鸽子或者企鹅，我那个操心的健身教练提醒过我。

跑在我前面的男人撞上一辆车。他侧身在那辆白色马鲁蒂 800 的引擎盖上躺了十秒钟，傲慢地休息，接着继续迈开大步穿梭在德里喧嚣的汽车喇叭声中。

天黑了，我们都被车的大灯晃得睁不开眼。那个男人跑得很快，而我很胖，十分钟以后，我们之间的差距实在太大了，我放弃了，站在人行道上喘气，从我身体里发出的声音令我不得安宁。

太多声音了，汽车轰鸣，我感觉仿佛有一大群喘不上气的胖子正在我身体里气喘吁吁。

我转身看见一队警察从人行道上冲我而来。其中一个朝我脸上挥起警棍，我昏了过去。

在亚运村警察局，我被控告试图谋杀贝格。

"但我是拉杰什·索尼的儿子！"我说，"他是制造黑公主牌肥皂的!"

"闭嘴,你这个肥仔!"警察说,"大家都看见你了!"

"但是叔叔……"

"那你跑什么?"

我惊讶于这次审问是如何进行的。我的衬衫下摆被很神秘地塞进了裤腰里,尽管我记得刚刚跑的时候衬衫从裤子里滑出来了。我是不是在审问前被收拾过一番。

我坐在一把塑料椅子里,四条腿是利箭一样的不锈钢做的。我跟前的一张桌子因为案头工作而磨损得厉害。桌子后面坐着一个方肩膀的男人,脸色苍白,刚刚刮过胡子;他穿着一件有污渍的白衬衫,黑色的宽松长裤,重重地把手放在桌子上。

我没有受到束缚,没有戴手铐,也没有被扔进牢房里。

这个男人简明扼要。我如果不说话就会被吊死。我的共犯是谁?我参与了 2000 年 4 月 26 日的恐怖袭击吗?我是否精神不健全,在前台填写资料以后试图杀人?另外,我是不是白痴愣头青?

"白痴愣头青?什么意思?"我问。

他更生气了。"白痴愣头青!想出名!想上电视!"

天花板很低,从好几个洞里淅淅沥沥往下掉细细的沙子。

这时响起敲门声,贝格和他的妻子走了进来。

他妻子穿着一身沙瓦卡米兹①,好看的长脸上有一只迷人的鹰钩鼻;贝格的左臂绑着石膏,比他在电视里看起来更高也更瘦。

我以为他走得很慢是因为他的伤,但事实上他是个谨慎的人。

他走到我跟前,把手放在我的肩膀上说,"督查先生,这个男孩是

---

① 沙瓦卡米兹(salwar kameez),南亚和中亚地区女性传统服饰。Salwar 是一种腰部宽松、裤脚收紧的裤子,通常系腰带,会在腰间形成褶皱。Kameez 是一种长衫,腰线下方的侧缝敞开,给穿着者以更大的活动自由。

我亲戚。我们有一些家庭内部争论,意见不合,于是他跑了出去,因为我说了不好听的话。"

"他看起来不像是你亲戚。"督查说,他的意思是:他的姓是印地语的,你的不是。

"他不是我这边的亲戚,是艾莎那边的。"他指了指他的妻子。

"他是我的侄子。"她说。

这几个字已经足以证明她是这个房间里英语发音最高雅最纯正的:在她的口音和"侄子"这个词背后,我能感觉到吉姆卡纳俱乐部、耶稣玛丽女修道院、米兰达豪斯学院的背景,我嫉妒贝格能和这样的女人结婚,她毫无疑问不仅珍视他的写作,而且屈尊和他做爱。

"但他想要杀了你,贝格先生。"警察说。

"我没有!"我说。

"闭嘴,混蛋!"警察说。

贝格用胳膊按住正要从椅子上站起来的警察。"你目睹的是一起家庭纠纷。我想要自己解决这桩事情。为什么要引起不必要的麻烦呢?"

"贝格先生,你或许没有意识到,但我们都很担心你的安危。外面有很多歹徒。而且医院员工说他们看到两个人从医院跑出去。这个人还有一个同伙听他调遣。我们得找到那个同伙。"

我再次插话:"我正是这么说的。是另外那个人干的。"

"闭嘴!"警察吼叫着,甩开贝格的手,大步穿过房间,扇了我一巴掌。我能感觉到脸颊颤抖着疼了好一会儿。眼泪流了下来。

贝格变得严厉起来。"够了。这太可笑了。我和你说了这个男孩是我亲戚,你还打他?你的领导是谁?"

督查讥笑。然后令我震惊的是,我被放走了。

我们走出警察局的时候,那对夫妇抱歉得不能再抱歉了。问我要不要敷一点滴露消毒水在我眼睛的淤青上?他们能为我做什么吗?我们来到停车场以后,艾莎解释了和警官之间整桩神秘的交易。五月的小雨之后,地上有厚厚的尘土,散发着氧化的和腐败的味道。我用眼角看到贝格从他石膏外面酷酷的塑料泡沫护筒里抽出一支烟,扔进嘴里,像狗一样用牙齿咬住。他如此相信他高雅的妻子,以至于他完全没有插话,甚至似乎都没有在听她讲。但是肯定有什么心灵感应在起作用。否则艾莎怎么会知道她丈夫要抽第二支烟,甚至眼睛都没有从我疼痛的脸上挪开,便胳膊一挥递了火过去(打火机微弱的火苗画出一道紫色的弧线)。我觉察到他们是很般配的一对:他是具有创造力的才子,而她是他的推广人;她接受了这个身份,对着空气指手画脚,像一位 CEO 正快速浏览有问题的协议条款。

她解释说,我没有妄想症。事实上,有人想要勒死她的丈夫。但这件事情并不令人担心,也不可怕——正如我俩想的那样——因为罪犯是贝格患有精神分裂症的表亲,萨伊德。

"没有必要把他的名字告诉警察,"她说,"你知道政府是如何对待精神病人的。他的健康状况很糟,可怜的家伙。我们照顾了他很多年。"

我发现她极其讨人喜欢,她说什么我都相信。

"他甚至不是想要勒死我,"贝格纠正,他吐烟的方式只能说是非常学究(也就是吐在我的脸上),"他认为自己是在演示该死的车的活塞是怎么运作的。"

第一印象很重要——这通常是我们最后一次看清一个人的面目——我注意到贝格身上的一点,他有幸具有一种老头的风范。他眨眼和讲话时那种迟缓的稍稍满意的态度,他笑起来的方式——露出牙床,轻笑着越咳越响——这让他看起来虽然尊贵,却不性感。多亏他活泼敏捷的妻子让他没有未老先衰。

我趁此机会做了我最擅长的事情,也就是进行了一场文学采访。我问贝格他在《曼托的疯狂》里能那么熟练地描写疯人院,是不是因为萨伊德的缘故。

他闭上眼睛说:"是的,从某种程度来说。"

"但你是从你表亲那里得到灵感的吗?"

"可以这么说,是的。"

接着,我很清楚自己快要用尽人情配额了,于是和他说了选集的事情,我的朋友和我如何被爆炸事件打动,我们第二天自发地见面,怀着悲伤,轮流讲了一个又一个故事,一会儿大哭一会儿大笑,悲伤不就是这样的吗?有趣的是,我们意识到对恐怖活动最好的回应是,假装袭击没有发生过;是的,我们的故事都是关于德里人民的日常生活;纯真时代的生活……

贝格说:"当然,我很乐意写推荐。"

我甚至都还没有开口问。

艾莎肯定觉得他们只是受了轻伤,因为她邀请我去他们家吃晚饭,说她要是早知道我也是作家就好了,问我出版过什么?

"目前还没有。"我说。

"以后会出版的!"她说。

我觉得自己现在应该表现得严肃,不要太感恩,他们开着一辆非常破的玛鲁蒂轿车送我回家——那辆车上都是密密麻麻大小一致的圆形凹坑,让人怀疑它是不是每天都要接受高尔夫球的洗礼——我报着书名和死去的作家的名字,甚至找机会在谈论交通状况的时候提到了《摩柯婆罗多》①,意思是说"德里的马路每天都像是古鲁格舍德拉②的战场"。

接着,为了不让他们感觉到我家里多么有钱,我让他们把我在主路上放了下来。

他们很乐意;正是在这个时候,我脱口而出我希望能以此结束整个采访的问题:"作为唯一活下来的作家,你是否认为这意味着什么?"

---

① 摩柯婆罗多(*Mahabharata*),古印度著名梵文史诗,成书于公元前3世纪到公元5世纪之间。
② 古鲁格舍德拉(Kurukshetra),是印度哈里亚纳邦(Haryana)的一座城市。史诗《摩柯婆罗多》所描绘的古鲁格舍德拉战争发生在那里。

这个问题说出来以后听着很勉强。

贝格坐在副驾驶座上，抽着烟，听到我的问题以后思索了很久。接着他说："没有。你不能从暴力中寻找意义。这样做就太称颂暴力了。"

但是我从他说话时沾沾自喜的语气和艾莎轻抚他大腿的举动能看出来，他的意思恰恰相反。

我也很难接受贝格有关暴力的无意义的看法，因为我觉得：一，要不是爆炸，我永远不会有机会见他；二，要不是有人要勒死他，要不是我被扇了一巴掌和接下来一连串的事情，他绝对不会答应给选集写推荐，这给了我事业以帮助。简单说来，我又年轻又愚蠢，相信所有暴力的存在要么是为了让我认识到自己的好运，要么只是为了助长我的好运，于是我带着好消息神气活现地去巴布斯精品店参加下一次的聚会。

我把这个奇怪有趣的故事告诉我的作家朋友们时，看看他们脸上的表情！多么惊叹，多么崇拜，多么疑惑！

其中一个人问，我们确定要和贝格搞在一起吗？万一以后有法律纠纷怎么办？

"他的名声已经清白了，朋友，"我说，"我敢肯定他是无辜的。你们这些印度人都是他妈的犬儒主义者。"

又有人问，但众所周知他是一个诚实的难以讨好的评论家，他曾有一个叫《书评：真理试验》的专栏，因为这个专栏德里那些去世的作家里有百分之九十的人和他反目。

"他不会这样对待选集的——他亏欠我的，"我说，"看看我的黑眼圈。"

既然顾虑已经清除，我们打算庆祝。我们开车来到风味餐厅，天气炎热，我们坐在有毛绒坐垫的塑料椅子里，友好的流浪狗围着我们桌子打转，它们的鼻子尖尖的，张着黑洞洞的嘴巴，像是在模仿我那几个敬畏的朋友。我们要了冰啤酒，夸张地咂着嘴喝得津津有味。那些从来没有注意过我的女孩，纷纷赞赏我脸上的淤青，男人们则用开玩笑的方式夸我。

特别是拉杰什，说个不停："于是胖子开始他妈的慢跑去追凶手！呼呼呼！看他那样子。看他多得意！以后他再也不用去健身房了。"他顿了顿，"他喝起啤酒来就像是在喝该死的高级红酒！一小口，一小口，一小口！胖子现在是那种高级侦探了，穿着黑裤子和黑衬衫，嗯？服务生，再来一杯！"

这是我人生中最快乐的一天。

然而那时我更年轻，还没什么城府。回想起来，令我吃惊的是，不管是贝格也好，我也好，或者是企鹅出版公司也好（他们最终出版了这本选集），对于《写作是对恐怖活动的一种回应：35位35岁以下作家的纪念》这个书名都没有什么更好的想法。毕竟这本选集不是出于要和恐怖分子一决胜负的热切渴望，而是出于纯粹的机会主义，而我们职业本能的事实揭示了一个不言而喻的道理：做一个印度人——而不是作家或者读者之类的——便是对恐怖活动最好的回应。

索尔·贝娄[①]曾经写过，"我明白了一美元的真正价值。差不多相当于两美分。"我最近发现，在印度一条生命的真正价值大概相当于0.02条生命。我们在层出不穷出人意料的悲剧中如此频繁地失去生命，以至于袭击给我们带来的触动不会超过三到七天；毫不意外，巴布斯写作小组里面甚至没有人哪怕只是摆出和恐怖分子交战的姿态；我们的想法很简单，如果我们不利用这次机会，那么其他人也会利用；于是，我们迅速行动，没有在意受害者的痛苦，削弱了袭击的严重性，将其降为零。我在后面的几年里几乎没有怎么想起过君王中心的爆炸，甚至当我在紫

[①] 索尔·贝娄（Saul Bellow, 1915—2005），美国作家，曾获诺贝尔奖和普利策小说奖，代表作有《洪堡的礼物》《赫索格》等。

龙餐厅和香料集市狼吞虎咽的时候也没有；从我和其他那些大吃大喝的作家同行们的谈话中可以判断，他们也都不曾想起。

直到恐怖主义以强大的力量再次进入我们的生活。

GRANTA

利帕里

安东尼·马拉

安东尼·马拉

Anthony Marra

1984

其短篇小说集《爱情与泰克诺音乐沙皇》（2015）曾入围2015年美国全国书评人协会奖的终选名单，并荣获2016年美国艺术与文学学院罗森塔尔家族基金会奖。他的长篇小说《生命如不朽繁星》（2013）获得2013年美国全国书评人协会约翰·伦纳德奖、2014年阿尼斯菲尔德-伍尔夫图书奖及2014年雅典文学奖。目前居住在美国加州奥克兰市。《利帕里》是他正在创作的一部作品的节选。

石平萍　译

弗兰克·拉加纳一身黑色正装，站在悬崖上，挺直的身姿像是一个感叹号，他已做好准备再次跃向死亡。

那天下午他出发时，看上去像是要去参加一个葬礼。他用茶壶底熨烫了衬衫，擦亮了翼形饰孔皮鞋，在洪堡毡帽上系上了表示哀悼的缎带。他的八字胡修剪过了，领结系得很紧，头发用了润发油，和华伦天奴的漆皮鞋一样闪亮。他决心像与债主见面一样迎接死亡，穿得过于讲究，而且提前到达。他为此甚至特意租了一套三件套正装。

不过他用了大半个小时，费劲地穿过橄榄树、花白蜡树和角豆树丛，翻过岩石，爬上之字形陡坡，等他终于来到悬崖顶上时，正装背心已被汗水浸透，领结也受热气影响耷拉着。他想体面地死去，庄严地死去，而不是鞋子上沾满了污垢。很快，他心想，悬崖下面上涨的潮汐会冲走汗水和污垢。他步履沉重，走到海天交会处，一股强劲的海风吹来，冲淡了令人窒息的热气。只差一步他便走到悬崖边了。向前一步，重力便会带着他走完余下的人生之路。他站在那里，无比惧怕，无限清醒，面对重要工作时他一向如此。弗兰克·拉加纳是个行骗高手，这将是他最后的骗局。他仍欠法西斯刑罚系统九年的光阴，今天他将赖掉这九年。

前方，半落的太阳与蓝灰色的涌浪融为一体。薄荷绿的斑驳阴影点缀着渐渐消失的伊奥利亚群岛，薄雾掩映的光晕环绕着每一座岛屿。一条血红的色带紧贴着伊特鲁里亚海与天交界的地方，从南边的西西里岛一直延伸到东边的本土意大利，戳破这条色带的只有捕剑鱼的小艇上的桅杆。作为一个人在世上最后看到的风景，这一切还不错。从某种意义上讲,弗兰克是个流放者。从另一个层面上讲,他又算是回到了故乡。他那被晒黑的卡拉布里亚人肤色像是好了一半的淤青,与装饰方巾上刺绣花押字的颜色很是相配。和他的装饰方巾一样,弗兰克也来自洛杉矶,不过他长大的地方离他即将消失的浪花飞溅处不过几十海里远。

"绝望之海",这是他的祖母对伊特鲁里亚海的称呼,但她个性阴郁。向她问路如同游览一番她自制的世界末日地图。("在衰败蔬菜摊前左转,一直向前走到羞辱药店。")这是祖母严酷的世界观,而这一世界观的根源——毁灭性的地震、外国的入侵、地方性的贫困、反复无常的神灵——是弗兰克拼命逃离的一切,他移居到了美国,这个国度洋溢着令人无法抵御的乐观精神。他在美国生活了十五年。时间足够长,足以创立一种新生活却又自感为其所困。1929年美国股市大崩盘之后,弗兰克回到了意大利,带着一项鲁莽的计划,要把科罗拉多州一个金矿的开采权卖给法西斯政府,但这个金矿只存在于他编造的那个美丽的谎言当中。自从被判处流放以来,他一直生活在西西里岛的流放地利帕里,茫然无望,如坠地狱边缘。白天他可以自由自在地在城里闲逛,夜里则被关押在城堡监狱的营房。他的上风处是一个患疝气的那不勒斯人,此人的意志因流放几乎消磨殆尽,说话全用被动语态。每天夜里,弗兰克会祈祷出现一个信号或预兆,能够驳斥他日益确信的念头:生命正在将他逐出门外。上星期,一丝火星从他的烟蒂抖落下来,烧掉了他仅有的一张女儿的照片。对于一个仰望天空寻找征兆的人来说,这是一个清晰如彗星的信号,更何况他还认为迷信是支撑非理性宇宙的唯一逻辑。他把照片的灰烬扫进衬衫胸前的口袋。遗憾的是祖母不在这里,不能以他为素材编一个警示故事。他已环游地球半圈,不料最终淹死在他学会漂浮的同一片海里。

这是他的第七次,也是最后一次尝试。前六次的夜里,他总会找到某个理由,在到达利帕里最高的悬崖之前折返。不过此刻他还是到了这里。胸前口袋里的照片灰烬感受到了他那加速的心跳。时候到了。租来的正装早晨就得归还。他准备好了。

他向下眺望着。

天哪。

好大的落差。

还有这么多礁石！高得过分了，真的，这么高的悬崖。难道一个低一些的悬崖不能产生同样好的效果吗？

内心交战的工夫，他注意到礁石间有两个蹦蹦跳跳的身影。是渔夫吗？他动了动身体，想看清楚。只是两个男孩子。奇怪，他们怎么敢在这个时间跑到这么远的地方，毕竟大海正在涨潮。他坐下来，等着他们离开。

两个男孩攀爬着礁石，在露出潮池的石头间跳来跳去。太阳终于西沉了，他们开始从背包里组装一个长方形的装置。装好之后，一个男孩点着了一根火柴。他用火柴去点一根引线，小一点的男孩向后缩了缩身子。那根引线一头搭在小男孩的胳膊上，另一头延伸到他的手里，火星遁入他手里拿着的装置的筒管，发射升空。

弗兰克的脑海里闪过一道火光，劈过一声雷响。

头顶的爆炸迸射出蕨叶状的亮光。火花如蒙蒙细雨般从天空洒落。是烟花，弗兰克恍然大悟。他深吸了一口气。吸气，再吸气。随着每一次深呼吸，堵在他胸口的郁气消散了不少。难道他没有向圣母玛利亚和天堂里众位守护神祈祷，祈祷给他一个坚持下去的理由？而这便是雷鸣一般的回应。一个熔化的星号，指向他这个脚注。对于一个寻找征兆的人来说，烟花的出现极有说服力。它看似荒谬、不详，在这一刻却怪异地合乎情理：也许弗兰克·拉加纳不该穿着别人的正装跳崖寻死。也许他还有时间。

他看到一帧帧零散的电影画面，从记忆的剪接室里插播进来：

——一家夜总会墙上的霓虹灯管棕榈树；

——在洛杉矶的小意大利度过的独立日，天空中烟火的爆炸掩盖了枪声；

——玛利亚在客厅地毯上摩擦着脚上的羊毛袜，她冲向卧室的身体成了一截电池，她用手指轻轻触摸睡梦中的父亲，像发动机点火一样让他惊醒。

他本会想起更多的画面，然而悬崖下惊涛拍岸，水花飞溅。浪花冲倒了小一点的男孩，又把他卷走。在浪花激起的泡沫中，男孩的脑袋突然冒出了水面。他那鬈曲的黑发被水浸透，缕缕墨色，映照着月光。他像风车一样扑腾着双臂，却徒劳无用。大一点的男孩够不到他的手。一声大喊迸发出来，犬牙交错的悬崖让喊声变得断断续续的。

"救救我，救命！"

弗兰克意识到那个男孩在向他求救，胸口像被针扎了一下。只有命运无法挽回的迷失者才会把希望寄托在弗兰克·拉加纳身上。

水下逆流吞没了那个男孩的脑袋，拽下了他的胳膊肘，还有他那挥舞着的、紧紧抓住的手。

弗兰克必须做点什么，但是做什么呢？荡漾开来的浪尖白泡沫抹平了男孩沉下去的波纹。宽大的礁石两端趴着海星，环绕着这个小海湾。下到崖底是一个危险的过程，要二十分钟，还得依靠安全带、粗绳索和登山靴等装备。那个男孩再过……大概……一分钟就淹死了吧？一分半钟？在这么短暂的时间内下降如此高的距离，唯一的办法便是纵身一跳。这是弗兰克本来的计划。对那个男孩来说，这不是个好兆头。

每一根理智的触须都钻过弗兰克·拉加纳的脚跟，抠住了悬崖的边缘，然而，弗兰克感到自己被拽到了空中……拽着他的是什么？不是勇气。作为一个职业行骗大师，他不认为自己对陌生人满怀慈悲或同情。

既然弗兰克已经考虑活过这一夜，跳海的念头便显得相当荒谬。你拯救不了别人。人必须要对自己负责。你跑到海边胡闹，赶上涨潮，却不会游泳，必须吸取这个教训。接受你所做选择的后果，就是这样。这也是他在一开始来到悬崖的原因。他试图作出补救。

然而……

看着那男孩去死。

弗兰克·拉加纳疾速跑了两步。他的双脚掌控一切，拒不听从他发送的遇险信号。英勇死去的想法令他感到羞愧。他是一个恶棍，一个无耻之徒，一个江湖骗子，一个欺诈高手。他只在这方面还算有点天分。假装成他人是彻头彻尾的虚伪。三大步之后他便跑到了尽头。他的双腿前冲，完美跃出。烟花是夜航灯光，照亮了冲向上帝恩典的疯狂之举。脚上的八号翼形饰孔皮鞋带着他走过歌舞杂耍舞台和电影场景，走过他在林肯高地的小屋的门前台阶，走出他女儿的生活，如今又带他跳着踢踏舞跨越深渊。

到目前为止，尼诺·罗希的人生像是一根长长的、在找寻火焰的引信。

他骨架瘦长，从未遇到过一件双肩能被撑起的衬衫。粉刺占领了他脸上每一块可以生长的区域。曾经有一个女孩对他说，他的脑袋像胳膊肘，不明白那是什么意思。大多数日子里，他感觉被困在一具背叛自己的躯体里，孤立无援；他仿佛是一名深入敌舰内部的特工，赶在整艘舰被炸上天之前，狂乱地扔着开关，拧开阀门。

"你还拥有健康，不是吗？"把他当成一个喜怒无常的古稀老人，这是父亲所理解的同情心。他的父亲斯蒂芬诺·罗希是个拒绝废话的翁布里亚人，酷爱蹩脚的双关语和优质的雪茄烟，还是一个心如磐石的理想主义者，现实持续不断的捶打也未能使之折损半分。斯蒂芬诺追随着一长串的意大利个人主义者，这个国家长达千年的侵略和占领史导致他不信任任何穿制服的人，甚至不信任邮递员。墨索里尼在罗马阅兵的时候，他还在医学院学习。斯蒂芬诺的妹夫朱塞佩·奥利维里便是参与这次阅兵的蠢货之一，也是眼看要淹死的那个男孩的父亲。

斯蒂芬诺与妹夫从未有过一致的看法。那家伙把参与阅兵当作消遣。你拿那样一个人有什么办法？

好几年里，尼诺一直想知道父亲何时超越了朱塞佩的容忍限度？或许是斯蒂芬诺习惯于在任何事情上，都按照与妹夫成一百八十度的方向校准自己的道德指南针。或许是朱塞佩为第一个孩子取名贝尼托之后受到的调侃。经过或许是这样的："我瞧不起那些穿着军装参加阅兵却错过了第一次世界大战的男人。"一个礼拜天的晚餐时分，斯蒂芬诺漫不经心地说道，随后便谈起了足球。他没提妹夫穿着新近熨烫好的气派盛大的军官制服，也没提自己破破烂烂的列兵军装塞在床底下的一个箱子里。如果斯蒂芬诺穿上他的破烂列兵军装，透过右胸口袋上的弹孔可以看到光滑的瘢痕组织结节，那是盖在他胸口的唯一一枚战争勋章，终年积雪的阿尔卑斯山口留下的纪念物；在那里，他被部队遗弃，独自一人，身无他物，只有一把水果刀，在并不完全了解自己身体结构的情况下，对自己实施了平生第一场外科手术。

获得医学学位的时候，斯蒂芬诺发现应妹夫要求，他被分配到了新近指定的流放岛利帕里工作；1927年，这个岛已经成为拘禁与法西斯为敌者的主要营地。对一个翁布里亚人来说，离月亮更近了。"你还拥有健康，"每天早晨，尼诺会听到父亲对着洗手间镜子里的自己说，"你还拥有健康。"

所以，尼诺心想，他竟然被逼着在这个夏天招待他的表弟贝尼托·奥利维里，那个判处罗希一家无限期流放的男人的儿子，实在是荒谬。到现在已经三周了，尼诺像是被链子锁在了那个男孩身上。他听说贝尼托害怕闪电,便禁不住想展示一下父亲为圣巴托罗缪瞻礼日[①]准备的烟花,杀一杀贝尼托的威风,借机为家族荣誉雪耻。这便是两个男孩在太阳刚落、大海涨潮时分来到浅滩的原因。

"它不可能炸掉你的手。"尼诺信心满满地说。
"那你干吗让我拿着?"贝尼托问道。
"因为你是客人。"
"那不……"

尼诺不容分说地擦火柴。珍珠般的光亮映照着他们的脸,明暗有致。火焰沿着引信一路前行,像油在热锅里发出嗞嗞啦啦的声响。一条蜿蜒奔突的火舌烧焦了贝尼托手背上的茸毛。

尼诺注视着烟火蹿向天空,后面拖着风向袋般的火焰。上升气流大得足以把潮湿的衬衫剥离他的皮肤。硝石颗粒里面填充着父亲开给哮喘病人的硝酸钾,从中心的圆锥体喷发出白金一般耀眼的光芒。回声在崖石间击响、震荡。天空漆黑如湿透的牛仔布,亮光从开线的接缝处漏了出来。

如果尼诺一直留意的话,应该已经发现下一波涌浪正席卷而来,比其他涌浪高出整整六英尺,浪尖上参差不齐地耸动着拍岸的浪花。然而,等他发现时,涌浪已经重重地拍打在浅滩上。他的双腿被涌浪掀翻。他赶紧爬上礁石,但是他还没来得及拉住贝尼托,后者便已被涌浪拍倒,又被卷进了水里。

尼诺看到悬崖上方有一张被下落的烟花照亮的脸庞,便大声呼救起来。

[①] 圣巴托罗缪瞻礼日(San Bartolomeo's feast day),圣巴托罗缪(或译巴罗多买,天主教译为巴尔多禄茂)为耶稣十二门徒之一,据说在亚美尼亚或印度传教时殉道。按照基督教的传统,殉道者被尊奉为圣人,其逝世的日子则作为该圣人的瞻礼日,被编入教会年历。天主教的圣巴托罗缪瞻礼日为每年的8月24日。

利帕里

　　海水里，贝尼托激烈地扭动着身体，对抗着潮水的拉力。灰烬布满了他掉进去的水面。细小的气泡从他那扑腾的双臂上甩落，仿佛他的横膈膜拼命挤压着肺里的空气，逼得它们从毛孔里被排出来。他八岁了，他母亲说过，他的心智比他的实际年龄要成熟。他在学校里学到了罗马皇帝的名字，却没有学会游泳。

　　此刻，耳朵里的海水放大了他那雷鸣般的脉搏。胸膛里的发报电键猛击着他的胸骨；脉搏的跳动传递着一个信息，身体里的每一立方英寸散播着一个粗体字的声明：他要淹死了。马尔库斯·奥列里乌斯[①]，他在心里叫着。马尔库斯·奥列里乌斯。

　　一片摇摇欲坠的阴影笼罩着水面。

　　他费劲地张开喉咙。

　　他最后的一丝气息无声地呼出水面，这将是他的遗言。

　　群星闪烁，夜空塌陷。

　　失重的片刻，弗兰克感受到了彻底的自由。

　　随后大地吸纳了他。

　　淡棕色的悬崖向天空挖掘。

　　浅滩如流星划过般疾速缩小。

　　那个如连枷般狂转的人用手抓着天空。

　　他的背劈开了水面。如音叉般的嗡嗡声瞬即传遍了他的脊柱。不知怎么地，他没有落在礁石的尖凸处，而是掉进了二十英尺深的海水里，那小片水域恰巧没有被礁石阻塞，仿若是为他那挣扎着的身体量身定做。海水灼烧着他的瞳孔。在那边，十几英尺开外的水里，那个男孩躺在沾着藤壶的浮木上，双臂张开，脑袋后仰，完全放弃了挣扎。气泡

[①] 马尔库斯·奥列里乌斯（Marcus Aurelius, 121—180），罗马帝国五贤帝时代最后一个皇帝，161年至180年在位，也是著名的斯多葛派哲学家，著有《沉思录》。

从他的头上滚落下来,像是漫画版面上的气泡框;在海水里,弗兰克心想,天地万物不过是一个淹死男孩的梦境。弗兰克把这具气息全无的身体扛在肩上,开始游动。下一波海浪在海底掀起了沙暴。沙暴砰砰击打着他,他摸瞎游了一段距离。胸口的压力越来越大,似乎要萎陷成永远失重的状态。

他的脸冲出了水面,空气骤然漫入。他托起男孩软绵绵的身体,放到浅滩上,用手掌根捶打着男孩的前胸。他从未为了一个陌生人如此急切地尽心尽力,他甚至不知道这个陌生人的名字,也从未见过他睁开眼睛的模样。

他会记得自己作为一部 B 级电影的反派角色,绝望中发狂地施用巫术为死者输送生命力。然而电影般的戏法并未发生。没有摄像机,没有特效,只有月光掠过涌浪,汗水滑落嘴唇,他的双拳匀速捶打着男孩的胸腔,直到咚咚的心跳圣再次响起。

弗兰克大吃一惊,他意识到即便在此时,他仍是一位父亲,尽管他与赋予他父亲身份的那个孩子已毫无瓜葛、形同陌路。他离开玛利亚的那一天,一部分心脏像是被挖了出来,准备移植,如今在这个浑身湿透、颤栗不止的男孩体内找到了一个可靠的受体。

男孩猛烈地咳嗽着,海水从嘴里喷出来。弗兰克担心他会把肺咳得翻过来,如同一双肮脏的袜子。大一点的男孩跪在他身旁。月光映照着水面。双腿修长的滨鸟在潮池里晃晃悠悠地行走。苏醒过来的男孩想开口说话。弗兰克用"嘘"声让他安静。

"深呼吸,小伙子,"弗兰克说,"就是这样。别着急。你拥有大把大把的时间。你还有一辈子。"

GRANTA

这是我们的血统

迪奈·门格斯图

迪奈·门格斯图

Dinaw Mengestu

1978

生于埃塞俄比亚，成长于伊利诺伊州，著有小说《天堂的美好之物》《如何阅读空气》《我们全部的名字》。2007年，他获得《卫报》颁发的"处女作大奖"，以及美国国家图书基金会的"5位35岁以下作家奖"。2010年，入围《纽约客》评选的"20位40岁以下作家"榜单。他也曾获2012年麦克阿瑟天才奖。报道作品和短篇小说见于《哈泼斯》《滚石》《纽约客》《华尔街日报》等。

吴琦　译

我是在圣诞节前两天得知 S 的死讯的，那时我正站在我妈新家的门口。她住在华盛顿南边的一个郊区，离机场十分钟路程，那里正聚集着越来越多像她一样的中产阶级退休移民。我们有五年没见了，但我坚持自己从机场打车过去。这是我放肆幻想自己随时掉头回去、登上下一班飞机回巴黎的最后机会。直到飞机起飞前，我都一直确信一定有什么事发生让我不能成行。这趟旅行本应该既是家庭旅行，也是家庭团聚，让我三岁的儿子踏上美国的土地，见见他的美国祖母。结果，当出租车渐渐接近我妈给我的地址，我的太太和儿子仍在四千英里之外的两居室里沉睡，自儿子出生后，我们就搬进了那里。

我刚把行李箱放到半螺旋楼梯底下的时候，我妈就告诉我 S 死了，这段楼梯通往令她倍感骄傲的那三间卧室和两个盥洗室。我想象过抱着我儿子慢慢爬上这些楼梯，我会故意向他展示美国的豪华排场的一次尝试，这座两层楼的房子比我们自己的公寓大得多，也胜过我小时候关于房子的所有想象。

走过车道的时候，我有点发晕，要不是拉着箱子都很难站直。我可能当场就崩溃了，如果我妈没有抱住我，用极轻的声音说："耶内盖塔，不幸的事发生在了 S 身上。"尽管周围并没有别人。

S 一直像我妈的兄弟一样，在我小时候，也像我的一个舅舅。不管他遭遇了什么，都撕开了我妈天生的坚忍，令她含糊不清地说着话。"不幸的事"是我唯一能够听明白的词，这还是因为我太太在我们最近关于是否来美国的争吵中也提到了它。我们激烈地讨论了，让儿子在增压的机舱里坐上几个小时是否安全，他又是否能忍受去机场的这几小时车程，以及通关和安检数小时的等待。最后她赢了，因为她说对于儿子的情况我们还有太多没把握的地方，唯一能确定的是不幸的事情很容易发生在他身上。"可能是一件非常小的事，"她说，"但对他来讲可能就很严重。我们跑那么远，根本束手无策。"

我没有说出口的是，如果真有什么可怕的事情发生，也更可能是在巴黎，尤其是在我们家那个移民密集的片区。在孩子的问题上，她防卫的本能会变得强而且愈发必要，因为外界很难理解为什么我们这么有防范心。近看我儿子和其他漂亮小孩没什么两样。过去这些年以来，我和太太都养成了盯着他看的习惯。儿子也会小心地转头迎接我们的凝视；如果他尝试坐起来，他也会渐渐感到疲惫，身体慢慢倾倒下去，直到最后躺到地上。一个小时就会这么过去，在这期间，我们房间里几乎没有任何动静，我想从外面看起来，我们很像生活在某种诡异的状态中。我们必须努力让自己记住，在儿子出生后的头十个月，他好像已经快要能跑了，而且很早就能站，爬得也很快。很难确切地知道这一切是什么时候停止的，但很明显在他第一个生日之前，他每个月都在变得越来越不爱动，好像已经不值得花力气站起来或者将手举过头顶。我们已经被三个国家的医生告知要做好准备，他的情况会进一步恶化。他们还没有给这种症状命名，但他们很肯定他身体里的某部分正日渐衰退。先是他的双脚的动作变慢，然后是手臂和上肢。在他第二个生日的一个月之后，他的第四位儿科医师告诉我们，不久之后就该轮到他的器官了。"首先将是肺部，或者心脏，如果他足够幸运的话。"

那天，在医生来之前，警察把离我们家最近的地铁站封了起来。有人将一个装置留在地铁站里，但引爆失败了。没有出人命，但人们还是一样恐惧，如果没有更恐惧的话。可能的死亡警告一直在增加，地铁站每关闭一天，就意味着我们社区里又有一条街被封锁。这次袭击意味着一场更大规模的事件还在酝酿中，我们唯一能做的，好像要么是去宣泄愤怒，要么噤若寒蝉。

在我太太彻底决定留下之前,她每天至少要给航空公司打六个电话,礼貌地询问我们是否可以免费改签航班。在我们本来计划出发的那天早上,她告诉法国和美国的接线员,如果我们不必在圣诞前两天的那个下午出发,就能避免在二月最阴冷灰暗的日子里没完没了地坐飞机。在她免费改签的要求失败之后,我建议她找个足够悲剧的故事去激起航空公司接线员的同情心,一个简单的请求达不到这个效果。

"给他们编个故事,一个过世的母亲,或者垂危的父亲。"我说。

我可能甚至给她出了瘸腿的丈夫、抑郁的姐姐这种建议,但绝没有提到我们的儿子。不向陌生人提到他,这已是我们的惯例。他属于我们,并将一直如此,但随着时间流逝,我们对他这种占有式的保护愈演愈烈。有一次我太太扇了一个女人一巴掌,因为那女人俯身往我儿子的推车里探头探脑。我当时不在场,但她坚持说,如果有人要碰他们的孩子,任何一个妈妈都会这么做。而我没能看出这种危险,而这后来也被拿来控告我,我成了要让我们的儿子在悲剧的飞行故事充当主角的始作俑者。我太太的说法是,和很多美国人一样,我直觉地"寻求对任何问题最简单的解决方案",而在这个例子里,一个受伤的孩子是获得同情最快捷的方式。

"这更容易,[①]"她说,"就像你们那种美国式的大拥抱一样。"

不管我当时建议的是什么,一个手臂受伤的两岁小孩的故事完全是她的发明。她决定用一种轻度紧张又几乎充满敌意的语气来贩卖这个故事,因为她说"他们需要被吓到,而不是感到难过"。就我所知她从来没扮演过什么角色。但她坚信精诚所至,于是在那场对话中,我甚至也认为她就是一个摔断了手臂的二岁男孩的妈妈,即便在我面前也是一样。她向接线员描述着疼痛是如何令他在夜里叫喊。她避免了大多数

---

① 原文为法语,C'est plus facile。

说谎者经常会使用的那种不真诚的叹息,转而描述石膏给孩子造成的困难。"不止是困难,"她说,"有时几乎不可忍受",或者是"这怎么可能[①]"——这句我每天都会听到的,形容我们每天都要经受的日常难题的法语。我太太最后总结道,她是出于对其他乘客的考虑,那些像我们一样的游客、侨民,已经被这趟必须把那些不能塞进包装盒里的圣诞礼物随身携带、飞回美国的漫长旅程弄得疲惫不堪了。

"万一他石膏里有什么东西让金属探测器失效了?"她问,"你能想象那会有多麻烦吗?"

那几乎是我听过的她最接近于求情的一次,而当她感到这还不够的时候,她开始继续描述一个绑着石膏的两岁孩子是如何像一只拿着棒球棍的猴子那般危险,尽管可能不是所有人都这么认为。"他就是控制不了自己,"她说,"他会伤人。他挥起手臂,就会伤到别人。"

这个想象中的受伤的猴孩子带来的悲伤在那一刻变得真实起来,而且我确信,如果我不在房里,那些积蓄已久的悲伤中的一小部分,会得到某种程度的释放。

经过一段简短的沉默,我们都在猜想她也许会赢下这场修改航班的争论。这沉默持续了五分钟或者十分钟之后,我似乎看到她脸上浮现出一丝几近于微笑的东西,那是我久未见过的表情,以至于在那天晚些时候,我都想给航空公司打电话,要同一个接线员来接听,好让我可以告诉他或者她,他们是多么糟糕的人,为什么不他妈的少说点。我想问问,你们多沉默一会儿会死吗?

她把手机丢回包里。手机从她的指尖滑进包里的方式,看起来它像是被污染了一样。

"他说飞机上不允许动物进入客舱。"

我深知一直在任何失败上纠缠的危险后果。我们也只是到最近才开

[①] 混杂了英语的法语,"C'est just pas p-o-s-s-ible",法语中按语法规则此处 just 应为 juste。

始直面眼前那个完全为我们准备的成年人的问题。在这种情况下，我们已经学会停止追问自己是否在过自己想要的生活，对自己的现状、配偶是否满意。我们的工作变得越来越单调，房租变得更高，但直到儿子降生，我们才理解生活可能的边界还在前方等着我们。六个星期以前，儿子自己站起来，走过了我们的客厅。第二天早上，我说，我们去美国过圣诞吧。

在出发去机场之前，我把儿子绑在胸前，去享受十一月却还宛如小阳春的怪天气。他的身体仍然结实地挂在我脖子上，但那现在并不足够了。他最早迈出的几步——大概一共有二十三步，看起来好像都是无意识的。从那时起到现在，已经过了七个星期，我和太太甚至都再没见过他试着站起来。

我们朝着林荫大道的方向，向右转。到了这条窄街的尽头。我想要让我儿子看看那些自从炸弹威胁以来便一直在我们社区出没的警察。于是我把他的后脑勺朝他们的方向稍微挪了挪，在他的耳边悄悄说："这就是为什么我们需要你能跑起来的原因。"

两个小时后，我在同一个拐角跟太太和儿子说了再见。我亲了亲太太的额头，假装咬了一口儿子胖乎乎的手腕。大概就是在这时，我已经六年没见过、没讲过话，在我眼里一直比我认识的其他人都更快乐的S，把一把死沉的椅子和一捆绳子从卧室拖到地下室，当时他的家人们正在楼上睡觉。

GRANTA

布洛姆

奥戴莎·莫思斐

奥戴莎·莫思斐

Ottessa Moshfegh

1981

著有《麦克格鲁》《对另一世界的思乡》,凭借《艾琳》(也有译《消失的囚徒》)入围2016年布克奖短名单,现居美国加州。

赵舒静　译

　　大多数时候我都待在卧室，仔细研究什么玩意钻进了我的毛孔或眼屎。我从妹妹的梳妆台上拾起她的小圆镜，费尽心思调好角度置于地板上，若四肢着地就拿在手里，检查我的屁股里生了什么，就在东西半球之间，最后一路深入常言所说的"阳光照耀不到的地方"。

　　但那里有光，肯定的。这么说吧，我认为那里是光的藏身之地、遁形之所。我见过这光，见过它映照物事。

　　鉴于那光的位置，就在那里，在那深奥之处，那里便一定也是那光映照的物事——就在那里，在那深奥之处。它的光泽如摇曳的柔白烛光，小心翼翼地藏身。

　　把东西慢慢送到那里、那光里，得要花上一整天。我做自己的思想工作就是为了放松某些肌肉、松弛心绪，同时拿着镜子和那东西，中途休息休息上个厕所，拾取仆人们在我书房里留下的东西，在那儿的炉火边取个暖。城堡或庄园里没有麻烦的日子里，骑士们好端端守着村子、护墙戒备森严没有威胁的日子里，我就干这些：光就在那里，在那深奥之处，我就这样自得其乐。如果你能想象的话。

　　我尝试照亮过的几件东西值得一说：一小瓶雪利酒、妹妹的坚信礼[①]王冠（我把它从仿天鹅绒盒子里抓出来一锤砸扁）、一条兔脚、一个铜瓶塞钻、一把象牙小折刀。我出游国外时，这个法子是藏匿珠宝、钱财还有箱箧钥匙的好办法——我妹妹、她那些爱管闲事的朋友、用人，

[①] 坚信礼也称"坚振礼"，基督教仪式，父母认为孩子礼成后才能成为教会正式教徒。

他们对我留下的箱子好奇得紧。

我以前会用那里捎个应景的小玩意参加七姑八婆的家宴——比如我儿时的木头小陀螺。我让它在冷冰冰的石板地上旋转。眼下，金毛小狗坐在那儿狂吠，女佣扫着地。另一个女佣在刮墙上的牛油。

"布洛姆大人。"敲门声后传来微弱的说话声。是女佣伊斯佩斯来取尿壶。我正躺在帷幔床上。我看着她的身影经过。我咳嗽了。

"嘘，"她惊恐地说，"我没听见您说'进来'。"

"我不能。"我喘着气说。

"您病了吗，大人？"

"没病，没病。"我哽咽道。

伊斯佩斯有所不知，绳圈打上可爱的饰结可不仅能固定帷幔。我偶尔也喜欢结结实实地勒自己一顿。

"昨晚您吃了鱼骨头，我的大人。"伊斯佩斯告诉我。我听见尿壶里晃荡作响，看着她端着尿壶的身影从床侧走过了窗边。这是个耸肩弓身的瘦小姑娘，我把我肠子里的血托付给她。

"伊斯佩斯！"我清清嗓子，龇牙咧嘴，"伊斯佩斯，告诉我现在几点了。"

"过中午了。"她说。

"很好。"我说。

我解开绳索。

"伊斯佩斯，你还在吗？"

"在的，大人。"

她移动重心时地板吱嘎作响。我呼出一口气。

"还在吗？"

"在的。现在就走，大人。"

我听见门关上了。

我掀开床上的帷幔，脚伸进毛皮内里的拖鞋。我看到地毯上有一条金色干草，肯定是她从厕所一路带进来的。我趿拉着鞋走过去，捡起来捏在指间。干草上覆盖着浅棕色的粪便。我深吸一口气，吃下了干草。

我曾有个妹妹，她不喜欢我。她说，不喜欢我是因为我无聊透顶。"你一天到晚都干点什么？"她会问，"你在那里面能干什么？"我俩还小时，她尽爱画些岁月静好——阳光、鲜花、起伏的山丘，往我门下塞拉丁语纸条：

> 黑暗夺命！
> 出来玩耍！

她相貌可人，逃脱了"绣花枕头一包草"的诅咒，长大成人的路上没丢太多智商。她能唱一首动听的歌，缝些漂亮东西。姑娘家的活计。眼下她在操办自己的婚礼。她和小跟班们快活地装扮城堡，侍女们甩着奶、叩着脚、画着画（她们会指着画笑，然后撕烂了扔进火里）。我带着几分愉悦看着她们，就像你看待一窝猫崽子那样。"找个活法，"我听见她说，"想想那意味着什么。"照我的理解，她觉得我应该让自己依附于某种生活，我的生活，任何人的生活，就像蚂蟥依附在猪身上。"结婚吧。"她说。我瞧不起她。

另外，我一直觉得当个淑女庸俗至极。路过窗户上自己的映像时不会挤眉弄眼的真淑女我倒是乐意见见的；或者邀你到她的闺房，对看守的用人百般挑剔，但当你把脑袋埋在她双腿之间时，能毫无包袱像个妓女一样告诉你该怎么做的女人我也是乐意见见的。

可是，"哦，"我妹妹说，"现在就来。"她笑了。"你会结婚生子，当上父亲，让自己遵循自然规律。要有信心，布洛姆，生活的意义远不止你脑中所想。"她说。说得仿佛她知道似的。我口中酸涩，只想啐她一脸。

"拿酒来。"我对斟酒的用人说。

"拿面包来。"我妹妹朝他说。

我们坐在大厅里。我俩之间隔着插有红剑兰的花瓶。一盏燃油脂的灯。我那里照亮了一只老鼠的头盖骨,那天倒也没那么不舒服。是我抓的,一只棕色的大老鼠,有一晚我熬夜瞎晃时在食品室里逮到的。我妹妹穿着精致的紫色丝绸礼服,上面绣着金丝和珍珠。我的确是爱她的。她是我妹妹。我仍无法想象她为人妻、为人母。简直荒谬绝伦。

她隔着窗户指指城堡护堤外面的走廊。太阳出来了。秋日绯红的树叶在风中摇曳打卷。

"城堡里老是死气沉沉、暗无天日。至少,"她说,"我们去散散步吧,布洛姆。今天下午天气很好。瞧。"

我翻了个白眼。

"这是我结婚前我们最后一天在一起了。"她说。她抬起下巴,嘴巴微张。

"给你个面子,妹妹。"我说。

"谢天谢地,布洛姆,"我妹妹说,"还有,你看起来像只活脱脱的癞蛤蟆。新鲜的空气,阳光。你会感觉棒棒的。我发誓。"

我忍住一嘴的呕吐物。

散步时,她说她去看望过我们的母亲。说父亲有绝不想让我们知道的丢脸事。说我有辱家门。

我不是骑士。当扈从的我没能技惊四座,没能受封骑士就回了城堡,自此父亲没有正眼瞧过我一回。他奔走四方时,我在后面的马车里尾随。我试着学习管理庄园,但管家哈伦和劳夫都没有耐心。他们给我一堆硬币,笑笑。

父亲死后,母亲发了疯,被送去修道院和修女们住在一起。我单膝跪地祈求上天,勿忘她,勿忘我父。我和堂表弟兄一起出去放犬放鹰狩猎，骑马的感觉也挺好，可在户外我就是嗨不起来。唯一真正让我欣慰的是，我知道在我调查过的所有人中，只有我那里有光，在我身体的深处。

我想象我在天堂的门口会有这样的对话：
"谁送你来的，布洛姆勋爵？"
"我父亲。"
然后我会用剑杀死所有三百个天使，一伸手指熔化金色大门，哈哈大笑，看着熔水滴落至地狱，烧焦悬在天堂和地狱之间所有无聊至极的魂灵。

我记起我妹妹被杀的那晚。
"布洛姆大人。"响亮的敲门声让我一惊。我躺在帷幔床上，还没睡着。
"很抱歉吵醒您，大人，出事了。"
"直说吧，哈伦，天呐。什么事。"我以前不喜欢哈伦，现在也不喜欢。
"一个疯子不知怎的突破了桥上的守卫，一直住在您父亲翼楼的食品室里。"
"很好，哈伦。那就把他赶出去。"
"大人，事情很严重。请允许我进去。"
我照亮了去年夏天在沙滩上发现的一块拳头大小的光滑石子。
"那魔鬼找到了您母亲的衣橱，用修女头巾、长袍和拖鞋乔装打扮。他今晚突破了城堡守卫进入了城寨。恐怕他是冲着弗蕾夫人来的，大人。她已经死了。"
"我妹妹？"
"恐怕是的，布洛姆大人。"

我拽过亚麻布被子盖过头顶。
"尸体完整吗?"我问。
接着传来哈伦打呵欠的声音。我忍住笑和啜泣。
"是的,大人,尸体完整。"
"埋了她。"我说。
"大人。"
我听到门关上了。

我把杀手藏在我的壁橱里。不管怎么说,城堡主塔更适合用作仓库和用人住所。他一天大部分时间都在睡觉,在那黑暗中既不吵闹也不动弹。吃饭时间、我俩每周一次在村里玩耍的晚上,我都把他放出来。他善于挑选只有虚弱男人的家庭。他能根据那家人拴马的方式知道住在那里的男人有多强壮。这是他诸多的天赋之一,我将其视为自己的天赋,将他视为自己的分身。他是个实干话少的男人。他不愿告诉我他的真名。

杀手有一张柔软的、弯弯的嘴,一层厚厚的光亮油脂让他的皮肤强烈反光。我不知这是这男人的天然油脂还是他用来欺骗我们的手段,好让我们对那光感到惊奇。我伸出一根手指,掠过他肥胖的额头。它很温热,我的手指轻而易举在一道深深的皱纹里滑行。尝起来像盐。
"你自己有妹妹吗?"我问杀手。
"我在提尔有个妹妹,长大了。"
"你也杀了她?"
"不,我没杀她。"
"可你杀了我妹妹。"
"你妹妹。是我干的。我杀了她。如果我知道她是谁,我就不会下手了。可是哈,我也可能下手。谁说得准。"

"你去杀她的时候,"我问杀手,"她什么样子?"

"害怕,因为她的眼睛看起来很害怕,她说不出话了。"

"可你去杀她的时候,你怎么干的?"

"那是跟上帝才能说的,先生。"

"你得告诉我。"

"我没这义务。"

"我会杀了你。"

"那好吧。"

"告诉我你对她做了什么。"

"不。"

"我会用人类知道的最痛苦的方式处死你。"

"我对此无话可说,先生。"杀手说。

我们在大厅里享用晚餐。杀手温柔的嘴里叼着一条兔腿,兔肉和兔腱松垂在他的唇边。他在烛光下咀嚼,他下巴上的油脂如星辰般闪耀。我正在照亮伊斯佩斯这天早些时候为我收集的十来个橡子。她现在正走过大厅的拱门。

"伊斯佩斯!"我招呼她,"伊斯佩斯,请你过来。"

"大人。"

伊斯佩斯快步走向那张沉重的木桌,行了个屈膝礼,低下头。

"这就是杀死我妹妹的人。"我说。

伊斯佩斯的目光移到他脸上,又移回地板上。

"我想让你知道,伊斯佩斯,如果他在食品室撞上了你而不是我亲爱的妹妹,他就会对你下手。没错吧?"

"可能。"杀手说。

"我在想,伊斯佩斯,你愿不愿意和他单独待一会儿。你愿意吗,伊斯佩斯?"我说。

"不,大人。"

"那可怎么办。你不愿意和这位先生待在一起?"

"不"。

"他让你害怕?"

"是的,大人。"

"为什么呢。"

"他是个杀手,大人。"

"你觉得他会杀了你。"

"是的,大人。"

"那你愿意和哈伦、劳夫单独相处吗,伊斯佩斯?"

"愿意,大人。"

"所以说你很喜欢那些人,伊斯佩斯,是吧?"

"不,大人。"

"可他们让你害怕吗,伊斯佩斯?"

"不。"

"你觉得他们会杀你吗?"

"不,大人。"

"为什么不?"

"他们不会那么做。"

"为什么呢?"我问。

"他们是好人。他们不会冒丢饭碗的险。"

"啊。可我刚把杀手雇来当我的私人警卫,伊斯佩斯。那你现在愿不愿意跟他单独待一会儿?"

"我不愿意,大人。"

"我想让你去,伊斯佩斯。"

"求您了,大人。"

"我命令你去。"我告诉她。

"我求求您,大人。"

"你是想丢饭碗吗?"

"我不想死。"

"就一个钟头左右,伊斯佩斯。就当帮我个忙。你的主人被父母抛弃,现在又被唯一的妹妹抛弃,受到上帝的惩罚,是被关在绝望监狱里的可怜人。对这么个可怜人,你就帮这一个忙吧。不用你花太多的力气。只要你坐在椅子上,也许能向我们的杀手解释一下城堡的运作、谁是谁什么的,一天怎么过到第二天。他会喜欢的。是吧?"

"挺好,"杀手说,"我的薪水是多少?"

"我们以后再讨论。"

杀手继续吃东西。

"那么,好了。"我说。

伊斯佩斯沉默不语。

我十一岁时,他们送我去 X 城堡学习如何用长矛比武,如何忍受上帝、国王等等。我是被送去那儿当侍从的七个领主的儿子中的一个。我们尽职尽责地刷洗马匹、擦磨刀剑。但我每天都头痛。没人相信我。有一天,我从马身上摘下一只虱子,塞进耳朵里。那晚晚饭时,一个用人目睹血水沿着我的下巴滴下,昏倒了。他们让我卧床休息。他们带来一捆月桂,打开窗。他们往我嘴里放了块石头。他们说这样可以防止我吞下自己的舌头。有两天,他们用刀割我的胳膊,用烙铁戳我的头。他们把我裹在生羊肉里过了一夜。他们在一颗狼牙上系了绳,让我吞下去。当狼牙从我身体的另一端排出时,我发现了光。那晚,一些光从上帝脉动的宝球中溢出来,亮得我睁不开眼。那会儿我还不需要镜子,我还是个身手敏捷、骨骼柔弱的孩子。我的整个世界开始循环往复。我再次吞下狼牙,当我把它从那里、从我身体深处拔出来时,那光也再次渗出。我换个法子倒过来,直接照亮牙齿。终于,我在第七天时告诉他们,我的头痛消失了。哈伦来接我回家。之后发生了什么,我根本不在乎。

我们在村里盯上了哪所房子，之后就会带好工具和武器来。我们往窗户里扔铁链球，然后我们中的一人绕进去踢开门。我们放火烧马槽（如果有马槽的话），或烧后门附近随便什么灌木丛。一旦进入，我们就先把男人放倒。他们通常会持刀出来，大概率是小短刀或小匕首，或者是木棍、连枷或大槌。杀手不喜欢用剑。他拿自己用木头和钉子做成的小晨星。它看起来有点像大型魔杖。我拿着我父亲的大刀，不带盾牌。叫我事后后悔的伤，我一点也没受过。一旦放倒男人和孩子，杀手就会掏出大麻袋。我们把女人装在里面。等该说的也说了，该做的也做了，杀手和我在火边歇息时，我每次都试着从她们的壁炉台、箱柜之类的地方选一件我认为那晚晚些时候能被好好照亮的小饰物。

现在，我们把伊斯佩斯关在外面骑兵营的地牢里。我们给她喂马粪和草皮。我们往洞里撒尿。我们在落日余晖下穿过牧场，走下平缓的小山坡时，杀手有时会采摘些黄色花朵。他拔掉花瓣，让它们落在地牢护栏里的洞中，说他正在让她沐浴阳光。我向杀手展示了我那里面的光。他说他什么也没看见，只看见一团漆黑，这头瞎眼的骡子。一下雨，地牢里灌满了水。臭气熏天，我们就派用人往里面加点碱液。我母亲的珠宝我往下面扔了两回，还有一把金子。

这天是我父亲的忌日。我们去修道院看望我母亲。杀手带了一小箱吃的：面包、蜂蜜、奶酪、葡萄酒、樱桃、洋葱、香草、一只蛋糕。我们在礼拜堂里看见了修女们。杀手砰的一声把箱子扔在圣坛上。修女们吓得直喘气，捏皱了长袍。

"我母亲在哪儿？"我问。我的问题像鸟鸣一般回荡。

"嘘，"杀手说，"这是祈祷的地方呢。"他小声说。

他拖着肿胀的膝盖笨重地跪着，面向空荡荡的长椅。修女们坐立不安。她们中的几个悄悄离开，走进花园。

我啪的一声掴了杀手的头。"起来。"我说。

一位身形高大、相貌粗糙的修女双手缩在长袍里向我们走来。她额头上有一道紫色的伤疤。"您母亲在医务室，"她说，"跟我来。"

"起来。"我说道，然后又扇了杀手的头。

医务室在教堂后面，从陡峭的红岩峭壁上眺望着大海。我母亲的房间在宿舍的尽头。护士身披厚重的白羊毛披肩，破布捂嘴，指了指。一个傻子在用热气腾腾的醋拖地板。"啊，"杀手说，"家的味道。"

房间昏暗。床上的人是我母亲，在薄薄的棕色亚麻毯子下颤抖的瘦小人儿。她头发白了，如月光般散落在枕上。她脸色红润蜡白，嘴巴像被唾沫焊住了。

"我的孩子。"她突然咕哝，眼球外凸，猛地向杀手伸出一只虚弱的、指头扭曲的手。他不理她，坐在靠窗的椅子上，从口袋里掏出一大块面包吃起来。

"是我，布洛姆。"我说着握住了她的手。她看着天花板喘着粗气。我流下冷冷的泪，跪在她床边。我正在照亮父亲衣橱里找到的一条林肯郡产的猩红色围巾。我哭了。

"你在哭。"杀手说。

"我没有。"我说。

"我的孩子。"母亲又说，这一次抚摸着我的头发。

"妈妈，"我说，"你好吗？"

母亲告诉我，她最喜欢的修女都快死了。她说，过去的十天里，她看着她们一个个死去，没有人能阻止。她说，给她端饭的修女统统会在第二天死去。

"有个东西，"她边说边握住我的手，"它会找你，对你穷追到底，它会进入你体内,从里面把你吃空,你甚至还没死透就开始腐烂。你会觉得渴,你会抬起胳膊举起水杯,你的胳膊会折断,你的肌肉会撕裂,你的手骨会粉碎,你张嘴时下颚会脱臼,你的舌头会干枯,你的喉咙会烧灼起泡,水流经你的喉咙会沸腾,你的内脏会炖熟了从另一端全部淌出来,布洛姆,同时你脸上的肉会下陷融化,你会翻白眼,你的头发会变白,你会发臭,布洛姆,臭得没人想靠近你,甚至不想看你是否还有呼吸,火把撞破窗户扔在你床上,直到一切全部焚毁、火光渐熄,除了留下来清扫灰烬之人,没人会靠近,因为有个东西,什么也阻止不了它,布洛姆,我之所以知道,是因为我能感觉到它在这里,在这深奥之处。"她轻敲腹部,发出一阵刺耳、阴沉、空洞之声。

"看我嘴里。"她说,然后朝那块纯松木床头板仰起头,脸外翻,眼发白,咬紧的下颌在枕头上咯吱作响。

里面是巨大、空洞、无限的黑暗星系。

没有别的办法救她了。

我把剑递给杀手,俯身告诉他往哪里砍。

我让我的光照耀出来。

GRANTA

一切笼子里的事物

奇诺洛·奥卡帕然塔

奇诺洛·奥卡帕然塔
Chinelo Okparanta
1981

曾出版长篇小说《在乌达拉树下》和短篇小说集《快乐，如水》。她是 2014 年欧·亨利小说奖的获得者，曾获 2016 年全美有色人种协进会形象奖小说奖和 2016 年赫斯特／莱特基金会小说奖的提名。作品见于《纽约客》、《锡房子季刊》和《凯尼恩评论》等等。

周嘉宁　译

"看啊，它们真漂亮。"女孩无意间听到那个女人说。那是一个穿着无袖九分工装连身裤的高个金发女人——连身裤是浅蓝色的，这让她看起来仿佛穿着天空。而蓝绿色的双肩背包像是天空中的一块斑点，一片乌云。她的手上上下下地摆弄着肩上的背包肩带。包相当大：她可能是远足者，甚至可能是海外游客，只是她的口音没什么特别的，就是普通的美国口音。她不时用手指拨弄一下及肩长发。这让女孩想起自己的英语老师阿布拉姆太太，她发卷垂落下来的样子像煮过的意大利面，是奶油色螺旋状的，只是更加蓬松，有点像是黄色的泡沫。

另外一个女人站在金发女人身边，她的红头发在脖子后面绑成一个髻。她也带着一个包，是拎包，拎在肩上。她说："真的很漂亮。我只想抱抱它们，亲亲它们。"

这里是女孩最喜欢的地方，动物园。华盛顿国际学校离得不远，从马库姆西北街到康涅狄格西北大道，步行十五分钟。走得从容一些的话，大概二十分钟。当然冬天的时候路不好走，但是旁边人行道上的积雪到下午总是已经清除干净了，即便还有黑色的冰，二十分钟也能走到。而如今是夏天，时间就更充裕了。

通常一星期里至少有两天，女孩一下课就会立刻去动物园。但是这次她十一点四十分便离开了学校，比她平时下午三点半到动物园的时间要早得多。学校这一学年快要结束了——这是六月的最后两个星期，下午都匆匆忙忙的，老师们很容易被骗过。要想早退只需要说有家长在等就行。就算被抓到，最坏的情况也不过是课后留校。她是好学生。她是拿了奖学金进华盛顿国际学校的，这让她的父母很高兴。不会有比课后留校更严厉的惩罚。再说,她不会被抓到的,没有迹象表明她会被抓到。

在过去的一学年里,女孩花了很多时间观察动物和人,沉浸在自己的思绪中。动物园不收门票,所以她能频繁过来。她和动物在一起的时候,梦想自己也能成为其中一员。她常常回来也正是出于这个原因:如果她不能成为动物中的一员,至少她能和它们在一起。

今天不是她第一次看到这两个女人。第一次是上周一,但当时她没挨得那么近、以至于能听到她们的对话。

一开始她只是偷偷打量她们,但是现在她正大光明地注视她们,分别观察她们苍白的生着雀斑的脸,她们的脸看起来既严肃又悲伤。她们紧紧噘起嘴的样子,是两个面带愁容的人。

这是星期三的下午。上个星期一,她听见大象园的饲养员说很快要来两头新的亚洲象。今天,新来的大象已经在了,和其他大象一起,吃着旁边树上的叶子。女孩站在那里看着它们,靠在围绕大象园的带刺铁丝网上,偷听那两个女人交谈。

金发女人说:"我忘了那片苜蓿干叶。是五片叶子,还是六片来着?"

"我不记得了。"红发女人说。

"还有你给我的钥匙圈。我应该是再也找不到了。我不可能回去找。"

"没关系,"红发女人说,"还会有更多苜蓿叶的。"她的视线转向一只飞到铁丝网角落里的斑点麻雀。她问:"你觉得眼皮抽搐说明什么?"她用握成杯状的手掌捂住右眼,飞快摇头,像一条狗在抖去身上的水珠,仿佛是要摆脱这个问题,或者摆脱眼皮的抽搐。现在她的视线回到了大象身上。"好吧,"她说,"至少他们不再把大象关起来了。也没好到哪里去,但总比以前好。总比关在那个房间里要自由一些。"

女孩知道，大象确实不是一直被放养在外面的园子里。有一段时间，它们被关在室内，在沙坑房间里，它们站在粗粗的圆柱中间，围着粗粗的绳子，这让她想起摔跤场。它们一跺脚就从沙子里扬起烟尘。或许动物管理员把它们都放到外面是因为新来的大象。或许里面实在挤不下了。不管是在里面还是外面，她想成为大象。她嫉妒它们被照顾得那么好，总有人喂它们，满足它们全部的需求，跟在它们身后打扫。她来动物园的次数太多了，见过大象排泄。每次她都想移开眼睛，给动物一些隐私。但是她又想，这不就是成为动物园动物的妙处之一吗？如果你是一只动物园的动物，你就不会在乎隐私！你可以随心所欲地做你想做的一切，排泄和其他所有事情，都不会感到羞耻。

在沙坑房间里有一块常见的动物身份标示牌，上面写着动物的拉丁名，种类，起源地。但是那块标示牌上方，还有另外一块锃亮的牌匾，上面写着：

一头大象平均一天产生200磅排泄物。

她反反复复读过动物园里的全部标识牌——每次来都再读一遍——尽管它们很少有变化。读标示牌就像是一种不由自主的习惯。她上次来的时候，试图想象那么多粪便看起来会是怎么样的。200磅要装多少碗或者桶？能不能装满一个正常大小的浴缸？能装满多少浴缸？她和父母合用的浴室很小，只比衣橱大一点点。能装满他们的浴室吗？她不确定。她能确定的是，200磅是很多粪便，而总有人能替大象打扫干净。上次来，它们还被关在室内的时候，她这样想过，这种生活！像一个大象的五星级酒店，拥有完美的天窗，阳光斜射在室内的沙坑和大象光光的后背上。还有一个二十四小时年中无休的动物管理员/女佣。"关起来。"金发女人说。谁说动物不喜欢待在动物园里的？谁说动物不把这看成是一次长假？一次终身长假？关起来和女孩对动物的想法正相反。关起来是把你关在你不想去的地方。但是谁不想住在一个舒服的酒店里，还有一个二十四小时年中无休的女佣随时待命呢？

她和父母住的大楼在银泉市中心的罗德路上：坐地铁红线到动物园要四十五分钟。是一套廉租房，这是他们能住在这里的唯一原因。三个人合住只有一间卧室的公寓。她的床在客厅辟出来的角落里，用一个棕色的木架和灰色的金属文件柜隔开。每次她做梦在梦里动得太厉害就会撞到金属柜的背面，震耳欲聋。雷鸣般的睡眠。起初她还觉得有趣，伴随着新奇感，但现在她为了不被震耳欲聋的柜子吓到，在睡觉时一动不动。

他们十楼的公寓在公用走廊里有一个洗衣房，还有一个阳台，可以俯瞰埃尔斯沃思广场上明亮的荧光橙和红蓝相间的剧院和商店招牌。她的母亲每天歌颂隔壁的洗衣房。（不用再去地下室，或是拖着一包脏衣服去街对面的自助洗衣店！）女孩本想告诉母亲，学校里的其他人家里都有洗衣机，还有清洁工洗衣服。不需要叠衣服，更不需要每次都在洗衣日搜刮硬币。但是说这样的话会夺去母亲的快乐，她不想夺去母亲的快乐。在过去的两年里，每次她的母亲歌颂洗衣房，她就点头附和，再加上自己对阳台的赞美，晚上她能从阳台上眺望来自埃尔斯沃思广场明亮的光，闪亮的钢筋大楼，一直到远处暗下去的天空，想象自己回到了康涅狄格西北大街，和动物园里的动物们在一起。

但是她的母亲当然会歌颂这小小的奇迹。她的父亲也一样，不是歌颂隔壁的洗衣房，而是歌颂这整个地方。即便是廉租房，他们也得干活才能住在这里：他们要负责这里的清洁工作，除此之外她父母晚上还要在乔治城大学做清洁，他们既是那里的工友，同时也在那里念书。有时候——他们下课晚了——回到家的时候她已经上床了。他们不在也没什么关系：她负责除了压缩垃圾之外的所有清洁工作：从十层楼每一层垃圾房的蓝色大垃圾箱里收集垃圾。扔进垃圾槽。用红色的小拖把和水桶拖干净垃圾房的地板，当心不要把脏水泼洒出来。她最痛恨的不是洗拖把的水的臭味，或者拖把脱落下来的破破烂烂的线头，而是她打扫干净以后，空荡荡的垃圾房亮晶晶、冷冰冰的。有一次她在八楼的垃圾箱里找到一个掉了一边睫毛的布娃娃。娃娃坐在垃圾堆上一只用条纹纸折出来的小船里。在另外一个时空中，在真实的世界里，这只船可能已经翻了，而这个娃娃是落难者。女孩轻轻对娃娃说：

> 像上来透口气的鱼，
>
> 鱼娃娃，漂浮在一堆垃圾上，
>
> 鱼娃娃翻船了，
>
> 鱼娃娃回家了，
>
> 翻船了，
>
> 上来透口气。

接着她自己思考了一下，对鱼娃娃来说家意味着什么。家在那里的海洋里，在那堆被忽略的被抛弃的垃圾里，还是家在这里，在温和的透明的空洞的空气里？家在这里还是那里？当然是在那里——那个地方的记忆在鱼娃娃的心里挥之不去，那个地方存在的时间至少和她自己存在的时间一样长，是身体和地点的同时存在。即便现在，家和她在一起，家却依然在那里，如果她只有一片海洋要征服，那么有一天她肯定会游泳回家。游泳回家要多久？游泳穿越大西洋要多久？那里会有需要超越的海豚或者鲨鱼吗？

想到家让女孩感到难过，渴望某种遥不可及的东西，某种她甚至不确定自己能真的回忆起来的东西。她折起纸船，在手心里捏成一团。她把少了睫毛的娃娃深深埋进垃圾箱的边缘。

等她清理完垃圾，还要打扫全部十层楼的洗衣房，用湿抹布清洁洗衣机和烘干机的内部。用扫帚和拖把清洁地上的花砖。她擦洗完整栋楼每一层的走廊。最终,回到地下室,那里和大楼的车库相连。她要确保所有扔进垃圾槽的垃圾都真的滑进了大垃圾桶里。她捡起遗漏在外面的垃圾袋和垃圾,扔进大垃圾桶。那时候已经九点左右了。一个小时以后,她知道,她的父母会回来压缩垃圾。但在此之前,他们要在乔治城大学做完工友的工作。

有时候女孩想象自己的父母在他们的学校大楼里拖地板——大片大片铺着闪亮花砖的一尘不染的区域,要不是因为有像她父母这样的工人,绝对不会那么闪亮,那么干净。有时候她想象父母收集和清空垃圾箱,打扫洗手间,擦拭窗户和墙。然而有时候,特别是重读大象粪便的标示牌之后,她喜欢想象他们像大象一样:放松地坐在一个舒服的酒店里。

她想象她的父母像动物园里的动物一样。做一只动物园里的动物意味着你不再需要担心工作之类的事情。做一只动物园里的动物意味着你可以放松坐着,被悉心照料,你想要多悉心就有多悉心。她用眼角余光看到一个男人把一个小男孩扛在肩膀上。小男孩指着前方远处什么东西。女孩心想:真不公平。好吧,真的,他多么幸运。他能够坐在父亲肩膀上,只需要抬抬手指,甚至不需要自己走路。

太阳现在非常明亮,金发女人从包里取出遮阳帽。她的身体精瘦,像是那种四处走动、完成工作的身体。女人的脸红了,女孩注意到她有些举止不安。她的眼睛瞟来瞟去的。女孩想起来,她上一次就感觉到了这种焦躁——上星期——她第一次看到这两个女人的时候。她们今天刚开始交谈的时候也相当焦躁。但是在女孩看来,现在变得更为严重。

女孩无法忍受如此焦躁,于是她离开了那两个女人和大象园里的焦躁气氛。接下来,她要去看看大型猫科动物。这是她在动物园里惯常的第二站:先看大象,再看大猫。

但在去看大型猫科动物之前,她先在大橡树的树荫底下找了一块石头坐下。她知道自己午休前会溜出学校,于是早晨给自己做了一个沙丁鱼三明治。自她记事起,沙丁鱼三明治便是她最喜欢的三明治。是能让她想起家的事物之一,真正的家,在哈科特港①的那个家,在生活和其他人的梦想把她带到这个新世界之前的那个家。她在华盛顿国际学校里认识的人不会喜欢沙丁鱼三明治。她第一次告诉同学她喜欢吃沙丁鱼三明治的时候,他们说,咦呃。好吧,她心想,这是他们的损失。

一个刚刚学会走路的鬈发小男孩牵着他母亲的手,距离女孩坐着的那片树荫不远,正自己哼哼。她观察了这个男孩一会儿,他手的大小看起来只有他母亲的手的一小部分。他跪在地上,把沙子捧在手心里。沙子像下雨一样从他细细的指缝中散去。

现在女孩从包里拿出三明治,剥去外面的铝纸。那两个女人正好经过。红发女人说:"你好啊,小家伙。你好吗?"她的声音温柔亲切,起初女孩以为自己旁边有什么动物,那个女人是在和动物说话。她过了一会儿才意识到女人是在和她讲话。女孩礼貌地微笑,女人继续说着,似乎把她当成比实际年龄更小的孩子,似乎她是五岁而不是十二岁,似乎她是一年级而不是八年级。就她读的年级来说,她年龄确实更小,但这是因为她聪明。

"愚蠢的工作。愚蠢的办公室。愚蠢,愚蠢,愚蠢。最好是这样,我想,"金发女人说,"反正我恨马希公司。没见过更坏的老板了。"

"是啊,听起来是这样,"红发女人说,"你在那里似乎很不开心。"

"两年彻彻底底的不开心。"

"还有之前那年,在味可美公司的那年,也不开心。还有再之前在帕里西亚和奥索公司的那年也不开心。"

"这世界上就没有好工作。"金发女人说。

---

① 哈科特港口(Port Harcourt),尼日利亚南部河流州的首府,也是该州最大的城市。

"她真可爱不是吗?"红发女人对金发女人说,"我真想把她带回家!"女孩只是微笑着继续吃她的三明治。她到底有哪里可以称得上可爱? 她穿着一条破破烂烂的卡其色短裤,一件简单朴素的白T恤。她的帆布鞋还挺好的——是一双旧的棕白色条纹的罗克西球鞋——但鞋子是从新罕布什尔大街的救世军慈善商店买的,旧得褪色了,甚至看起来有点脏,鞋带的头子像旧流苏一样松开。她的发辫已经编了很久,看起来像是起球严重的毛衣,没有花时间温柔地滋养过,都是一簇簇的小毛球。

她承认她有过可爱的日子,但是此刻她显然不觉得自己可爱,于是她无视了那个女人的评价,专心品尝她的三明治——浓郁的鱼味混着一点点黄油和一点点牛奶。她还有一袋浓缩果汁。现在她戳了一个孔,小口喝着温热的液体。水果潘趣。有一点点像是过去在哈科特港,母亲给她从格里森的小商店里买回来的里贝纳果汁。

走到大型猫科动物那里的时候,她没有感到自己多可爱,却感到精力十足。

大型猫科动物——狮子和老虎——差不多在同一个地方,也就是在同一座小山的两边。狮子总是在它们这一边的山上吼叫,来参观的小孩子们就学它们吼。老虎只是漫步,不太吼叫。狮子妈妈不久前刚刚生了四只幼崽。

"看看这个。"女孩认出了那个嗓音。太阳依然很猛烈,女孩眯起眼睛抬头看。看见红发女人和她的金发同伴。

"你能想象吗?"金发女人说,"他们真的敢这么写。"她继续读着大型猫科动物山腰上张贴的标示牌:

> 非洲狮幼崽起名叫佐伊、艾比、莎伦和南希;动物管理员也可以根据刻在它们屁股和肩膀上的独一无二的印记来辨别。

"难以置信,"红发女人说,"他们在它们身上刻记号,好像它们是财产一样!我们是回到奴隶时代了吗?我们上次来这里的时候有这块标示牌吗?"

"没有,"金发女人回答,"我不相信会有。他们好像越来越失控。竟然把这样一个东西弄得人尽皆知。"

如果女孩对此有什么异议的话,她会说:"这些名字对于非洲狮来说算是怎么回事?"据她所知,这些名字和非洲一点关系都没有。她不能代表整个非洲,但确实如此。然而女孩思索着金发女人刚刚说的话。在她的社会学课堂上,他们读过一本书叫《一个奴隶女孩一生中的小事》。还有其他书,刻画了奴隶的恐惧,人类被当成畜生或者家具,身体被打上标签。女孩足以明白金发女人说得有道理。

但她不需要在意这种微不足道的不幸。她试图不去想动物园的这一方面,而是像她平常那样享受其中的乐趣。她离开了那两个女人待的地方,去看猪。

她刚和猪待了一会儿,就抬头看到那两个女人也来了,又开始讲。

"你听说猪瘟的事情了吗?"红发女人问。

"你从哪里听来的?"她的朋友问。

"今天早上从电台里听来的。死了八百万头猪。没人知道猪瘟是从哪里来的。"

"把它们关在猪圈里就会发生这种事情。猪应该自由。在动物园里或者在农场里,它们都应该自由。所有的动物都应该自由。"

现在金发女人皱起眉头,用食指轻叩嘴唇,仿佛刚刚想起重要的事情。接着女孩看到她从裤子口袋里掏出手机,拨了号码,开始讲电话。她用肩膀夹着手机,轻声低语。不一会儿她又从肩上的包里翻找。掏出一管口红或是润唇膏,女孩不确定到底是什么。她旋开盖子,轻轻涂在嘴唇上。她的嘴唇现在变成了深粉色。太阳在她头顶像一枚膨胀的橘色圆球，不远处有一只松鼠叼着一颗松果匆匆跑开。

她接着去了灵长类馆，在那里见到了大猩猩科乔、比比和卢旺达，她觉得它们的名字比狮子的更合适。她特意读了张贴的标示牌。有一条内容是大猩猩在野外能活三十年左右，但是在动物园里活得明显长很多——五十年。她希望那两个女人会看到这个，因为她们肯定会来灵长类馆，她们走的参观路线和女孩的一样。她希望这块标示牌会让她们重新考虑对动物园的看法。或许她们会发现动物园也有好的一面——也就是能延长动物的寿命。女孩等啊等，但那两个女人没有来。于是她去看吼猴了。

吼猴之所以叫这个名字是因为它们在一天的开始和结束的时候会发出低沉的喉音。它们的吼叫可以传播三英里，甚至能穿越浓密的森林。雄性吼猴用它们的声音保卫领土。一只吼猴从一根树枝跳到另外一根，动作非常缓慢，浑身写满忧郁。树枝上几乎没有树叶。女孩看着，她心想或许是猴子吃光了所有树叶。她不知道猴子还吃什么。肯定吃香蕉。还有呢？

那只猴子跳上树枝时，树枝弯了。女孩动了动身体想要去扶住树枝，或者像是要在猴子掉下来的时候抓住它。但是她离得有些远，而且还隔着玻璃墙；她无论如何也救不了猴子。

她透过玻璃看到两个女人的倒影，立刻认出她们。

金发女人走到女孩旁边，甚至更贴近玻璃墙。她的手握成筒状按在玻璃上，像透过望远镜似的看猴子，一只只看过来。她说："你能想象你的小巴克斯特像这样被关在动物园里吗？或者甚至是菲比？他汪汪叫，她喵喵叫，他俩都像这样可怜。"

女孩过了一会儿才反应过来巴克斯特和菲比是谁。

红发女人走到她的金发朋友身边。"好了，走吗？"金发女人问。

"好了，搞定了，走吧，"红发女人微微笑着说，"我们去下一个地方吧。"

但是她们在快接近出口的时候停下了脚步。金发女人侧身转过来面朝猴子,开始在背包里鬼鬼祟祟地翻东西,像是要在里面找什么视线看不见的东西。她的脸突然起了皱纹,仿佛她的皮肤变成了皱巴巴的衬衫。

现在那个肩膀上扛着小男孩的男人来到了猴子沙坑。他们一来到玻璃墙跟前,小男孩就兴高采烈地指着猴子。一个年长的灰发女人已经站在玻璃旁边,胳膊交叉在胸口。猴子吱吱直叫,像玩耍的孩子。

女孩转身看着金发女人,她也开始发出轻轻的吱吱声,有点像猴子的尖叫,只是更痛苦。声音从她那里传来时,她跪倒在地上,仍然在包里翻找。

"这不公平,"她说,"我真的都掉了。那片苜蓿叶。你不记得了吗?我们在沼泽边找到的。那是多少年以前了?我连那个都掉了。肯定是被我拉在桌子上了。我肯定忘记带走了。"

女孩也曾经失去过东西。好吧,她失去过很多东西。但是那一次——那是她所有损失中感觉最像损失的一次——是一双棕色的便鞋,是他们穿越大西洋之前父亲给她买的。他们去了"一英里市场"购物。(到底为什么要叫一英里?)那双便鞋没什么特别的,只是质地柔软,像兔子的皮毛,鞋面上有小小的闪片,让她想起星星。但是他们穿越大洋时,装着鞋子的行李箱不知怎么丢了。或许事情就是这样了。他们出发前她看到一只黑鸟,眼睛的颜色和那些小小的闪片一样。是在哈科特港他们以前家里的车道上,那只鸟正从两颗石子中间啄东西。它注意到她以后抬头看着她。短短一瞬却感觉过了很久。幼小人类的眼神和小鸟的眼神交会在一起。鸟可能理解了她身上某些她自己还没有理解的东西。

那个女人现在在啜泣。红发女人用一只胳膊抱住她的朋友。温柔地安慰她,抚摸她的手臂。

啜泣声没有平息,尽管只是轻柔的啜泣,金发女人的眼睛里却有着狂乱。当然会有。女孩想,失去重要的东西一定很痛苦。但是这个女人发狂的样子让女孩心跳加速。女孩想对她说些什么让她不要这样——她的朋友显然还没想到安慰的话——但是女孩也不知道该说什么。

"我们得帮助它们。"金发女人大声喊叫起来。

现在她引起了那个肩上扛着孩子的男人的注意。那个年长的女人也注意到她了。他们都朝那两个女人走去，询问她是否还好。一切是否还好。

猴子们也察觉到了不安。仿佛一听到"帮助"这个词它们就四散而去，仿佛它们理解这个女人，足够理解，以至于不信任她的意图。它们跳到沙坑远处的角落里。

金发女人站起来，走到隔开人和猴子的玻璃墙跟前。她捶着玻璃，大声哀嚎。

她的朋友把她拉回来。晃着她的肩膀。"好了，安尼特，"她说，像是在哀求，"别这样。别在这里闹了。"

女孩想要朝金发女人跑去。拉住她。拥抱她。或许就像她本应该拥抱那只少了睫毛的小布娃娃那样。

"一切下沉的东西最终都会露出水面。一切下沉的东西……一切。"她低声说着她母亲过去说过的话。她应该对着她的娃娃唱。

然而她仅仅是无法信任眼下的处境。她感到自己的感觉有点像刚刚那些猴子那样，只是她的感受和女人可疑的意图不太相关，而是怀疑整个处境。她振作起来，离开了沙坑。

走到外面不过几秒之后，她听见类似枪响的声音。这声音是从哪里来的？猴子们叫得更响了，尖利地大喊，一声嚎叫刺穿空气和她的耳朵。接着传来警报声。她感到一阵微风拂过脸颊。她想象干净的玻璃墙碎裂，坍塌，在地上变成小小的星星。她的脑海中浮现出其他参观者脸上紧张的表情。或许那个金发女人成功"解放"了一只吼猴？她现在清晰地看到了自由。那只可怜的猴子坠入死亡。消散的生命在沙地上变成一滩血淋淋的东西。

女孩一路小跑,斜穿过动物园里坚固的小道,跑出大门回家。你的眼角有没有见过天空中像羔羊一样的云朵?女孩抬起头,眼睛笔直往上看,看到天空中满是羔羊!

很快天色呈现出透明的浅红,像被覆盖的伤口,是透过白色薄纱的铁红色。

她跑动的时候,猴子的嚎叫声在她耳朵和脑海中回荡。那个女人忘得了它们持续不断的嚎叫吗?她肯定会永远记得这个声音。嚎叫声似乎越来越响,越来越响,即便女孩已经回到了家。

GRANTA

多么可怕的事

埃斯梅·玮珺·王

埃斯梅·玮珺·王
Esmé Weijun Wang
1983

散文作家,曾出版小说《天堂的边界》,2016年获得灰狼出版社非虚构作品奖。她的作品见于《她》杂志,以及"弹弓""黑兹利特""信仰者""伦尼"等文学网站。目前居住在旧金山。

王相宜　译

贝姬·郭，贝姬·郭，你不跟我玩了吗？
我做不到了，贝姬说，我吊在树上了。
贝姬·郭，贝姬·郭，让我给你编辫子。
我做不到了，贝姬说，我已经死在那里了。
贝姬·郭，贝姬·郭，你今天在哪儿？
我在这儿，贝姬说，我会一直在这儿，直到你受到惩罚。

走进威尔布鲁克精神病院时，我脚趾冰凉。不用看我就知道，袜子里的脚趾已如死尸般苍白，仿佛把血液运输到我的重要器官就能让我在这个年头不长、谈不上古旧的地方活下去：沾有污渍的橙色地毯、水泥墙壁、爆米花天花板[①]。逃跑的念头在我脑子里闪过。我知道没人会拦我，因为我的手腕上还没系上激光打印的医院手环。但我已经答应要来，而且我在努力变得勇敢。我走到前台，手指拨弄着脖子上挂的锡制"奇迹"吊坠。

导诊员抬起头问道："能为你效劳吗？""我是温蒂·郑。我约了下午2点理查德医生的ECT咨询。"

"我知道了，"她一边说着一边往电脑里敲字，"确实约了。呃，跟我来。"她把我带到一大堆笨重的电脑前，让我在其中一台电脑前坐下。"见医生前，你需要填写这些问卷。很简单的，有问题的话，尽管问

[①] cottage-cheese ceiling，有时也被称为 popcorn ceiling 或 acoustic ceiling，北美常见的吸音天花板，表面有坑洼，因形似爆米花或乡村奶酪而得名。

我。"然后她说,"你知道吗?我喜欢你的头发。"

我把手放到头顶上,好像是为了强调头发的位置。

"又黑又长,我很喜欢,"她说,"真美。亚洲女人染头发,总是让我觉得可惜。"

她回到自己的办公桌前。我坐下来,看着眼前的屏幕中央,上面用浓重的绿色字体写着:

请回答以下关于过去两周的问题(按回车键继续)。

我按了回车键。屏幕上出现了四个选项。

我没有觉得难过。
我觉得难过。
我一直都很难过,无法振作起来。
我很难过,很不开心,难以承受。

我瞥了一眼导诊员,好像她能帮我似的,但她在看手机。她可能在看投票结果,要不是非得完成这个初诊患者问卷,我可能也在看结果。我审视着她的脸。她投票了吗?如果投了的话,她投了谁?

请回答以下关于过去两周的问题(按回车键继续)。

第一个问题就把我难住了,因为我不是来看抑郁症的,但这些问题显然是用于评估抑郁症。没有抑郁症的人也可能因为各种原因选择"我觉得难过"。如果这个问卷是关于选举的,我可能会选择"我一直都很难过,无法振作起来",甚至可能会选择"我很难过,很不开心,难以承受",这两种描述内心骚动的表述都挺有意思的。谁知道我们能不能忍受。在我看来,如果我还活着,那就说明,我能忍受。也许是我的精神科医生弄错了,我不需要来这里咨询电休克疗法,但我同意来咨询,也许是因为我难以再忍受那些声音和幻象了。

但是，就抑郁而言，难过不是我的主要问题，这样的话，"我没觉得难过"可能是最合理的选择。但是，我认为，只要我活着，这永远不会是正确答案。

"温蒂？"一个声音说。我吓了一跳，差点从椅子上掉下来。问话的是医生。和那名导诊员一样，他也是白人。他戴着约翰·列侬式的眼镜，带着温和的笑容。他还算帅气，只不过是乏味的那种，就像电视真人秀中的单身汉。我在眼角的余光里看见一双闪亮的黑皮鞋挂在那里，我不由自主地转过身去，却发现那里什么都没有。

"对不起。"我说着，努力镇静下来。

他是理查德医生。我们紧紧地握了一下手。他说："跟我来。"

理查德医生把我带到一间乱糟糟的办公室，墙上满是坑。我坐在一张舒适的椅子上，椅子散发着人体和恐怖的气息——我想象着之前坐在这张椅子上的那些人。我想知道，他们中有多少人最终接受了头部电击。

"告诉我你为什么来这儿。"理查德医生说。

贝姬·郭，贝姬·郭，你不跟我玩儿了吗

我早有心理准备。在来医院的公交车上，我直直地盯着前方，对自己说，我必须坦诚地说出自己的情况，不管我多么害怕，或者我在网上读了多少关于那些永久无法产生新记忆的人的故事。我对丈夫丹尼斯说，他们被称为"金鱼人"。他因为工作不能陪我来，他为自己不能来握着我的手而感到抱歉。我打算告诉理查德医生我的病史，我二十岁第一次听到的那个声音，还有选举如何增加了我的压力，压力又如何加剧了我的精神症状，而药物又被证明对那些症状无效。但是，理查德医生的脸一会儿扭曲，一会儿舒展，突然像是用石膏做成的，把我精心组织的所有词汇都吸了出来，整整齐齐地排成完美的一行又一行，直到把我

291

完全掏空，抹去了我的好恶、怀有的全部希望，只剩下焦虑不安，这是精神错乱让我感到恐惧的地方——要是紧张症再发作一次，我就活不下去了。

"我产生了幻觉。"

"什么样的幻觉？"

我想说，那无关紧要，但我说不出来。

我想说，我很害怕。

你投票了吗？

我们都会死。

作出回应，那是澄清事实的方法。

"我明白了。"他说。

我十七岁时，丽贝卡·美华·郭吊死在一棵桉树上，就在我住的波尔克谷郊区。吊死在那棵树上是个壮举，因为那棵树很高。两名猎人发现她时，她闪亮的鞋子在高出他们头顶很多的地方晃荡。太高了，他们够不着，更是打不开套索的结，也打不开把她拴到树枝上的绳子。他们叫来警察和消防队，那时，她已经在树上挂了超过十四个小时了——做尸检的法医是这么说的。

我清楚地知道，任何一个关于死去的女孩的故事最终都无法让这个死去的女孩复活，她依然是一具尸体——在这个故事里，随着时间的流逝，她变成了鬼魂。我相信有鬼。我认为，活人呈现的是原子、分子、细胞和器官创造的能量模式，我们死后，这些模式依然在空气中振动。有时，它们解体，形成其他模式，比如佛教中所说的转世；有时，它们还和死者生前一样。

作为一名业余塔罗牌玩家，在贝姬的尸体被发现那天，我为她抽了一张塔罗牌。我没有抽到"世界"或"命运之轮"，而是抽到了"宝剑"：它代表着绝望和噩梦。多年来，我一直梦见被吊在那里的人是我，孩子们在唱关于我的歌，我在上面快喘不过气来了，像一只在钩子上蠕动的长着黑毛的怪虫，看着镇上的人在下面冲我大笑。可能是他们中的任何一个杀了贝姬。凶手肯定是他们中间。只要凶手还逍遥法外，我就无法知道是谁给贝姬打了镇静剂，然后把她挂到那么高的树枝上的。我就无法知道，凶手为什么要这样做，也不知道他是怎么做到的。而且由于似乎没有杀她的其他理由，所以我只能低着头。如果种族不是她遇害的原因之一，我就可以像俗话说的，呼吸得更畅快一点，但我无法说服自己，就像无法抹掉我的脸一样。

> 我们郭家坚决要求砍倒吊死女儿丽贝卡的那棵桉树。那棵树会让我们想起她的惨死，只要想到那棵树还在那儿，我们就难以忍受。

郭氏夫妇来找我帮他们写信，因为他们希望信里的英语很完美，他们自己写不好。我知道，如果贝姬活着，他们会让她来写。因为信是我帮他们写的，所以我知道，他们不是要求在她死的地方安一块牌匾。他们肯定知道，镇里是不会同意这样做的，我也知道这一点，所以心照不宣地同意了他们的意见。

他们是在下午我父母不在家时来找我的，让我给波尔克谷的市长写信。我从没见过郭先生的头发如此凌乱、郭太太的打扮如此随便——那时，我的生活已经够沉重的了，但我从未见过如此悲伤的两个人。

他们问我是否愿意帮这个忙，我立刻感到十分尴尬，因为我知道他们肯定希望我在电脑上写，但是我家没有电脑。眼前这对夫妇已经被悲伤压垮了，所以我就答应了，让他们进了屋，脑子里闪过我寒酸的家里的凌乱画面。我看得出来，他们竭力不在我身上寻找贝姬的影子，但他们忍不住这样做。我一点也不像贝姬——她是圆脸，长着令人羡慕的双眼皮——然而，这种对比是不可避免的，他们直勾勾地盯着我看，然后把眼光闪开。我向餐桌示意了一下，问他们要不要喝茶，但他们在看着空气出神。我又用普通话问了一遍,郭太太微微抬起了头。

"你会说普通话?"她用标准中文问道。

"还好,"我说,我的意思是,"我的普通话够用,但一点都不流利。"

"我们试过教贝姬说普通话,但她只会说英语。"郭太太用英语说。

我到厨房去找茶叶,恍惚想起来前一天茶已经喝完了,我还没跟父母要买茶叶的钱。我抱歉地跟郭太太说我们的茶喝完了,问他们想不想喝点水。我以为多用这些琐事磨蹭一会儿,我的心就会停止打鼓。当时我不知道自己为什么那么害怕,不过后来我想到,那是因为他们身上散发的悲伤像是一种会传染的东西。

我把信交给郭先生,他想给我钱。尽管我没钱,尽管父母总是说,他们工作得很辛苦,我们很穷,但我还是拒绝了那张二十美元的纸币。但在他们离开后的几个小时里,家里散发着一股死亡的气息:苍白、空洞,干得像枯叶。我打开所有的窗户和所有的电扇。十五分钟后,我穿过公寓,把电扇都关了,但窗户还开着。当时是夏天,我走进卧室做微积分作业,听见外面有人在谈话、大笑,人们都在继续自己的生活。我确信,郭氏夫妇回家后,煞费苦心地把我的信誊到电脑上,然后发给了市长。我后来又想过是否应该接受那张二十块的钞票。但我断定,没接受是对的。

犯罪现场的警戒线被移除后,我常去那棵桉树那儿,用手捂住树皮,感受它的温暖,我知道它在呼吸,因为它有生命。每次回去,我都有点期望它只剩下树桩,但它还挺立在那里,叶子沙沙作响,枝杈赫然伸展,像是在提醒我所有可能依然挂在那里的尸体。

那时候,树底下总会放着两三束花——红玫瑰或马蹄莲。我有时候想起来时,也会带些花。我猜现在那里肯定没有花了。我不再去那儿了,我也尽量避开郭氏夫妇。这好像很无情,但如果我必须留下来、照顾母亲,我就得和贝姬保持距离,因为我们依然不知道是谁杀了她,如果我继续密切关注这件事，我会被恐惧侵蚀。

"电休克疗法，"理查兹医生说，"对顽固性抑郁症患者非常有效。它很少被证明对精神分裂症患者有效。我通常建议前者使用电休克疗法，却不太推荐后者使用，因为可能产生副作用。你可能听说过，最大的副作用是记忆缺失。你肯定都查过。有些人基于自己的经历反对电休克疗法。这无可厚非，因为他们有过那样的经历。但也有些精神分裂患者，我认为应该考虑采取电休克疗法，你就是其中一个。对那些被诊断患有精神分裂症、有幻觉，而且对氯氮平等非典型精神抑制药以及更传统的精神抑制药没反应的人来说，电休克疗法是最有效的。温蒂，你有听觉和视觉幻觉。对你这样的人来说，电休克疗法可能会震荡你的大脑，让它重新正常运转。"

我试着不去看他的脸，专注于听他说话。我是电休克疗法的合适人选。我的医疗保险会支付治疗费。我大约会住院一周，每天早上接受电休克治疗。这样医生可以观察我的情况。我也许可以返回工作岗位。

"'命运之轮'这张牌提醒我们生命的无常。"一个中性的声音说。

"我得跟丈夫谈谈才能决定。"我说。

"'无辜'这个词最初的意思是不受伤害。"

"好的。"理查兹博士说完就回头看自己的电脑。

乘巴士回波尔克谷需要一个小时，投票站的队伍排得很长，绕着高中校园转了一圈，沿着人行道一直排到街角，街对面的一家便利店，那里向未成年人销售香烟，在柜台上卖"苗条吉姆"肉干。排在我前面的是一名二十多岁的白人男子，他在翻看手机；我后面是一名年长的白人女子，穿着一双红色牛仔靴，喜欢拖着地走。我没问他们打算把票投给谁，我提醒自己，加州永远支持民主党。

我做不到了，贝姬说，我已经死了。

我给丹尼斯发了条短信:"咨询进行得挺顺利。医生说我应该接受治疗。治疗费很可能涵盖在医保里。"

两分钟后,他回复道:"回家后再聊。"

我刷了一会儿推特,发现我担心会成为总统的那个人表示,如果他的支持者在投票站骚扰别人,尤其是有色人种,那是最好了。当然,他从来不用"有色人种"这个词,但大家都知道他的意思。我点开那条推文往下拉,转发这条推文的某个女子收到了十五条存在拼写错误的愤怒回复,回复者中有人的名字是"白人是正确的19887",还有"((雅利安女王))"。"穆斯林·奥巴马**憎恨**美国,**热爱恐怖分子!**""((雅利安女王))"用泰勒·斯威夫特的照片做头像。以前我在熟食店工作时,一名同事常常在我们打扫厨房时抨击共和党,还喜欢唱这首歌:"你没看见闪亮的星光吗?你没有不切实际的梦想吗?"

我去投票时,看见坐在桌子旁边的女人里有郭太太,这让我感到惊讶,我从没想过她会愿意为任何事情做志愿者,但也许我心里想的主要是我的母亲,她觉得如果她在波尔克谷做志愿者,就是对美国介入太深了。我已经好几年没跟郭太太说过话了,但她身体微微前倾,向我招手,涂着口红的嘴唇绽放出笑容。她烫了短发,蓬松得像一朵云。她说:"温蒂啊。"

"嗨。"

"我可以看看你的身份证件吗?"

"好的。"我从钱包里拿出身份证件。她接过去,在她前面扫描了一下名字。"今天来投票。好姑娘,"她说,"你还是那么美丽。"

"谢谢你。"

"你结婚了吗?"

"嗯,"我说,"结了。"我想起了丹尼斯,他的形象清晰地闪现在我脑海里。"去年结的。"

"真好。"郭太太说。她用笔做了个记号。"我和郭先生要搬去旧金山了。我们一个月后走。"

我不知道该说什么。

"我们从没忘记……我和郭先生一直都很感激你为我们写了那封信。"

"那没什么……真的。"

"不,"她说,"那是一种善良。一种真正的善良。"

"很遗憾没起作用。"我说。

"没有关系。"她朝一个空投票间做了个手势,说:"保重,温蒂。"我走了过去。

在她的尸体被人发现后,甚至在确定她的死不可能是自杀后,仍有一群人坚持认为贝姬是自杀身亡的。这样一个奇怪的女孩,有着如此阴暗的想法——她吊死在树上一点儿都不奇怪。不过,贝姬奇怪的方式非常传统:她的杰斯伯背包上别着性手枪乐队的徽章,她把一缕头发染成冬青果的颜色。他们用巫术或恶魔作祟来解释从物理上讲不可能实现的自杀,我为这种解释感到愤怒,它只会加速贝姬变成神话的必然结局。贝姬死了以后,可以变成任何东西,而剩下的我们这些人却只能活下去。

过去,我总是避免和贝姬待在同一个房间里。我觉得,一个地方有两名华裔女孩太多了,贝姬应该也有同样的感觉,因为她经常走进一个房间,发现了我,就退了出去,找她自己的地盘。这通常发生在派对上。有时也发生在餐馆里。还有一次是在博物馆里:一个水彩画展,那些画看起来像伤口。

她死了以后,情况当然不同了。现在,我很想和她交谈。我想问问她,你也觉得害怕吗?单是想到不是只有我一个人是这样,就会对我产生奇怪的慰藉。

多么可怕的事

我和丹尼斯有一台电视机，但我们主要用它来看电影，或者供丹尼斯打电子游戏，直到不久前，我们才激活了买网络赠送的免费有线电视。之前，我一直拒绝关注那些惊险的选举报道，但我到家时，电视已经打开了。丹尼斯坐在灯芯绒安乐椅上看手机，电视在房间的另一头闪着光，喋喋不休。我吻了他一下，放下包，瘫坐在沙发上，盯着天花板。这时，新闻主播说，选举人票是129票比97票，这似乎是不可能的——就在不久前，人们还认为，这位候选人太变化无常了，连初选都赢不了。

"医生怎么说的？"他问道。

我几乎忘了看诊的事。"还行。"

我们沉默了一会儿。四十个州的投票已经结束。

"你会做吗？"

"我不确定。"

他问："你害怕吗？"我希望我能看见他的脸，但我可以想见当时的情景：丹尼斯戴着眼镜，看着手机，一心多用。我精神不正常的时候，他在做电话银行业务。他甚至挨家挨户上门推销，我觉得那听起来像噩梦——不过丹尼斯是白人男性，相貌英俊，不会让人产生受到威胁的感觉——我从来不用"让人放下戒备"这个词，但他就是这样的。

"本周早些时候，我读了一本关于电休克疗法的书。在最坏的情况下，我会想不起我生命中的重大事件。我甚至可能难以形成新的记忆。他们甚至不知道电休克疗法是如何起作用的——一个名叫乌戈·切莱蒂的人决定给大脑通电，因为他们认为癫痫和精神分裂症在某种程度上是对立的。在采用电休克疗法之前，他们用樟脑引发抽搐，但樟脑从未像休克疗法那么流行。"

"你丧失记忆的几率有多大？"

"我不知道确切的几率。不知道是否有确切的几率。这只是有可能发生。我必须接受这一点。"

"你必须什么时候做出决定?"

"很快吧,我猜。"我意识到我用右手食指的指甲在我的大腿上画了一个红色的 X。"我知道霍奇医生想尽快把我加入等候名单——如果我要做的话。"

丹尼斯说,这是我的决定,不管怎样他都会支持我。这么说是善意的,是支持性的,也是这种时候该说的话。

我又看了看推特。每个人都在谈论选举、谈论移居加拿大、谈论世界末日。一位加拿大作家说:"外国的月亮比较圆!"南方贫困法律中心仍在报道与选举相关的仇恨犯罪。一位朋友正在推特上实时分享她第一次看《卡萨布兰卡》的体验。"还有谁觉得亨弗莱·鲍嘉长得像 J.D. 塞林格?"她问道。我读了一篇文章,讲的是人们在集会上齐声大喊"把她关起来!"。还有一篇讲的是纽约的一名穆斯林教师在光天化日之下被一名陌生人扯下了头巾(有人在下面评论说,"MCM 在撒谎")。还有一篇关于煤气灯的文章。还有一篇文章的作者说自己的弟弟得了脑癌。我开始大哭,尽管我并没有哪个兄弟姐妹或熟人快要死了。

"哦,我的上帝,佛罗里达,"丹尼斯说,"他拿下了佛罗里达。"

我眼眶湿润,看着电视,画面里出现他的胖脸,他在咧着嘴笑,还有"佛罗里达"和"29 张选举人票"的字样。他赢了。尚未宣布,但他已经赢了。

我在这里,贝姬说。

"完了。"我说。

丹尼斯说:"我觉得也是。"

我对他说,我要去睡觉了。他回了句什么。

我在浴室里总是避免照镜子——厌恶自己的脸是我最近出现的一个症状——我打开水龙头,让冰凉的水流过我的手指。我在水池边站了很长时间,到最后,我都忘了自己在干什么。我不知道自己接下来要干什么。突然,一个女孩非常响亮地喊我的名字。

GRANTA

我爱你但我选择黑暗

克莱尔·韦恩·沃特金斯

克莱尔·韦恩·沃特金斯
Claire Vaye Watkins
1984

著有《金牌柑橘》和《内华达》，后者斩获2012年美国杰出短篇小说奖、2013年狄兰·托马斯文学奖、2013年纽约公共图书馆幼狮小说奖、2013年美国艺术文学院罗斯塔尔家族基金会奖、内华达作家名人堂银笔奖。2014年获得古根海姆奖学金。

赵舒静　译

　　我一上午都在聚友网①上看我已故前男友的照片。从句法上讲,"我已故前男友"这个说法含糊不清,你无法判断这位男友死时和我还在不在一起。我们不在一起了。我们分手两年左右了。我们在一起三年,然后分了两年,然后他死了。出车祸死的,他就是这么死的。

　　聚友网仍和我们在一起。你可以真的把这一页折个角,或者象征性地给它标个书签,可以放下书卷或杂志,或者滑动到新的屏幕重新开始,找到我或你的聚友网页面——假设在21世纪的头一个十年,你的年龄介于十四岁到比方说二十五岁之间的话。聚友网之所以失败,不是因为它的平民主义或丑陋界面,或被新闻集团收购,而在于它很难被人谈及:"我的聚友网空间"比"我的脸书"更拗口。"我的聚友网空间"这个词的佶屈聱牙完美地概括了21世纪初我们的故事刚开始时的尴尬龃龉。

　　他叫杰西,但在我们分手后到他去世前的这几年里,他叫杰西·雷,意思是他的新朋友和新女友叫他杰西·雷。我从不叫他杰西·雷。我们老圈子的人从来不这么叫他。我们都是一起长大的,现在不太谈论他,也许是因为我们不知道该怎么称呼他。

　　我印象最深的是他的身体,因为文身遍布。没纹到的地方是因为懒得管了。其实他的身体不可能纹满,因为他文身的事对于一些重要的人来说是秘密——主要指他爹妈和他们教会里的人。不是因为他爹妈不像

---

① MySpace,一个提供电子邮件、论坛、社区视频、博客功能的国际网站,此处使用该公司曾使用的汉化译名。

我当初以为的那样了解他，而是因为他们认识的他并非我认识的他。他死时至少有三个杰西：杰西、杰西和杰西·雷。他爹妈认识一个，我认识另一个，他的新朋友和新女友认识第三个。唯一对这三个杰西都了解的人可能是他的生母K，她住在埃尔科，什么都知道。杰西和我曾在内华达州露丝市摩门教大教堂神圣的前厅做爱，同时大厅那头的多功能房间里正在庆祝他爷爷的九十岁生日，比方说这件事她就知道。K一辈子都是个女招待，基本上无所不知。

杰西穿上衣服就是个瘦高个儿白人。修长的女人般的手指，傻乎乎、乱蓬蓬、光亮亮的棕色鬈发，他有时对下巴上一撮可笑的小胡子颇为得意，有时得意的是嘴唇上的胡子，幼鹿般的睫毛。我现在仍被他这样的男人所吸引。可他脱下衣服时，就露出文身遍布的躯干、二头肌和大腿：稻草人，他在里诺铁路广场拍摄的涂鸦，还有他自己不太成功的画。他的锁骨上写着："我爱你但我选择黑暗。"带着个句号，好像讨论结束。高中时他是我朋友的朋友，他后妈在那所高中当生物老师，她不相信进化论。我这么说不太公平。她还有很多其他的身份——我的亲姐姐——可她的课程很难，还是个刻板的教徒，这两点让她继子暗戳戳的叛逆成了最受关注的八卦。他有很多文身都是用比克笔做的临时工具纹的。

杰西是足球队队员，他画眼线，有时不止画眼线，主场作战穿运动衫，客场作战穿套装。他和福音派的姑娘约会，她们只允许他从后面来，这又是一个不能让他爹妈知道的秘密，我猜也是她们的秘密。他爸是个空调修理工，身形高大、蓄着胡子，教空手道，星期六晚上还主持家庭教会，有他自己严苛古怪的教义。他们的小组学习基于他为解开《圣经》隐秘含义而开发出来的一套密码，比如《圣经》每七个单词或四个单词就能怎么怎么，他们的小团体的每个人都有自己的三环活页夹，外有护套，里面是高亮标记出来的解密符号。杰西他爸把一个集装箱埋在他们家某处，里面装满物资，以便安然度过千禧年和"信徒被提"①之间的岁月。这些都是我从杰西那里听来的，尽管那时我还守着后庭贞操，但他们从没招我入会。可能是因为我继父显摆全身上下的监狱文身，包括脖子和手，但也可能是因为我家的人不参加教会。我妈说，工作就是我们的教会，不过在我童年的大部分时间里，她都虔诚地参加周五晚上的酒鬼互诫会。

我高中时很少注意杰西，因为他是个轮滑手，而我喜欢滑板手，还怀疑他是基佬。我当时十五六岁还是十七岁，不知道怎么和不想上我的小伙相处。然后突然就八月了，城里所有的游泳池都热气腾腾，所以你不到太阳落山不想游泳，杰西从大学回来了，而我几周后就要进入同一所学校。他在当空调修理工，120华氏度②的天气里在拖车下爬进爬出累得筋疲力尽，穿着长袖，这样他爸就看不到他胳膊上的痕迹了。

我们在朋友肖恩家喝百威啤酒，还有肖恩爸爸给我们做的蛤肉番茄汁——在我们那儿，如果你工作了就得喝酒，也不管我们只有十八十九岁。黄昏时分，杰西和我单独待在肖恩爸妈的半地下游泳池里。我给他按摩肩膀——他的肩膀雪白，除了太阳镜镜腿在太阳穴留下白色线条外，脖子和脸都晒黑了。按摩结束后，杰西模仿我俩都看过的一部网剧中的动画摔跤手的口吻说："也许你想脱掉上衣？"

我的态度介于心甘情愿和顺水推舟之间。我们管这叫"躺"，比方说"她躺了"是"躺下来 X"或"躺 X"的简称。杰西说足球更衣室的墙上，这个缩写就写在我的名字旁边。克莱尔·沃特金斯 = 躺干。本是羞辱，但我从未把这当羞辱。我确实就是个躺 X。我好奇心强，喜欢探索其他的身体，我也喜欢被喜欢的感觉，谁又不呢。

"这就是我为什么瞧不起强奸犯。"杰西说着用手罩住我胸部的白色三角形，瞥了一眼屋子看有没有人朝玻璃滑门看。我们不能说不在乎。

---

① The rapture，基督教有末日大灾难和"信徒被提"等信徒拯救的说法，但对于何时被提有不同理论。
② 约48.89摄氏度。

杰西说："姑娘们真的很好。她们大多数人什么都肯做的。"

我告诉他那是因为他长得像"白垃圾"瑞安·菲利普[①]。

他脸一红，脸色变了。后来我们在 80 号州际公路旁一家戒毒所后面租了个单间，有时候早晨他会在浴室里让我帮他的颧骨擦粉。"你只要开口问就行了。这就是她们想要的。同意只需开口问。如果你连问都做不到，那你就是个 X。"

"那个词你用错了。"我说着仰起赤裸的上身贴到泳池边。

"哪个词，'X'？"

我把他拉近，担心起自己肚子上的一圈圈肥肉。我那会子可能一直在读我妈的那本《我们的身体，我们自己》。"你把它当作表示软弱的侮辱性词语在用，"我贴着他的脖子喃喃地说，"X——我想你指的是阴道、外阴、阴蒂、宫颈、子宫和卵巢——是人体最强有力的肌肉。阴蒂的神经末梢有阴茎的两倍多。"

杰西把他的 XX 从泳裤里解放出来。"不，因为真正的 X 厉害得很。"他点头。

"而且，"我说，"这是某个群体的专属用语。就像'黑鬼'。我能说但你不能。"我把泳衣的裤裆拽到一边，我们接吻了。

我说，"我可以用它骂人或指称我的生理构造。我可以说，'X 我 X，杰西。'或者，'X 我吧，你个 X。'"

虽说我们很少本垒打，但这一切通常还挺露骨得趣的，不过这也是我的生存策略。你可以质疑它的效力，因为它让暖男害怕我，于是我总和玩得疯的人在一起，但就靠这一手，我从虎狼之地来到了普林斯顿大学任教一年，坐在约翰·麦克菲[②]旁用餐，我们聊摇滚，他一点也不

[①] 瑞安·菲利普（Ryan Phillippe，1974— ），美国影视演员、导演、制片人。
[②] 约翰·麦克菲（John McPhee，1931— ），美国作家，被广泛认为是非虚构创作的先驱之一。

怕我。

反正我也不喜欢暖男。我喜欢下流兮兮、让我有点害怕的怪人，现在也如此。

终于有人把我们赶出了肖恩家的泳池，杰西和我开车驶向土地管理局，放了焰火，在他的小货车后面干了几回，他说了"你觉得怎样"和"不，我想知道"，然后我们成了男女朋友，然后我们在里诺同居，在零售店和快餐店工作，上夜校，杰西戒了酒，在圣诞节向我求婚，我新年反悔了，杰西开始滑雪、看演出、吸毒成瘾，我开始写作，杰西在斯坦佩德水库的帐篷里上了一个姑娘，在"节制派①"酒吧里上了另一个姑娘，我差点睡了一个孩子，他爸在塔霍湖边有一栋漂亮的小屋，可我临阵脱逃了，就这样我和杰西分分合合十几次，最后在我们客厅里钉了一道帘子，那就成了我的卧室，我偶尔发现杰西因为想念我的气味而在我床上打盹，或者未经允许用我的电脑做作业或自慰。

杰西向死而生，像手工工作室黏糊糊的糖块，看着都让人害怕。相信我，你不会想跟任何一个活得像行尸走肉的人住在同一屋檐下。在他身上，爱欲、混乱还有其他耀眼的阴暗能量盘根错节。他在演出场上找人干仗，或画着眼线、穿着在沃尔玛买的小男孩的超级英雄衬衫去脱衣舞俱乐部，等着有人喊他基佬，然后胖揍他们。他曾在俱乐部拳击队练过，后来退队了，可城里参加单身派对的雪人兄弟们②没料到他手臂那么长，也没料到他有个虎背熊腰会武术的爹。接下来他去汉堡店吃"超超"汉堡③，或去自助餐厅吃肋排。

他一直恶心兮兮流鼻血，我们聊得最投机时，他就在浴缸里，鼻血从他脸上流下，染红了温热的洗澡水。他加入了街角小酒馆的"马克杯俱乐部"，自称"投资"，并不是因为马克杯俱乐部的会员可以享用定制

---

① Straight Edge，硬核音乐领域年轻人的一种文化形式，起源于上个世纪80年代初期的美国，反对朋克圈常见的嗑药、酗酒、滥交，提倡节制、向上的生活方式。
② Snow bros: 对无血缘关系、与同一个女人发生关系的男人们的戏称。
③ "超超"汉堡：美国内华达州特色巨型汉堡，配薯条，名字意为"超大超好"（awful big and awful good）。

大杯的啤酒，尽管大家挺希望这样，而是因为会员可以只花一美元为朋友再买一品脱，杰西经常这样做，有时他会为了强调某个笑点把品脱杯砸碎在地，有次还砸在了某个男的的一边脑袋上，因为那个男人把杰西最喜欢的熟女招待喊作婊子。

他喜欢唱古典摇滚卡拉OK，喜欢将路牌连根拔起，用它们砸烂我们这个破烂街区里停着的好车。有一次滑滑板上班的路上他把屎拉在了裤子里，然后什么也没管，一直干活到下班。他有三块滑板、两块滑雪板，睡袋旁的大箱子里有十来本书，等他读完《瓦尔登湖》，他说我不需要这个箱子了！每周二我们都在公寓里举办"玉米卷之夜"，招待混得不开和无家可归的朋友，杰西煎肉。他用莱泽曼牌刀具剪了校园灌木丛里所有的紫丁香，堆在我没铺的床上（尽管我们分手了），因为前一年春天我们一起散步时，我想我曾停下来嗅过。他很善于保守秘密。不用说，他快死的时候成了瘾君子，什么都上头，可他仍很活跃。

我的新工作是在一家次级抵押贷款公司伪造签名，这公司是我那研究T[①]的教授和她的合伙人一起开的，有一天我下班回家，杰西就坐我的电脑前——我透支了信用卡买的狗屎戴尔。他自慰时肯定流鼻血了，因为身上血迹斑斑。我吻了他，等他搞完，然后告诉他该滚蛋了，他同意了，说他世界杯后就走，因为我们的有线电视费各担一半。

故事结束了——他来了，然后他走了。我是个抓耳挠腮的笨蛋，被这个一目了然、铁板钉钉、不可改变的事实难住了：他在，然后不在了。

我从我姐那儿知道他死了，她是从聚友网看到的。他的"现任突然变前任"女友在哀悼，黑发黑衣黑妆容，绵延不绝一鸣惊人声嘶力竭痛不欲生。句法上明明白白。你想知道我是不是恨她，我恨她。

如今死在互联网上的人是真的死了，如果愿意（有时不愿意也没办

---

① 原文是 butch woman，同性恋亚文化中的术语。

法），我们可以看着他们死，凝视他们走向死亡之前的每一帧可怕的画面。潜望宿舍里汽车里桥下被国家处决的黑人手无寸铁的脱逃孤僻的人举起双手父亲母亲孩子姐妹机场虐杀电影里的明星。

我只有杰西的照片——聚友网上他的身体。我最喜欢他的自拍，从中你能看到他的目光，看到他认为什么是硬核乐，他认为什么是朋克乐。他死前最后一次发帖是关于什么手术的，他在手术刀口钉旁用力比画"魔鬼角"手势[1]，狰狞的刀口从胸骨延伸到肚脐，又在肚脐周围打转，肚脐下有几道红肿的缝合线，破坏了他肚子上一个新文身的轮廓——我不认识这个文身，它不怎么好，永远也没纹完。

车祸横来，有人彻底高了，可能每个人都嗑了药喝了酒，我也说不清楚。我听说杰西被撞飞了，飞出了挡风玻璃，摔在高速公路旁的沙漠里，当时他正开往土地管理局，那是我们第一次做爱的地方。我觉得这样说比较好。

他保守秘密，讨厌避孕套。我在网上关注他"当初是现任现在是前任"的女友，寻找蛛丝马迹。我查看他的聚友网，我知道她也看，因为她就是我，就是我的亲姐妹。现在我们的血液里有了同样的东西。这方面我干得不好。

杰西总是让我当好人。他不太关注我干什么，这是我最习惯、最珍视的那种自由。他发现我善于观察，就给我提供值得观察的东西。他不暴力，但他喜欢暴力，他是破坏者，是斗士，但他从无恶意，从不容忍恶意。他是我害怕时会打电话求助的那个人。我说去哪儿，他就陪我去哪儿，虽然他承认他在街上唯一没有安全感的时候就是身旁有姑娘的时候。他总让我成为更好的人，即使我并不比别人好。他并没有彻底垮掉，但他让我把握大局，让我令自己感到安全。和他在一起的时候，我

---

[1] Metal horns，食指和小指伸直、其余手指一律弯曲的手势，也叫"金属礼"，为美国著名重金属歌手、"前黑色安息日"主唱罗尼·詹姆斯·迪欧（Ronnie James Dio）首创。

总是说了算的那个人，不知为何就是这样，就连我们开车去伯克利看"电台司令"乐队的那晚也是如此，后来我们嗑药迷迷糊糊驶过了桥，睡在我姐家的客厅地板上，她家在警察都喜欢的油水区，因为我们当时二十岁还是二十一岁。

他很老实，街上很吵，客厅被街灯映成橙色，我们倒在一堆睡袋、瑜伽垫和枕头里，我姐的猫也在里面，弄得我眼睛发痒。我醒来时杰西正趴在我身上，想做爱。我累了不想做，他一点也不粗暴，但也没手软，身体毫不让步，长长的胳膊因为一整个冬天的滑雪和在仓库里扛箱子的工作变得肌肉发达。他压住了我。

我记得想这件事时脑子里是斜体字。*是这时候发生的吗？*然后我回答自己。*取决于你。我决定不是*，它更简单。我下定决心大学毕业前不被强奸，这真的是我的目标，虽然我在上大学之前就被人强奸过，我在我打工的鞋店遇到了一个孩子，他邀我参加一个派对，但那派对只是玩牌，于是我跟他和其他一些人玩了逢场作戏的扑克游戏，喝了一杯科罗娜啤酒，醒来已是早晨，我浑身酸痛躺在浴室地板上，裤子在脚踝上。我走进主卧找那个邀请我的孩子，这是他的公寓，他是我在派对上唯一认识的人。他睡着在床上，处于勃起状态，没盖毯子，旁边是另一个姑娘，赤身裸体四仰八叉，我不认识，我想她的手被绑在床柱上，也可能我记错了。我不想叫醒他，在他的浴室镜子上写下了我的电话号码，现在一想才意识到当时用的肯定是她的口红。这发生在洛杉矶。

你家属于什么教会？我在他们家吃饭的三年来，杰西的爸爸问过我一次。我说我们没入教会，也可能说的是工作就是我家的教会。工作是我家的教会，笑声也是。放屁、大笑、工作、聊天。摇滚、照片、狗、电视。闯入待售的房子、观赏夜景、建筑材料、赌场装潢、景观元素，一度有过成熟的睡莲和锦鲤。我姐、我妈和我在厨房餐桌边胡说八道。地球、身体、姐妹情谊。

我丈夫也有个已故旧爱。我记得我们第一次约会的时候就交换了秘密，那晚，酒吧里就剩我俩了，我们走去主干道上的联合奶农公司买了冰淇淋，带去一家营业到更晚、更潮的酒吧，在那儿，我们在凳子上用脚调情，喝啤酒，和皮包骨、面如土的人一起吃圣代，然后回家，连个亲嘴脱衣都没有就在我床上干磨蹭，最后戴普穿着牛仔裤就睡了。这发生在俄亥俄。

在我有生以来跟别人的亲密关系中，我俩这次算得上第一次真正的谈话。我把杰西的事告诉了戴普，就像跟他讲我妈的事一样。戴普好几个月都不知道她的名字。

戴普的旧爱是个研究生。她去南美搞研究，生物群落、孢子什么的，她感染了却不知情，回到美国就死在了睡梦里。她的室友早上发现了她，冰冰凉死在自己床上。有人认为她有贪食症，或许那病连累了她的免疫系统。

戴普没见过她的尸体。我没见过杰西的尸体，没见过我妈的尸体。她火化时我在期中考试。等我到家，她已成灰。我们把她埋在我们特科帕的房子的花园里，所谓的"日落大街"上的沃特金斯牧场。我姐和我把她的一部分骨灰撒在纳瓦霍的房子后院，就在她埋葬心爱的猎犬斯派克的那棵树下。我不知道杰西现在埋在何处。

杰西，我希望你在。美国暴戾吊诡得要命。雪堤在升高，每天早上我都开车跨过一条冰冻的河流，驶过一座清真寺、一所小学，这星期谁寄了一封信，威胁说"爱国的美国人的伟大时刻来临了"[1]。我路过一个长得像你、走路像你的孩子。我是不是路过了林璎[2]的雕塑作品？它叫《波场》，像许多被雪覆盖的草浪，像起伏不平的雪。很酷。我开车去了商店街，在我的越野车里抽大麻，和这些个彪悍的老拉拉、印度奶奶、

---

[1] 2016年唐纳德·特朗普大选获胜后，美国多个清真寺收到威胁信，信中称特朗普将以希特勒对待犹太人的方式清理穆斯林，信的结尾写道"爱国的美国人的伟大时刻来临了"。
[2] 林璎（Maya Lin, 1959— ），美籍华裔建筑师、雕塑家，美国华盛顿越战纪念碑设计者。

公立常春藤女生联谊会和其他普普通通的叛逆娘们儿一起做富家婊做的瑜伽，每人二十英镑，一小时后我们出来了，看起来都像刚刚被操过一样，我的姐妹们。

林璎还设计了越战纪念碑。还记得罗斯·佩罗特[①]叫她"蛋皮春卷"吗？我们还是孩子。你去看过越战纪念碑吗？我想你没有。我在华盛顿见过很多纪念碑。我去过纽约、巴黎、海牙，在安特卫普待了一晚，伦敦、多伦多、意大利阿马尔菲海岸、威尔士去了两回。我跟玛格丽特·阿特伍德[②]喝过咖啡，跟大法官斯蒂芬·布雷耶[③]吃过午饭，边听安妮·恩赖特[④]的夸赞边跟《权力的游戏》里的哥们喝啤酒。有一次我在派对上跟迈克尔·夏邦[⑤]说话，艾拉·格拉斯[⑥]打断夏邦跟我聊上了，然后——然后！——有人插进来跟艾拉说话，那人是梅丽尔·斯特里普[⑦]。

对不起。这些事情，我只有这么些人能聊。

我姐来看我，她神色古怪，我说了什么，她说你有没有意识到我们的父母连这栋房子的玩具版都买不起吗？我一上午都在聚友网上找你，试图解开奴隶们生产的可悲的缠在一起的白色电线，这也是美国。

我们算是有电动汽车了，现在斯帕克斯外面的特斯拉超级工厂随时将成为世界上最大的建筑体。我们有虚拟现实耳机，如你所料，人们大多用于色情。我们有高清黄片。我姐认识阿尔伯克基的一个女人，她丈夫反复对她实施强奸，一边还喜欢用他的虚拟现实耳机看黄片。我没法不去想。

我没法不去想你发的身体照片，聚友网上有好几百张。有些照片

[①] 罗斯·佩罗特（Ross Perot，1930—2019），美国政治家、企业家，1992年成立"改革党"参与大选，因发表有种族歧视色彩的言论落选，林璎设计的越战纪念碑在盲选中胜出后，她本人曾因族裔问题受到人身攻击，攻击者就包括罗斯·佩罗特。
[②] 玛格丽特·阿特伍德（Margaret Atwood，1939— ），加拿大作家，著有《使女的故事》《盲刺客》《圣约》等。
[③] 斯蒂芬·布雷耶（Stephen Breyer，1938— ），现任美国最高法院大法官。
[④] 安妮·恩赖特（Anne Enright，1962— ），爱尔兰作家，著有《聚会》等。
[⑤] 迈克尔·夏邦（Michael Chabon，1963— ），美国作家，代表作有《天才少年》《卡瓦利与克雷的神奇冒险》等。
[⑥] 艾拉·格拉斯（Ira Glass，1959— ），美国广播和电视节目主持人。
[⑦] 梅丽尔·斯特里普（Meryl Streep，1949— ），美国女演员，获21次奥斯卡提名。

里你是杰西·雷，活着却求死，拼命求死，面无血色，选择黑暗。在一张没有命名的专辑中，每张照片里你都不曾最后地、真正地死去。你是沙漠中被单下的一具躯干。碎掉的挡风玻璃、警车、救护车、消防车，横七竖八在软质路肩上，灯火通明。在你上方，红日升起，群山黛蓝。有人把你遮好，于是你的身体不再暴露，于是我们不必看到不想看的部位。

你来了，而后你走了。

杰西，杰西，杰西·雷，我已故的前男友，我的儿子，我的继子，我的亲姐姐，妈妈，玛莎·克莱尔，我有个女儿，现在她知道你的名字了。